L'EMBARRAS DU CHOIX

Portraitiste tout en délicatesse et fine analyste du couple sur lequel elle pose un regard aussi tendre qu'acéré, Laure Manel rencontre un immense succès depuis son premier roman, *La Délicatesse du homard.* Suivront *La Mélancolie du kangourou*, *Histoire d' @*, *L'Ivresse des libellules* et *L'Embarras du choix.* Après avoir été enseignante, elle se consacre aujourd'hui entièrement à l'écriture.

Paru au Livre de Poche :

LA DÉLICATESSE DU HOMARD

HISTOIRE D'@

L'IVRESSE DES LIBELLULES

LA MÉLANCOLIE DU KANGOUROU

LAURE MANEL

L'Embarras du choix

MICHEL LAFON

Une version initiale de *L'Embarras du choix*
a été autoéditée en janvier 2016.

ISBN : 978-2-253-26220-6 – 1re publication LGF

Aux indécis,
Aux rêveurs,

À ceux qui se questionnent,
Et à ceux qui se font des films

Choix, n. m. : processus ou résultat de la décision d'un individu confronté à une situation offrant une ou plusieurs options.

Prologue

« Emma, voulez-vous prendre Julien comme époux et promettez-vous de lui rester fidèle, dans le bonheur ou dans les épreuves, dans la santé et dans la maladie, pour l'aimer tous les jours de votre vie ? »

Il y a deux réponses possibles à cette question : oui… ou non. En réalité, à ce stade, pour toute personne normalement constituée, il ne devrait y avoir que la première : le choix se fait en amont de la cérémonie, et souvent des mois, voire des années plus tôt.

Or, voilà, c'est précisément à cet instant que tout a basculé dans ma tête. Pourtant, cela faisait des jours que je m'entraînais et que je répétais mon « oui » à voix haute, partout, sous la douche, sous ma couette, en faisant les courses, en passant l'aspirateur… Oui ! OUI ! OUIIIIIII !!! Ce n'est pourtant pas difficile. Trois lettres. Trois simples lettres. Un « oui », normal, presque anodin, un « oui » comme tous les autres « oui »… sauf que celui-ci engage toute votre vie… et que le mien est resté suspendu… oh, pas longtemps, quelques infimes centièmes de seconde, le temps de – comme il paraît que cela arrive avant de mourir –

voir défiler toute notre vie… Eh bien, pour moi, tout a défilé dans ma tête comme dans un film, très vite, et soudain j'ai vu des éléments de ma future vie potentielle en accéléré.

Tout ça à cause de lui.

Quelques instants avant l'échange des consentements, mon regard s'est posé sur un homme dans l'assistance. Évidemment. Que je n'avais encore jamais vu. J'ai alors senti l'ombre menaçante d'un doute s'abattre sur moi. Cet homme avait un je-ne-sais-quoi de terriblement séduisant. Je me trouvais là, en pleine cérémonie, pour ce qui devait être le plus beau jour de ma vie, en proie à un curieux et improbable questionnement : mais si je me marie, je n'aurai plus droit à d'autres hommes… Comme une prise de conscience étrangement tardive, aussi immorale qu'inadéquate en pareille circonstance. Et quand le prêtre a innocemment prononcé le traditionnel : « Promettez-vous de lui rester fidèle tous les jours de votre vie ? », une boule s'est formée dans ma gorge.

Ce n'est pas que je n'aime pas Julien, non. Sinon je ne serais pas là ! C'est que… Comment puis-je être sûre de l'aimer toute ma vie ? De ne jamais le tromper ? Moi, le cœur d'artichaut, la nana plutôt instable qui chaque semaine au lycée avait un nouvel amoureux en tête, et, un peu plus tard, un nouvel amant chaque soir dans son lit ? Julien, c'était l'homme qu'il me fallait. Posé, stable, sûr de lui, sécurisant… charmant, promis à la réussite professionnelle et futur bon père, à n'en pas douter. Tout ce qu'il me fallait, vraiment.

Mais si le choisir, lui, c'est renoncer à tous les autres, pour moi, l'ex-croqueuse d'hommes… Aïe, aïe, aïe…

Qui peut croire, dans cette assemblée, que je sois capable de me ranger pour de bon ? Puis-je le croire moi-même ? Et surtout : pourquoi ne me suis-je pas posé cette question avant ? Gagnée par l'enthousiasme de Julien et celui de ma mère, prise dans le tourbillon des préparatifs de la noce, je me suis investie corps et âme dans le moindre détail. Je voulais que tout soit parfait, que les gens se disent ensuite : « Quel mariage fabuleux ! » Jusqu'à en oublier le principal ?

Et alors que toute l'assemblée semble suspendue à mes lèvres s'est projeté dans mon esprit le film de ma vie. Trois films plutôt, de trois futurs possibles si je dis oui… d'une réalité si troublante qu'ils ont suspendu le temps présent à cette question fatidique.

Première partie

QUATRE ANS DE MARIAGE

1

Au milieu des roses, des œillets, des pivoines et de la gypsophile, Emma virevolte pour piocher dans quelques vases les fleurs qui formeront le bouquet que la cliente attend au comptoir. En ce samedi, il y a du monde dans la boutique. Emma travaille au Lys fleuri depuis huit ans déjà. C'est d'ailleurs ici qu'elle a rencontré Julien.

Ce jour-là, il était venu en quête d'un bouquet pour celle qu'il espérait voir devenir sa petite amie. La beauté d'Emma, le mystère de son sourire l'avaient laissé sans voix. Il avait bafouillé un peu, rougi, était reparti, puis il avait rebroussé chemin, pris d'un élan de spontanéité qui ne lui était pas habituel. Il était revenu dans la boutique et avait offert son bouquet à Emma, avec une brusquerie empressée qui n'avait pas caché sa maladresse. Cela l'avait charmée, elle n'avait su que dire devant sa patronne et les quelques clients présents. Mais ceux-ci, ravis de se trouver aux premières loges de cette scène digne d'une comédie romantique, lui avaient enjoint de lui demander son numéro pour lui accorder un rendez-vous, à coups de « Vous ne pouvez pas laisser repartir ce gentil jeune homme comme ça ! ». Il avait quitté la boutique, sous les bravos d'une foule en délire, encore abasourdi de sa témérité. Julien n'était pas un candidat potentiel au coup du foudre, non. Il avait d'ordinaire la tête sur les épaules, était quelqu'un de réfléchi. C'était compter sans le charme de la jeune fleuriste. Envolée, Catherine. Emma l'avait remplacée et occupait déjà toutes ses pensées.

Elle l'avait appelé le soir même, mettant fin à une attente en forme de supplice, aussi terrible que délicieuse. Ils avaient pris dès le lendemain un verre ensemble dans un café, et un autre quelques jours plus tard, puis très régulièrement. Elle le trouvait intelligent, beau, doté d'un charme discret, délicieusement désuet. Il était différent des – nombreux – hommes qu'elle avait côtoyés jusqu'alors malgré son jeune âge. Sa différence lui conférait une valeur supérieure, rare. Alors elle l'avait embrassé, et ils ne s'étaient plus quittés. Cela faisait sept ans presque jour pour jour.

*

Ce samedi de septembre, il fait une chaleur étonnante. La boutique ne désemplit pas. Emma et l'autre employée n'ont pas une seconde de répit. Aussi, le soir, quand elle rentre à pied à son domicile situé à quelques rues de là, Emma sent-elle la fatigue s'abattre sur ses épaules.

À son arrivée dans le hall, elle découvre des cartons de toutes tailles, grossièrement empilés, dont elle retrouve les clones à son étage. Elle en conclut que l'appartement de Mme Neuville est de nouveau occupé. Dommage, c'était calme depuis son départ, même s'il est vrai que la vieille dame ne faisait pas trop de bruit – hormis celui de la télé, dont elle mettait le volume à fond du fait de ses oreilles fatiguées. Elle espère que leurs nouveaux voisins seront discrets et agréables.

Sa fatigue s'évanouit en ouvrant la porte de l'appartement. La petite Lison l'accueille d'un tonitruant « Mamaaaaaaaan ! » en se jetant dans ses bras, après une cavalcade dans le couloir. On pourrait croire à des retrouvailles après une longue semaine de vacances, mais il s'agit de leur rituel quotidien. Lison enfouit le visage dans le cou d'Emma, laquelle hume les cheveux bouclés de sa fille. Les joies de la vie d'une jeune maman, se dit-elle avec émotion.

— Bonsoir, chérie, ta journée s'est bien passée ? Ça n'a pas été trop dur aujourd'hui ?

Julien sait bien qu'elle arrive au week-end sur les rotules, achevant chaque semaine de travail par la journée la plus intense. Elle le rassure. Tout va bien. Elle est heureuse de les retrouver, et plus heureuse encore à la perspective de ce week-end au goût d'été. Julien la rejoint dans la cuisine, où elle entame la préparation d'un gratin de légumes.

— Il y a plein de cartons dans le couloir… commence-t-elle. Alors, ça y est, les nouveaux voisins ont emménagé ?

— Eh oui ! Tu as vu la quantité de cartons ? C'est un nouveau voisin. Il est tout seul, il s'appelle Bertrand. Je l'ai aidé à monter sa machine à laver, car il manquait de bras : un seul ami pour l'aider, c'était un peu juste. Il a l'air sympathique.

Emma sourit. Songe à ce mot, « sympathique », qui lui écorche toujours un peu les oreilles. Pourquoi Julien ne peut-il pas dire « sympa », comme tout le monde ? Parce qu'il a été (trop) bien élevé, formaté au bon goût des gens bien chez qui rien ne dépasse... Cela lui donne parfois un côté vieux jeu, qui ne colle pas avec son âge réel. Mais il était comme ça, et sept ans plus tôt ce sont aussi ses bonnes manières qui l'avaient séduite.

— Il n'a pas d'enfants ?

— À première vue, non, il vit seul. C'est un musicien ! J'espère qu'il ne fera pas trop de bruit... ou qu'il choisira ses moments pour jouer. Il donne des cours et fait partie d'un groupe.

— Jeune ?

— Non, la petite quarantaine. Enfin... jeune, oui ! lance Julien avec un clin d'œil en direction d'Emma.

— De quel instrument joue-t-il, tu sais ?

— De la guitare. J'en ai vu trois ou quatre, je crois.

— Au moins, ce n'est pas trop bruyant !

— Certes, admet Julien. Mais j'ai comme l'impression qu'il a d'autres cordes à son arc musical.

— Ah ! fait Emma, un peu perplexe. On n'a plus qu'à espérer qu'il ait du savoir-vivre.

*

Elle a les mains dans le gruyère quand elle entend sonner à la porte. Puis lui parviennent des voix dont elle ne perçoit rien d'autre qu'un écho lointain, quelques bribes d'une conversation.

— Ah, c'est vous, Bertrand !…

— …

— … chercher ça.

Et la main de Julien de farfouiller à l'aveugle dans le tiroir de la cuisine. Bertrand a dû être victime du classique coup-du-tire-bouchon-le-soir-d'un-déménagement : comme chacun sait, il se trouve toujours égaré au fond d'un carton alors qu'on en a besoin dès le premier soir. Julien le lui apporte, lui souhaite une bonne soirée et une bonne installation, puis referme la porte derrière lui.

Emma aurait aimé faire connaissance avec le voisin. Sa curiosité ne sera pas satisfaite ce soir.

Georges

Grand-père de la mariée,
soixante et onze ans

Comme c'est romantique, le mariage… surtout maintenant, ce sont de vrais mariages d'amour. Elle est si jolie, ma petite Emma. Et comme elle l'aime, son Julien ! C'est beau…

Moi, je n'ai pas eu le choix. Mes parents m'ont dit : prends tes responsabilités. Nous avions fauté, j'ai dû assumer. Je n'allais pas laisser Geneviève devenir fille mère et la risée du village, ou, pire, la livrer à une faiseuse d'anges. Alors elle est devenue ma femme. Nous nous sommes mariés rapidement, comme bien d'autres de notre génération… Elle était gentille. Nous avons eu notre fille, puis avec le temps cinq autres enfants ont suivi. La vie s'est écoulée ainsi. Simple et sans se poser de questions. Ce n'est pas mon genre. J'ai aimé Geneviève d'une certaine façon, comme ma compagne de vie. Et maintenant qu'elle n'est plus là, elle me manque. Je pense à elle tous les jours.

2

Le dimanche a été agréable. C'est ce qu'Emma se dit en rentrant de l'école du quartier, où elle a déposé Lison.

Emma aime le lundi, surtout depuis cette rentrée, puisque Lison a entamé sa scolarité à la maternelle : la plupart des gens ont repris le chemin du travail, mais pas elle. C'est une journée particulière. Elle en profite souvent pour faire quelques tâches ménagères et prendre aussi du temps rien que pour elle : elle va nager, déjeune au restaurant avec des amies, fait quelques magasins parmi ceux qui ne sont pas fermés ce jour-là…

Elle s'interroge justement sur le programme de sa journée quand elle arrive en bas de chez elle, dans l'immeuble en tuffeau où se niche leur appartement. Elle y découvre, penché sur sa boîte aux lettres, celui qui doit être le nouveau voisin, occupé à placer une étiquette. À son arrivée, il se tourne vers elle, et n'a pas le temps d'articuler un mot qu'elle le devance :

— Bonjour. Vous devez être Bertrand ? s'enquiert-elle.

— Oui, fait-il, vaguement surpris.

— Je suis Emma, la femme de Julien. Vous savez… la machine à laver, le tire-bouchon… c'est lui ! Nous sommes vos voisins.

— Julien… Ah oui ! Enchanté.

— De même, dit-elle en lui serrant la main.

Elle plonge dans ses yeux verts, et d'emblée il lui semble aussi « sympathique » que charmant.

— Vous êtes mes plus proches voisins. J'espère que je ne vous dérangerai pas trop avec ma musique… Je ferai attention, ne vous en faites pas, dit-il avec un sourire qui désarçonne Emma.

— Merci d'avance, c'est très gentil à vous. Bonne journée !

— À vous aussi, Emma.

Elle attaque les marches de l'escalier sans trop savoir pourquoi. Diable, cinq étages à devoir s'enfiler ! Tout ça parce qu'elle a été troublée par le nouveau voisin. Quel charme ! Le genre d'homme qui ne laisse aucune femme indifférente. Célibataire ? Il doit cumuler les aventures, c'est sûr…

Elle arrive, essoufflée, à son appartement et se laisse tomber sur le canapé en poussant un soupir d'aise. Sur son visage affleure un sourire. Le fait est là : ce Bertrand est très séduisant. En plus, il a déjà retenu son prénom. Cela lui semble de bon augure. De bon augure ? Mais voyons, tente-t-elle de se reprendre, c'est fini tout ça, tu es mariée ! Depuis quatre ans déjà ! Et fidèle ! Pas un coup de canif dans le contrat, voilà qui a de quoi la rassurer… Les hommes, c'est de l'histoire ancienne. Ce n'est pas un voisin, même beau, qui va changer les choses. Malgré elle, la tentation est grande d'appeler Susie pour lui raconter ça… Malgré elle, oui, car elle n'est plus une ado. Fini, le temps où elles se racontaient leurs battements de cœur et autres histoires de gamines qui s'emballaient pour un sourire.

Mais, aujourd'hui, ce qui trouble Emma, c'est qu'elle n'a jamais ressenti cela depuis son mariage. Un petit pincement au cœur et des pensées parasites.

Elle se raisonne. C'est seulement un bel homme qu'elle croisera de temps en temps… rien d'autre. Il suffit de s'en persuader. Ce ne sont pas les prémices du retour d'Emma la séductrice. Elle est devenue une femme sérieuse, mère de famille (quasi) exemplaire, mariée à un homme bien sous tous rapports.

Cependant, Emma et Susie ont toujours en commun le goût des discussions sans fin à propos des hommes, ou des couples en général, et partagent une joie de vivre et une fantaisie qui leur vont bien. C'est pour cela que le lendemain midi, alors qu'elles déjeunent dans une brasserie où elles ont leurs habitudes, elle prend un ton détaché pour informer son amie :

— Tiens, on a un nouveau voisin. Tu sais, l'appartement de Mme Neuville ? Il était libre depuis deux mois… Eh bien, ça y est ! Il est de nouveau occupé.

— Ah oui, et il est comment ?

— L'appartement ?

— Non, t'es bête ! Le voisin !

— Il est… charmant, si tu veux tout savoir, dit Emma. En toute objectivité.

— Intéressant… fait Susie, déjà songeuse. Et… ?

— Il s'appelle Bertrand, il est musicien. Il joue de la guitare.

— Musicien ? Oh, j'adore ! *It's so sexy !* glousse Susie comme une gamine.

— Tu es vraiment obsédée par les hommes… Tu ne changeras jamais !

— Moi ? s'offusque faussement Susie.

Éternelle célibataire, Susie ne fait que papillonner et vit au rythme de ses relations plus ou moins courtes. C'est une encyclopédie vivante sur la gent masculine moderne. Hommes jeunes, mûrs, mariés… Elle en connaît un rayon ! Elle croque la vie. Une Emma de l'ancienne version, sept ans après : elle en est restée à ce stade de la célibataire convaincue. Rien ne l'arrête. Ce Bertrand pourrait être un mets de choix.

— Raconte. Comment est-il ?

— À peine la quarantaine. Plutôt grand, brun, les cheveux souples et assez longs, les yeux verts et la silhouette avantageuse.

— Mmm, joli portrait. Tu me le présentes quand ?

— Susie… Quel prétexte voudrais-tu que j'invoque ? Je n'ai échangé que trois mots avec lui.

— Je devrais peut-être me mettre à la guitare…

— Tu es incroyable…

— Tu me connais, non ?

— Et ton Gilles, là, le marié ? Tu m'as dit que tu rêvais de le revoir…

— Oui, mais ça ne change rien. Ce serait pour

après, je vise plus loin. Tu sais, il y en a qui ont des PAL, eh bien, moi, j'ai des HAS.

— Tu peux traduire ?

— Tu sais bien, les blogueuses littéraires, elles ont une « Pile À Lire », où elles notent les livres qu'elles comptent lire dans un futur proche…

— Je vois, oui, et… ? demande Emma, attendant la suite avec une impatience teintée d'agacement.

— Moi, j'ai des « Hommes À Séduire ».

— Stupéfiant, Susie. Mais ne me mêle pas à tes histoires, donc ne me demande rien au sujet de mon voisin, d'accord ?

— C'est d'accord. Je trouverai bien le moyen de le rencontrer, conclut-elle avec un sourire complice pour désamorcer le léger courroux de son amie.

Au retour de sa virée en ville, Emma se prend à espérer croiser de nouveau Bertrand, mais elle revient bredouille à son appartement. Elle pousse un soupir intérieur.

Se rappelant que Bertrand a en sa possession leur tire-bouchon, elle est tentée de sonner chez lui pour le récupérer… Mais, à 3 heures de l'après-midi, cela lui semblerait louche qu'elle veuille ouvrir une bouteille !

Elle pense à son image et se dit qu'elle ne doit rien précipiter… Précipiter quoi, d'ailleurs ? *Ressaisis-toi, voyons*, se sermonne-t-elle.

Pour autant, quand la sonnette retentit dans l'entrée, un peu plus tard, elle ne peut faire autrement que de bondir du canapé, dans le fol espoir qu'il s'agisse de Bertrand. Et c'est bien lui dans l'œilleton. Elle ouvre la porte et lui fait son plus beau sourire.

— Pardon de vous déranger. Tenez, j'ai retrouvé mon tire-bouchon cet après-midi. Je voulais vous rapporter le vôtre, au cas où…

— Au cas où j'ouvrirais une bouteille de vin toute seule, en plein après-midi ? demande Emma en riant.

— Oui, voilà, c'est ça, fait-il, rentrant dans son jeu.

— Non, par contre… que penseriez-vous de venir prendre l'apéritif chez nous un de ces soirs ? Nous pourrions faire plus ample connaissance…

— Bonne idée ! Ce sera avec plaisir… Vous me direz quand cela vous arrange. Bon après-midi !

— À vous aussi.

Yes ! se dit Emma en refermant la porte. Elle est si contente qu'elle s'en frotte les mains.

À son retour de la banque, Julien n'est pas mécontent de l'initiative d'Emma : il aime que leurs relations avec le voisinage soient bonnes, et Bertrand lui a d'emblée fait plutôt bonne impression. Jeudi soir serait parfait.

Lucie

Amie de la mariée,
vingt-cinq ans

Ah ! Emma… Toi, au moins, tu n'as pas eu à te poser la question de déménager. Ton Julien, il a débarqué dans ta boutique, et c'était facile, il habitait ici. Moi, mon amoureux, je l'ai rencontré sur Internet. Il habite à Toulouse. C'est loin, Toulouse. Déjà, pour se voir le week-end, c'est la galère… On passe plein de temps dans les transports et ça coûte cher. Et puis, on se manque trop. C'est dur… Alors voilà, je me pose la question de le rejoindre là-bas. Mais ça veut dire quitter mon travail, mes amis, ma vie d'ici… et recommencer ailleurs, repartir de zéro. C'est un gros sacrifice.

Il me semble que je suis prête, mais… et si ça ne marchait pas ?

J'aurais fait ça pour rien ?

3

En attendant le jeudi, Emma reprend le cours normal de sa vie. Simplement, elle se surprend à sursauter quand elle entend une porte d'appartement s'ouvrir ou quand l'ascenseur délivre ses voyageurs…

Lorsque l'absence de clients dans la boutique le lui permet, elle réfléchit à son plan d'opération séduction. Après tout, ce n'est pas parce qu'elle est mariée qu'elle n'a pas le droit d'avoir envie qu'on la trouve séduisante ou intéressante. Elle sait déjà quelle tenue elle portera pour l'occasion ; et pour satisfaire les papilles de leur invité, elle a décidé de confectionner bouchées apéritives, feuilletés et autres verrines, en utilisant tous ses talents de cuisinière… Comme elle n'aura pas le temps de faire tout cela le jeudi soir après son travail, elle y passera son mercredi après-midi, qu'elle consacre d'habitude à sa fille. Lison sera sans doute ravie de l'aider un peu à faire la cuisine.

À 19 heures, elle ferme la boutique et se presse pour rentrer chez elle au plus vite. Marine, la jeune étudiante qui prend en charge Lison de la garderie de l'école à l'arrivée de ses parents, l'attend… Mais surtout Emma veut passer chez Bertrand pour formaliser son invitation.

Au moment d'appuyer sur la sonnette, elle inspire profondément comme pour se donner une contenance. Bertrand lui ouvre, un marteau à la main. Elle découvre une version « bricoleur », moins propre mais non moins charmante, de son voisin. Sa chemise un peu ouverte lui colle à la peau, laissant deviner un torse bien dessiné et quelques poils bruns. Ses cheveux, assez longs, sont trempés de transpiration. Un fantasme vivant de publicité pour boisson fraîche. Emma se fige, un instant troublée. Une fugace microseconde de silence s'invite entre eux, avant qu'il prenne la parole :

— Veuillez m'excuser, je ne suis pas très présentable…

Il sourit avec un peu de gêne, mais Emma ne l'en trouve que plus craquant. Des images érotiques se présentent fugacement à son esprit. Elle espère n'en rien laisser paraître.

— Oh, n'ayez crainte. Ce n'est pas grave. Je voulais juste vous confirmer notre invitation. Est-ce que jeudi soir vous irait ?

— Jeudi soir… Oui, c'est possible.

— À 20 heures ?

— Parfait, 20 heures.

— Ne prévoyez pas de manger ensuite… Je vais préparer un apéritif dînatoire. Il y aura aussi du sucré.

— Ne vous embêtez pas, faites simple ! lui demande-t-il.

— Oh… j'adore cuisiner, c'est un plaisir. Ce sera simple, ne vous inquiétez pas.

— Très bien. Je serai là.

Le charme s'évapore quand la porte se referme. Emma reste un peu sonnée, immobile, perdue dans des songes indicibles. Secoue la tête pour chasser l'image troublante qui s'attarde devant ses yeux. C'est juste un très bel homme… Elle en a vu d'autres.

Elle se ressaisit et entre dans son appartement, le cœur léger.

*

Le mercredi, Emma est un peu sous pression. Elle veut que tout soit parfait pour le lendemain soir. Sa nervosité contamine ses collègues le matin, et elles sont bien heureuses d'en être délivrées pour le restant de la journée.

Emma file à l'école récupérer Lison, enchaîne avec le supermarché et parvient laborieusement au pied de son immeuble.

Elle arrive dans le hall, les bras chargés de paquets. Bertrand surgit de l'escalier à ce moment-là. À point nommé ! Bien sûr, c'est les cheveux en bataille et Lison, grognon, dans les pattes que Bertrand la découvre devant l'ascenseur, une situation pas glamour du tout… Il la salue et, avant qu'elle n'ait le temps de dire quoi que ce soit, il attrape trois sacs de courses et la main de Lison, puis entre dans l'ascenseur. Emma se confond en excuses et ne sait comment le remercier, lui qui descendait de chez lui ! Elle se demande s'il est vraiment naturellement comme cela, gentil, galant, attentionné, « gratuitement », ou s'il ne fait pas tout ça pour ses beaux yeux. Pour tout dialogue, ils se sourient. Lison, à leurs pieds, sourit aussi.

— T'es qui, toi ? demande-t-elle.

— Je m'appelle Bertrand, je suis votre nouveau voisin.

— Ah oui, tu remplaces la vieille dame ?

— Euh… je ne sais pas si je la *remplace*, mais… enfin, oui, répond-il, amusé.

Emma lui sourit, comme pour lui demander d'excuser la spontanéité de sa fille. Bertrand lui adresse en miroir un sourire où l'on sent un attendrissement sincère.

Ils sont arrivés. Bertrand pose les sacs devant la porte d'Emma, recueille un « Merci » plein de gratitude et rebrousse chemin pour redescendre, sans manquer la conclusion de la fillette :

— Il est gentil, le monsieur.

— Oui, il est gentil…

Pas que gentil… Il a aussi un sex-appeal irrésistible. Mais elle ne peut pas le lui dire !

*

L'après-midi passe extrêmement vite. Emma a vu grand pour son apéritif, et il y a de quoi nourrir dix personnes… Après la cuisine, elle attaque le ménage. Pour calmer une Lison assez agitée, elle la met devant la télé. Pour une fois… Elle n'est pas sa priorité aujourd'hui… *Mère indigne !* pense-t-elle un instant. Un court instant, car, au fond, elle ne peut s'empêcher de se dire que la soirée du lendemain est importante. Importante ? Mais pourquoi ? Elle ne sait pas ce qu'elle veut prouver, elle veut juste se montrer sous son meilleur jour. Jouer à la femme parfaite. Une bonne cuisinière dans le corps d'une belle femme, certes mère, mais qui n'en a pas moins conservé une silhouette enviable… Bref : elle veut plaire à Bertrand, qu'il la trouve jolie, intéressante… au minimum. Oh, juste pour flatter son ego, bien sûr… il ne se passera rien ! C'est tellement agréable de se sentir femme dans les yeux d'un homme… de piquer sa curiosité au moins, peut-être de susciter du désir… Julien ne la regarde plus comme ça. Julien ? Mais oui, il sera là, lui aussi, il ne faut pas qu'elle l'oublie ! Il va d'ailleurs falloir se montrer fine et rusée, car, à trop en faire, elle pourrait éveiller ses soupçons. Son plan de séduction se devra d'être subtil. Pas de vêtements trop près du corps ou trop courts, pas de maquillage ostentatoire. Juste ce qu'il faut : de la suggestion avant toute chose. Garder le mystère pour mieux attiser la convoitise… Oh, là, là, la voilà qui s'emballe ! Il faut se rai-son-ner.

Basile

Cousin du marié,
trente-trois ans

Ce n'est pas une question existentielle, c'est vrai, mais cela reste pour moi un choix cornélien : fromage ou dessert ?

Au restaurant, chaque fois que je dois choisir entre les deux, c'est le dilemme. J'hésite… Ai-je envie de rester sur du salé ou dois-je me laisser tenter par un final sucré ? Mes papilles s'interrogent. Tout dépend aussi de la richesse du plateau de fromages… Pour peu qu'il y ait un vaste choix sur les feuilles de vigne, au milieu desquelles on trouve quelques raretés odorantes, qu'il reste sur la table un fond de bouteille d'un château de Bourgogne et que le petit pain, maison, soit assez croustillant pour que je veuille en prendre un cinquième… je me laisse happer par ces sirènes fromagères… Mais si, sur l'autre plateau de la balance, il y a du lourd en termes de desserts (avec des intitulés qui invitent à la rêverie des papilles), ou pire, que s'y trouve mon préféré (une tarte au citron meringuée), je me trouve alors en proie à une sourde réflexion…

Parfois, je tranche dans le vif. Parfois, je me laisse déborder par ma gourmandise et j'opte pour un changement de menu : ce sera fromage ET dessert !

4

La sonnette retentit. Il est 20 heures tapantes. Emma a revêtu une robe trapèze simple mais élégante, qui met en valeur sa silhouette longiligne aux formes féminines. Julien est rentré du travail quelques minutes plus tôt et l'a saluée d'un regard appuyé : cela faisait longtemps qu'elle n'avait pas mis cette robe, quel dommage, elle lui va si bien ! Emma se mord l'intérieur de la joue. N'en a-t-elle pas trop fait ?

Julien ouvre la porte à Bertrand et lui présente Lison, qu'il connaît déjà. Elle est en pyjama et s'apprête à aller au lit. « C'est le gentil voisin », dit-elle. Elle sautille et fait un peu la folle, galvanisée par sa présence. Emma serre la main de Bertrand et accompagne sa fille dans la salle de bains. Elle essaie de respirer et de prendre un air aussi naturel que possible. Sans manquer de douceur pour autant, elle tente d'imprimer un rythme un peu plus rapide qu'à l'accoutumée au rituel du coucher. Elle entend les deux hommes discuter dans le salon et meurt d'envie de les rejoindre, ce qu'elle parvient à faire en moins de dix minutes. Un record ! Dix longues minutes pendant lesquelles elle n'a absolument rien compris à l'album qu'elle a lu à Lison. Une vague histoire de moufle et d'animaux.

Dans le salon, Bertrand s'est assis dans le fauteuil club et a déjà un verre à la main, auquel il n'a cependant pas touché. Il se lève pour saluer le retour d'Emma et trinquer avec elle, en les remerciant tous les deux pour leur invitation.

Emma apporte sur la table tous les mets salés qu'elle a préparés, sous les sifflements admiratifs de leur invité. Julien en profite pour vanter les mérites culinaires d'Emma, ce dont elle le remercie intérieurement. Elle s'assied près de lui et sent enfin qu'elle peut se détendre et apprécier ce moment.

Ils échangent alors tous les trois des banalités, puis en viennent aux questions d'usage afin de mieux se connaître. Bertrand a emménagé ici pour vivre dans un appartement plus grand : il tenait à avoir une chambre supplémentaire pour son fils de neuf ans, Maxime, qui viendra un week-end sur deux et la moitié des vacances scolaires. Eh oui ! Il est divorcé. Depuis longtemps ? Trois ans. Ça se passe bien avec la maman. Alors c'est l'essentiel. Et puis, il y a la musique… Il consacre tout son temps, ou presque, à sa passion. Il joue pour lui, donne des cours particuliers et en école de musique, fait des remplacements aussi… et surtout il a un groupe, avec quatre amis, dans lequel il chante et joue de la guitare, voire de la batterie à l'occasion. The Green Tomatoes jouent essentiellement du rock aux accents pop, quelques reprises, mais surtout des compositions. Bertrand écrit la plupart de leurs chansons et compose, aussi. Quel talent !… Julien écoute respectueusement, paraît s'intéresser, ce qui étonne Emma car elle connaît son goût presque exclusif pour la musique classique. Elle repense à Susie et à son « *so sexy !* ». Elle se dit qu'elle aimerait bien le voir jouer sur scène. Il est visiblement passionné. Elle est impressionnée. Ne l'en trouve que plus séduisant. À l'entendre ainsi plus longuement qu'entre l'ascenseur et les boîtes aux lettres, elle perçoit un léger accent du Sud, à peine audible. Elle a toujours aimé les accents. Elle l'interroge là-dessus, et il concède être originaire de Tarbes.

Après cet interrogatoire en règle, Bertrand s'intéresse à eux deux aussi. Peut-être plus à Emma, mais Julien ne s'en aperçoit pas. Lui travaille dans une banque et Emma est fleuriste, tout près d'ici. Ils habitent là depuis trois ans, depuis la naissance de Lison. Ils s'y plaisent beaucoup. Ils aiment vivre en ville et, non, ne souhaitent pas emménager dans une maison. Il y a des parcs, ici. La ville est verte et tellement agréable ! C'est surtout Julien qui parle. Il vante les talents de fleuriste d'Emma, décrit son parcours, parle de son propre travail à la banque, évoque la naissance de Lison et leur vie ici, à Angers. Bertrand aime beaucoup cette ville qui l'a accueilli quelques années plus tôt. Ils s'accordent sur un fait : il y fait bon vivre.

Au bout de deux heures, ils ont l'impression de se connaître depuis toujours.

Emma n'ose pas trop parler. Ce n'est pas dans ses habitudes. Bertrand apprend des choses sur elle par Julien. Ils la regardent tous les deux… Elle sourit, essaie de paraître naturelle, mais au final est assez gênée par cette situation. Ce voisin lui fait de l'effet. Julien paraît presque transparent tout à coup, comme terni par la lumière qui auréole Bertrand. Emma constate cela comme une évidence. Il est tout ce que n'est pas Julien. Même si Julien est bel homme, il n'a pas le charme extrême de Bertrand. Définitivement un fantasme incarné… Et puis Emma est très sensible à sa voix, douce et grave, et à ce qui se dégage de lui, parfaitement indéfinissable mais très agréable.

Elle les visualise sur une balance à plateaux. Le voisin lui semble avoir plus de valeur que son mari. Elle en profite pour le regarder à loisir et observer sa mise. Il est habillé de façon décontractée mais classe à la fois, avec une belle chemise rouge légèrement ouverte, et un jean bleu foncé un peu délavé qui souligne des cuisses visiblement musclées. Son visage, hâlé, fait ressortir ses yeux vert profond. Son sourire à la dentition parfaite fait naître des rides d'expression qui ajoutent à son charme. *So sexy*… Oui. Elle le trouve dangereusement irrésistible. Il lui rappelle certains de ses anciens petits amis, de vrais mecs aussi. Julien, qui a gardé son costume, ressemble plus à un homme d'affaires… moins séduisant, moins… tentant. Et puis elle le connaît déjà… Sept ans qu'elle le pratique. Elle pourrait le réciter par cœur.

Lison appelle son père, qui se trouve obligé de quitter la pièce. Emma et Bertrand restent seuls. Un silence gêné se glisse entre eux. Il lui sourit. N'est-ce qu'un sourire gentil ? Emma ne sait pas vraiment… Elle ne le connaît pas assez.

Julien revient déjà, ça a été à la fois trop long et trop court…

La soirée s'achève sur une farandole de desserts. Bertrand se dit ravi de cette soirée et propose de se tutoyer enfin. Julien accepte. Emma ne sait pas trop si elle y parviendra facilement… et puis elle trouve cela séduisant, le vouvoiement. Elle trouverait beaucoup plus sexy de faire l'amour avec lui en ne l'ayant jamais tutoyé…

Parce qu'à l'issue de cette soirée, elle sait que si l'occasion se présente, il lui sera très difficile de résister à la tentation… Emma a voulu jouer, ce soir, mais il lui semble être tombée dans son propre piège.

Avant de partir, Bertrand lance :

— Je suis en concert avec mon groupe samedi soir prochain, dans un bar du centre… Si ça vous dit, je serai ravi de vous y retrouver.

Emma est très tentée. Julien gardera Lison, elle va bien trouver une ou plusieurs amies pour y aller avec elle.

Quand ils referment la porte sur leur nouvel ami, Emma et Julien échangent leurs impressions. Il est vraiment sympathique !

Bérénice

Collègue du marié,
trente-huit ans

Quand je vois les réactions des gens, parfois je me dis qu'on n'a pas le choix. Un comble, quand même, dans un pays où la contraception et l'avortement sont légaux.

Je n'ai pas voulu avoir d'enfant. Suis-je une mauvaise personne pour autant ?

Alors, on n'a pas le droit de faire ce choix-là ?

Je ne dis pas que tout le monde me montre du doigt, mais quand même : la plupart des gens ne comprennent pas et me jugent. Se posent des questions, un peu soupçonneux. Comme si c'était bizarre, ou mal, de ne pas vouloir d'enfant. Comme si, dans la vie, il FALLAIT avoir des enfants.

Mais qui oblige à ça ?

En plus, dans le lot des parents, il y en a pas mal qui n'auraient pas dû faire d'enfants, si vous voulez mon avis… Les pauvres gamins…

Moi, je n'ai pas voulu en avoir, pour toutes sortes de raisons : physiques (pas envie de me déformer et d'avoir des séquelles), carriéristes (besoin de grimper les éche-

lons et de m'épanouir professionnellement), philosophiques (pas envie d'endosser la responsabilité de faire naître de pauvres enfants supplémentaires dans ce triste monde), phobiques (peur de mal faire, d'être une mauvaise mère, de ne pas savoir éduquer...), épidermiques (je ne supporte pas le bruit ni les cris) et égoïstes (besoin vital de liberté, de temps pour moi)...

Un cocktail de bonnes raisons qui me font penser que mon épanouissement ne passera pas par la maternité. Et que j'aurais été une mère plus qu'imparfaite, sans doute insuffisante.

J'aime bien les enfants, un peu, et chez les autres... et encore, pas trop longtemps.

Alors, quand on me dit : « Mais tu vieilliras seule ! », j'ai juste envie de répondre : « Et alors ? C'est une raison pour faire des enfants ? »

5

Le vendredi, Emma passe la journée sur un petit nuage. Elle n'est que sourires et se surprend à fredonner en composant des bouquets. Ses collègues s'interrogent du regard et ne semblent pas tout à fait dupes de son état d'esprit. Elle repense à la soirée de la veille et se sent délicieusement bien. Légère. Elle rêve les yeux ouverts, se fait des films de midinette. Elle est là sans être là…

Hier soir, elle a eu beaucoup de mal à s'endormir. Elle se repassait en boucle les moments de l'apéritif : les sourires de Bertrand, ses yeux, ses mains, sa bouche… Il est devenu l'objet de tous ses fantasmes, et elle n'a pas fermé l'œil jusqu'à 2 heures du matin. Julien dormait du sommeil du juste pendant que sa femme pensait au voisin.

Peu importe : elle se sent tellement bien aujourd'hui qu'elle n'a pas envie de dormir. Son corps entier est à la fête. Arrivée à son étage, elle perçoit sans surprise les éclats de plusieurs instruments. Sans nul doute, Bertrand répète avec les membres de son groupe. En passant devant sa porte, Emma tend l'oreille, le cœur battant, voudrait l'entrouvrir pour voler une image. Mais elle renonce à cette idée folle et poursuit son chemin jusqu'à sa porte à elle, résignée.

Elle va vivre une soirée normale, de celles qu'elle vivait jusqu'alors simplement… mais elle a envie d'autre chose tout à coup. De rock, de baisers fougueux, de la sueur de Bertrand sur son corps.

*

La journée du samedi s'est passée au mieux, douce comme le mois de septembre. Seulement, dans un coin de son esprit, Emma n'a pas oublié le concert qui approche. La perspective de cette soirée entre amies lui plaît infiniment. Déjà parce qu'elle aime beaucoup les concerts et les soirées entre copines… et aussi parce que son intérêt pour Bertrand va grandissant. Comment sera-t-il ? Est-il doué ?

Elle a retrouvé ses amies Susie, Jeanne et Valérie un peu avant le concert, histoire de manger un morceau, sur le pouce. Discussion animée, entrain, rires. Elles sont déchaînées et prêtes à se déhancher au son du rock endiablé des Green Tomatoes.

Le trottoir devant le bar est comme à son habitude encombré de gens qui sirotent une bière, une cigarette à la main, et de ceux qui les accompagnent.

Le pub qui fait office de salle de concert est suffisamment spacieux pour qu'une piste de danse ait été aménagée. Les gens attendent, attablés, accoudés au comptoir, ou face à la scène. Emma et ses comparses se placent au troisième rang. Suffisamment près pour bien voir, et suffisamment loin pour disposer du recul nécessaire et ne rien manquer. Susie est en pleine forme. Emma a un peu hésité à la convier, redoutant qu'elle ne jette son dévolu sur son voisin. Elle ne voudrait pas qu'elle lui fasse honte.

Les cinq musiciens font leur entrée sur la petite scène, sous les sifflements enthousiastes. Des cris retentissent, ce qui laisse présumer que quelques fans se trouvent là. Emma observe chacun des musiciens, mais son regard se porte plus longuement sur Bertrand. Il lui décoche un sourire furtif en passant la sangle de sa guitare.

— Alors c'est lui ? fait Susie d'un ton admiratif.

— Oui, c'est Bertrand.

— Mais il est canon ! Tu ne me l'avais même pas dit !

Emma hausse les épaules. Les premiers accords se font entendre. Le public applaudit en guise d'encouragements. La première chanson commence. Entraînante et forte.

Emma découvre un nouveau Bertrand, moulé dans un jean *slim* et un tee-shirt épousant son torse parfaitement proportionné, qui laisse voir ses bras aux muscles harmonieux ; ses doigts habiles courent sur la guitare à une vitesse impressionnante. Bien sûr, elle ne laisse rien voir de ses pensées ni de son attirance, qu'elle ne s'autorise pas sérieusement. Elle écoute, regarde, apprécie la qualité de la musique, les jeux de lumière, la voix de Bertrand, à la fois virile et suave. Sur scène, son sex-appeal est décuplé, et son aura divine... rien à voir avec le bassiste, qui a le charisme d'une huître... Le batteur ne se défend pas mal, mais la préférence d'Emma va puissance dix à son voisin...

Bertrand mène le concert de main de maître, souriant et jouant avec son public et les membres du groupe, sérieux, et comme habité quand il joue et chante. Pour Emma, c'est une révélation. Elle ne s'attendait pas à ce qu'il ait une telle présence sur scène. C'est comme s'il l'avait arrachée, subtilisée au réel, au tangible. Elle se sent enveloppée par une douce torpeur enivrante, chaude. Ailleurs. Elle est prise de vertige, mais ne trouve pas la force de s'extirper de là : ses pieds sont enracinés au sol, elle est clouée par une attraction invisible. Enfin, invisible... pas pour l'œil avisé de Susie, qui lui crie dans l'oreille :

— Dis donc, il te fait de l'effet ou quoi ?

— Hein ? N'importe quoi ! rétorque Emma, cramoisie.

— Mouais... Tu le regardes comme s'il t'avait hypnotisée. Tu crois que je ne le vois pas ? À d'autres...

Emma ne relève pas. Elle préfère se laisser envahir par la musique, faire corps avec les mélodies pop-rock qu'il infuse dans ses oreilles. Parfois il plonge son regard dans le sien. Elle essaie de le soutenir, en vain. Pas assez téméraire, redevenue timide. Ou presque. Un sourire entendu glisse sur ses lèvres comme s'il avait deviné l'effet qu'il lui fait. Elle aimerait comprendre les paroles des chansons, pour mieux le comprendre, lui. Dire qu'elle est tombée sous le charme est un doux euphémisme. Mais ce n'est qu'un moment passager d'égarement, un trouble éphémère dû à l'ambiance électrisante et magique de ce concert. Rien à voir avec la vraie vie. Elle est sur le fil d'un temps suspendu, qui n'existe pas vraiment. Comme dans un songe.

Pour la dernière chanson du rappel, Bertrand se met à la batterie. Il révèle le même talent que pour la guitare, mais démontre aussi toute sa puissance contrôlée, sa maîtrise physique pour dompter caisses et cymbales. Sa tête en accompagnant le mouvement sauvage de ses bras fait danser ses longs cheveux. Emma est en transe. Pour un peu, elle redeviendrait une fan de quinze ans – période folie des *boys band*.

Le concert s'achève dans les cris d'une ambiance survoltée. Le groupe quitte la scène pour de bon. Les amies d'Emma ont beaucoup aimé, et chacune y va de son petit commentaire sur la musique et les musiciens… Bertrand remporte la palme du charme. Elles gloussent comme des ados quand, justement, il apparaît près d'Emma. Elle se trouble, mais parvient à le présenter à peu près dignement à ses amies. Il propose de leur offrir un verre. Il fait chaud, ce serait avec plaisir… mais Valérie et Jeanne doivent rentrer sans tarder, un peu désolées… Susie a tout son temps, évidemment. Emma est à la fois soulagée de ne pas se retrouver en tête à tête avec lui, et déçue de devoir le partager avec la croqueuse d'hommes…

— Alors, ça t'a plu ? demande Bertrand à Emma, ignorant la présence de son amie.

— Oui, beaucoup, vraiment. Tu chantes très bien ! Et puis, avec la guitare… Je suis bluffée.

— Moi aussi, j'ai a-do-ré ! s'exclame la croqueuse…

— Merci, c'est gentil. Qu'est-ce que vous buvez ? Une bière ?

Bertrand ne semble pas ravi de la présence de Susie, plutôt indifférent à son physique pourtant avantageux. Il va au bar commander trois pressions.

— Oh, là, là ! Il est craquant…

— Susie ! fait Emma d'un ton péremptoire.

— D'accord, pas touche, je sais. C'est chasse gardée ? En même temps, je ne vois pas en quoi ça te gêne, vu que tu es un peu mariée… Sur ce, je vais fumer.

Emma ne l'accompagne pas dehors. Quelques minutes de repos pour l'une, l'occasion de ferrer un beau poisson pour l'autre.

Bertrand s'avance vers Emma. Il est retardé sur son chemin par deux belles plantes perchées sur des talons compensés qui lui font la bise et le félicitent. Il semble abréger. Se faufile jusqu'à elle, enfin. Lui tend sa bière, l'interroge du regard. Elle indique d'un geste la porte de sortie avec la position des doigts de quelqu'un qui fume. Il comprend, pose la bière de Susie sur une table et trinque avec Emma, tout sourires.

— À… quoi ? demande-t-il.

— Au talent ?

— Au talent… Arrête, tu vas me faire rougir.

Ils discutent de musique. Celle qui trouble l'atmosphère est assez forte pour qu'ils soient obligés de se parler bouche contre oreille, créant entre eux une proximité presque intime. Il y a comme une connivence naturelle et visible… qui n'échappe pas au regard de Susie quand elle revient.

Elle interroge Emma du regard, d'un air vaguement réprobateur.

— On parlait musique, semble se justifier Emma.

Susie tente de s'immiscer dans la conversation, mais il y a comme un flottement. Bertrand regarde Emma, qui en saisit des bribes en pointillé… Il n'a pas l'air de vouloir retrouver les membres de son groupe, ni ranger ses instruments… et puis en fait, si. Le charme est rompu, de toute façon. Il les laisse entre elles.

— Alors ? demande Susie avec insistance.

— Quoi, alors ?

— Tu plaisantes ! Y a quelque chose entre vous ?

— Pas du tout, que vas-tu inventer…

— J'ai des yeux, c'est tout, rétorque Susie, sûre d'elle.

— Et… tu vois quoi ?

— Je vois… fait-elle sur le ton d'une voyante au-dessus d'une boule de cristal. Je vois… une complicité étrange… des regards… des petits sourires…

— Ça ne veut rien dire. Je le trouve sympa, rien d'autre ! Tu te fais des idées.

— Ben voyons ! Oui, ça doit être ça, tu as raison. Tiens ! C'est vrai qu'il ne te mange pas du tout des yeux, là, tout de suite, depuis la scène !

Emma n'ose pas se retourner.

— N'importe quoi.

— Mouais… enfin, ce que j'en dis…

— On peut changer de sujet ? s'énerve Emma.

— On peut surtout rentrer, non ? Il est 1 heure du mat'. Tu avais la permission de quelle heure ?

— Très drôle, vraiment. C'est bon, j'arrive. On va lui dire au revoir ? On ne va pas partir comme des voleuses…

— Ben non, évidemment.

Susie a l'ironie grinçante. Elles s'avancent vers Bertrand, qui les regarde venir vers lui.

— On y va…

— Oui, je comprends. Merci d'être venue, ça m'a fait plaisir, glisse-t-il à l'oreille d'Emma en posant délicatement une main dans le haut de son dos, au moment de déposer une petite bise sur sa joue.

Il dit au revoir à Susie dans l'indifférence la plus totale. Elle n'a pas trop l'habitude de ça… Elle sort, vexée. Elle répète en forme de moquerie les mots de Bertrand à l'oreille d'Emma, car elle a tout entendu… Mais son amie s'en contrefiche. Elle a adoré cette soirée.

— Attention, Emma… tu cherches les problèmes ! l'avertit Susie qui n'est pas née de la dernière pluie.

Emma ne relève pas. Elle flotte dans une mer musicale aux yeux verts.

*

Les regards échangés la troublent encore quand elle se couche aux côtés de Julien. Elle en a encore le goût imprimé sur la rétine, doux et piquant à la fois, délicieusement excitant. Elle se rassure en se disant que ça ne veut rien dire, et que Bertrand doit être du genre séducteur, ou tout au moins de l'homme qui sait qu'il plaît aux femmes et aime en jouer. C'est tellement évident.

Elle ferme son esprit à ces pensées contrariantes, mais songe avec délectation au concert lui-même. Bertrand qui joue de la batterie, Bertrand qui chante, Bertrand dans son tee-shirt ruisselant de sueur qui lui colle à la peau, Bertrand qui la dévore des yeux. Tout se mélange.

Au réveil, encore dans les songes éthérés inspirés par son voisin, elle se devra de revenir sur terre. Oui, il est charmant. Oui, il est de l'autre côté de cette cloison. Mais… ça doit en rester là.

Marc

Collègue du marié,
trente-sept ans

Chez moi, le célibat est un choix. Je m'en porte très bien. Mais ne vous méprenez pas, je suis un célibataire actif !

En matière de femmes, j'ai tellement de mal à choisir que je les choisis (presque) toutes, à tour de rôle, voire en simultané. Grâce au speed dating et aux sites de rencontre, il y en a pour tous les goûts, et tous les goûts sont dans ma nature. Que voulez-vous, j'aime les minces, les pulpeuses, les blondes, les brunes, les yeux bleus, les yeux verts… les féminines, les simples, les branchées. Elles me plaisent toutes. Alors je ne m'en prive pas, et je choisis de ne pas choisir.

Je n'ai aucune envie de m'engager. Une seule femme ? Mon Dieu, quelle horreur d'être fidèle, quand je vois toutes ces beautés divines sur mon écran ou dans la rue ! Et comme je ne manque ni de charme ni d'esprit, je les séduis sans mal. C'est enfantin, pour un type comme moi, vraiment.

Ma seule difficulté est de parvenir à tout concilier

dans mon emploi du temps. Le timing est serré. Entre deux rendez-vous à la banque, je m'éclipse et je reviens. Mon agenda est surchargé, mais c'est le gage d'une bonne hygiène de vie. Julien essaie de me sermonner, mais je lui dis : profite ! Quelle idée de se passer la corde au cou !...

Bon, à force d'écumer la ville, je finis par croiser des copines de couette un peu partout, donc je ne vois qu'une solution : élargir mon secteur, mon terrain de chasse, ma cour de récré.

6

Au réveil, le dimanche, Emma flotte donc encore dans les vapeurs musicales de la veille. L'esprit engourdi, elle entend dans le lointain des murmures. Elle se prélasse dans les draps, s'étire et fait l'étoile de mer en travers du lit. Puis se replie sur elle, en position fœtale. Songe et se repaît des souvenirs de la soirée. Elle se l'avoue dans la culpabilité : elle est sous le charme de son talentueux voisin. Qu'y a-t-il de mal à ça ? se défend-elle. C'est naturel, l'attirance, et en toute objectivité c'est un bel homme, bien fait, au visage fin, au regard profond et saisissant. Elle se répète qu'il doit avoir un grand succès auprès des femmes, et peut-être en profite-t-il beaucoup… Mais peut-être aussi a-t-il quelqu'un dans sa vie ? Quelque chose de pas officiel parce qu'encore balbutiant, ou tout simplement parce qu'il n'allait pas dévoiler sa vie privée au cours d'un premier apéro entre voisins. Peu importe, au fond. Emma l'apprécie, il lui plaît. Et alors ? Cela n'a rien de mauvais ou de compromettant. Elle est mariée, heureuse en ménage et fidèle par principe. Cela établi, elle se décide à s'arracher à son lit moelleux pour retrouver les siens.

Julien l'accueille tendrement, s'enquiert de sa soirée. A-t-elle passé un bon moment ? Oui, excellent. Le groupe a-t-il eu du succès ? Bertrand est-il doué ? *Oh oui !* pense Emma. Oui, vraiment. C'était de la bonne musique, du très bon rock. Une soirée parfaite.

*

Le dimanche s'est passé normalement. Ou presque. L'esprit d'Emma s'est évadé derrière le rideau de ses paupières, derrière le voile de ses yeux clairs. Vue de l'extérieur, elle est comme d'habitude, mais intérieurement elle se sent différente. Quelque chose a changé : un désir, une envie, obsessionnels. Tout à fait déraisonnables. Mais elle n'a plus envie d'être raisonnable… Pour autant, elle ne peut pas se montrer entreprenante… Par respect pour son mari (elle préférerait se poser en victime d'un séducteur plutôt que d'accepter d'être dans la position d'une femme conquérante, assumant ses désirs sans vergogne), ainsi que par peur de se heurter à un mur (elle se sentirait tellement humiliée si Bertrand ne voulait pas d'elle). Mais si son voisin n'était pas opposé à un rapprochement, elle serait incapable d'y résister… Alors elle s'abandonne avec fièvre à ses fantasmes. Elle voit les lèvres de Bertrand sur sa peau, des flashs érotiques, des bribes de chair, des soupirs. Comme possédée. Lui aurait-on jeté un sort ? Est-ce dû à toutes ces années de fidélité, à son goût pour l'adrénaline, les coups au cœur, les sensations fortes qu'elle n'a plus ressentis depuis son mariage ?

*

Le lundi matin, elle est encore étourdie par le vertige de ces peu chastes pensées quand elle rentre chez elle après avoir déposé Lison. Machinalement, elle ouvre sa boîte aux lettres. Y trouve ce petit mot griffonné sur une page de cahier : *Merci encore pour ce très bon moment passé avec vous jeudi soir. C'était délicieux ! À bientôt. Bertrand.*

Emma tremble d'émotion. Le « vous » les désigne tous les deux, mais elle aimerait tellement s'approprier ce message et ne pas le montrer à Julien… comme pour mieux le protéger et lui conserver sa saveur. Mais elle ne pourra pas le soustraire à la connaissance de son mari.

Elle se retrouve devant la porte de Bertrand. Le geste est hésitant, pas sa détermination. Elle sonne. Sans même savoir pourquoi. C'est irréfléchi. Instinctif. Il est 9 h 23… Un peu tôt peut-être ? Tant pis. Elle ne veut éprouver ni peur ni honte. Aussi, quand il ouvre la porte quelques instants plus tard, articule-t-elle avec suffisamment d'assurance :

— Bonjour, Bertrand. Je ne te dérange pas ?

— Emma, quelle surprise ! Pas du tout. Je suis plutôt matinal, en général. Tu veux entrer ? Je te sers un café ?

Elle n'en attendait pas tant. Son cœur fait un bond dans sa poitrine, elle sent qu'elle se liquéfie.

Elle acquiesce, le sourire aux lèvres : « J'ai tout mon

temps. » Il lui cède le passage, referme la porte derrière elle. Lui propose de visiter son appartement. Elle le connaissait déjà, mais elle est curieuse de voir comment il l'a aménagé. Il lui montre les différentes pièces et s'attarde particulièrement sur la chambre qui lui sert de bureau, où il entrepose ses instruments. Il en profite pour s'excuser de les avoir dérangés vendredi soir : leur salle de répétition habituelle n'était pas disponible. Elle confesse en avoir profité pour les écouter, non sans curiosité, d'ailleurs, et ajoute avoir adoré le concert de samedi. Le nom The Green Tomatoes fait référence à un délire de quand il était jeune, lui explique-t-il. Peut-il lui jouer un petit quelque chose, rien que pour elle ? Il ne se fait pas prier. Déjà il empoigne sa guitare acoustique et s'installe. Se met à chanter sans la quitter des yeux. Gênée, elle peine à soutenir son regard, à ne pas baisser les yeux, se sent fondre de nouveau. C'est une chanson en anglais. « De quoi ça parle ? » lui demande-t-elle quand il a fini. « Chagrin d'amour… », lui répond-il sans s'étendre. Un blanc flottant s'installe entre eux. Emma n'ose esquisser un geste, ni parler, encore moins poser la question qui lui brûle les lèvres. Bertrand rompt cet instant suspendu en se levant et en se dirigeant vers la porte. Alors, un café ? Oui… Elle le suit dans la cuisine exiguë. Contrairement à son appartement à elle, la cloison qui la sépare du salon n'a pas été abattue. Elle parle de choses et d'autres, pour meubler. Du concert, notamment. Il la regarde. Elle ne sait pas ce qu'il veut lui faire comprendre. Il la regarde trop fort. Ses jambes chancellent, elle s'appuie au mur. Les secondes durent une éternité. Elle se demande si elle ne devrait pas plutôt rentrer chez elle. Elle ne sait pas si elle se fait des films, ou si ce regard insistant est bien celui d'un homme qui la désire et qui la sonde… Il perçoit sa gêne, il lit – avec un sérieux peut-être non dénué d'amusement – le trouble dans ses yeux embués, son sourire timide et gauche. On n'entend plus que les gouttes de café qui font *ploc* dans la cafetière. Il n'y a plus que le silence, le café, et eux.

— Emma, pourquoi es-tu venue ?

— Pardon ? Il te faut vraiment une raison ? s'étrangle-t-elle.

Que répondre à ça ? « Bertrand, j'avais trop envie de te voir » ? « Je voulais juste discuter pour meubler ma matinée » ? « J'avais une brusque envie de m'envoyer en l'air » ? Laquelle de ces réponses attend-il ?

En réalité aucune ; car peu importe, il en sait bien assez : le trouble d'Emma est la seule réponse qui vaille. Il n'a rien à perdre à tenter quelque chose, d'autant qu'elle respire le désir, en plus d'être jolie et de lui faire envie… Cela fait longtemps qu'il n'a pas été en présence d'une femme qui lui plaise autant… Alors, il s'approche d'elle, glisse les mains sur ses joues brûlantes, puis dans ses cheveux. Elle reste interdite, pétrifiée. Il a planté ses yeux verts si séduisants dans les siens et harponne son âme, puis ses lèvres. Elles sont chaudes et douces. Emma, passive dans un premier temps, s'invite dans l'action. C'est un baiser long, fougueux, un baiser de cinéma, un vrai. Quand il s'arrête, il la regarde, l'interroge des yeux, ce qui en somme revient à lui demander s'il doit s'arrêter là ou s'il peut continuer. Emma est si retournée par ce baiser comme elle n'en a pas connu depuis longtemps (ou tout court ?) qu'en guise de réponse elle revient à la charge, tout en s'attaquant aux boutons de la chemise de son adversaire… Il ne se fait pas prier, entreprend de la déshabiller aussi tout en l'entraînant dans sa chambre ; ils se retrouvent vite à l'horizontale sur son lit, nus. Le corps d'Emma lui plaît beaucoup. Il n'est pas étonné : il avait deviné ses formes généreuses à travers sa robe, l'autre soir. Elle découvre avec frémissement un corps comme elle les aime : musclé sans être body-buildé, hâlé, une peau douce et la pilosité plaisante sans être envahissante. Parfait…

Leurs corps s'apprivoisent si vite qu'ils semblent se reconnaître, leurs bouches aussi. C'est une scène d'amour digne de ses rêves. Sensuelle, hautement érotique. Bertrand se révèle être un amant habile et généreux, soucieux de la mener au plaisir. Elle est aux anges. C'est une révélation. Au point culminant de l'extase, Emma ne sait plus où elle est. Et n'a pas conscience de la gravité de ce moment. Elle s'est laissé gagner par le désir, envahir par la magie d'une étreinte torride. Il n'y a rien de sentimental entre eux. C'est arrivé, comme une évidence érotique, c'est tout. Son corps s'est comme réveillé, prenant le pouvoir sur son esprit, annihilant toute raison. Primaire, voire animale, elle est devenue une autre dans les bras de cet homme. Il n'en fallait pas plus pour qu'elle chavire. Elle le regarde, à présent abasourdie par la réalité.

Il lui sourit, l'air serein, heureux même. Lui caresse les cheveux et fait courir un doigt taquin le long de son flanc, de sa hanche, de sa cuisse. Ils n'ont pas échangé un mot. Que dire, à présent ? Emma n'en sait rien. Elle commence à éprouver un peu de honte, se dit qu'il va penser qu'elle est une femme facile, habituée à tromper son mari. S'il savait à quel point c'est faux…

Elle ramasse ses affaires, passe dans la salle de bains. Elle veut pouvoir retourner chez elle comme elle en est partie, propre et « normale »… vierge de lui.

Pourtant, quand Emma referme la porte sur elle, elle ne sait plus bien qui elle est.

Babette

Collègue du marié,
trente-six ans

Quand j'ai choisi mon mari, il était normal. Il semblait gentil. Il avait promis à mes parents de prendre soin de moi. Petit à petit, il est devenu moins aimant, désagréable, violent dans son langage. Puis violent tout court. D'abord une claque. Puis une autre. Puis des coups de toutes sortes. J'ai sans doute eu le tort d'accepter le premier. Et de lui trouver des excuses.

Les blessures sont parfois invisibles aux yeux des autres, mais j'ai des bleus au cœur et à l'âme. Il m'oblige à faire des choses que je ne veux pas faire. Il me domine, me manipule.

Même s'il me frappe, même s'il est devenu mon bourreau, je reste avec lui. Parce que je ne peux pas m'imaginer autrement que sous sa coupe. Parce que j'ai peur de ce qu'il pourrait faire, aussi.

Je préfère être sa chose, plutôt que seule ou rien du tout.

7

Un drôle de nuage de culpabilité s'abat sur elle quand elle s'assied sur le canapé. Elle est écartelée entre la joie de son corps et les tourments de son esprit. *Julien ne mérite pas ça, Julien ne mérite pas ça*, se répète-t-elle en boucle. Qu'a-t-elle fait ? Dévasté, le contrat de mariage ; rompu, le pacte ; lourde, la croix qu'elle va devoir porter à présent… Elle n'a pensé qu'à elle, avide de satisfaire son appétit de séduction et de sexe. Aveuglée par son désir, elle a occulté le reste. Centrée sur son corps, décérébrée, voire déshumanisée, elle en a oublié son mari, ses principes, ses valeurs… La honte la submerge à présent. La peur, aussi : elle va forcément croiser Bertrand régulièrement, et Julien pourrait s'apercevoir de quelque chose s'il les voyait tous les deux. Leur malaise serait palpable, le sien surtout… Que savait-elle de Bertrand, après tout ? Si peu…

Quand elle va chercher Lison à l'école, elle est toujours aussi perdue. Elle craint de tomber sur Bertrand.

Elle l'a quitté sur un simple « au revoir » qui ne

disait rien de son trouble ou de ses intentions, rien de ce qu'elle projetait. Et pour cause, elle n'en savait rien… Après un après-midi de réflexion, elle a décidé que ce moment enfiévré ne se reproduirait pas. C'était une erreur. Une erreur délicieuse qu'elle serait folle de réitérer.

Sa vie va reprendre son cours normal. Il faudrait juste ne pas croiser Bertrand… au moins quelque temps. Elle veut croire que l'assouvissement de son désir pour ce fantasme fait homme l'aura éteint. C'est en mère de famille (quasi) parfaite qu'elle a regagné son appartement, digne et droite.

Emma a de la volonté. Elle sait quoi se dire et quoi faire.

Quand Julien rentre du travail, le soir, elle sent une vague de culpabilité bien plus forte la submerger. Elle doit faire abstraction de ce qu'il s'est passé. Comme si c'était un rêve. Rien de plus. Elle essaie de se convaincre, embrasse Julien avec une fougue oubliée pour mieux se persuader que rien n'a changé et que cela anéantira le charme qui l'a ensorcelée.

Mais la nuit qui suit est mauvaise. Tourmentée. Emma peine à trouver le sommeil, et n'y plonge que tardivement, après avoir revécu en boucle et en flashs ses ébats avec Bertrand. De petits flashs qui crépitent au seuil de sa (mauvaise) conscience. Elle rêve même de Bertrand. C'est la première fois que cela arrive.

Toute la matinée du mardi, elle a la sensation de

planer un peu dans des vapeurs néfastes. Elle se sent nauséeuse. Au bord du malaise.

*

Les jours suivants, Emma ne sort que pour amener Lison à l'école ou se rendre à son travail en priant pour ne pas croiser son voisin dont elle n'a pas eu de nouvelles… Il a sans doute compris ce qu'elle souhaitait.

Pour autant, elle hésite. Ne devrait-elle pas lui écrire un petit mot et le glisser dans sa boîte aux lettres ? Après tout, comme ça, les choses seraient claires. Au cas où il prendrait son silence pour de la réflexion ou du temps pour composer avec sa honte afin de mieux y retourner… Au moins, il saurait à quoi s'en tenir.

Emma s'y reprend à plusieurs fois pour aboutir à ce petit mot : *Bertrand, cela n'arrivera plus. Soyons bons voisins. Je compte sur toi…* Sobre et factuel. Pas d'envolée, pas de larmes. Digne et droite.

*

Avec Julien, c'est à peu près comme avant. À ceci près que, lorsqu'elle est au lit avec son mari, elle repense aux mains de Bertrand. À son regard de braise. À ses baisers torrides. La réalité conjugale est tellement fade, insipide en comparaison. Des flashs de leurs étreintes lui reviennent… encore. Heureusement, Julien n'a aucune idée de ses envolées oniriques.

Elle s'émeut parfois de sa naïveté. Mais se rassure en se disant que beaucoup de femmes fantasment sur un autre homme, vedette ou star de cinéma, quand elles sont dans les bras du leur… Elle, elle pense à son voisin.

*

Parfois, quand même, la culpabilité, celle qui angoisse, qui accable, se rappelle à son bon souvenir et la rend juge sévère de ses actes. Mauvaise épouse. N'a pas su conserver l'unité de son foyer. A entaché son mariage. Elle se sait responsable. Elle n'a pas été la malheureuse victime d'un séducteur aux dents longues. Elle l'a voulu, elle l'a eu. Elle se sait fautive. Cela la noue, l'entrave dans son travail, dans ses pensées. Elle n'a plus d'appétit. Elle se regarde dans la glace et a honte. Elle se demande si « adultère » se voit sur son visage, ou si seul son esprit dispose d'un filtre moralisateur. Parfois, elle regarde sa fille et se dit qu'elle n'est pas un bon exemple, qu'il ne faut surtout pas qu'elle sache cela plus tard…

Elle n'en a pas parlé à Susie, ni à personne. Par respect pour son mari, et peut-être aussi pour préserver les apparences. Une femme heureuse en ménage ne trompe pas son mari. Et elle était tellement fière de s'être « rangée »… Elle s'est trompée sur elle-même en trompant son mari. C'est aussi cela qu'elle a du mal à digérer. Se serait-elle fourvoyée ?

*

Et est arrivé ce moment où elle a revu Bertrand. Dans l'ascenseur, évidemment. Coincée.

Il est accompagné de son fils, vraisemblablement.

— Bonjour, Emma, glisse-t-il, l'air de rien.

— Bonjour, Bertrand.

Emma se sent affreusement gênée, mais tente de teinter sa voix d'une certaine assurance.

— Comment vas-tu ? s'enquiert-il poliment.

— Bien, et toi ?

— Très bien. Maxime, c'est Emma, notre voisine, avec qui j'entretiens une relation très cordiale…

Emma manque de sursauter à la réception de cette allusion ironique.

— Bonjour, madame. Ça veut dire quoi, « cordiale » ?

— Ça veut dire sympathique, répond Bertrand, imperturbable. Nous nous entendons bien. N'est-ce pas, Emma ?

— Bonjour, Maxime. C'est vrai, concède-t-elle avec un léger étranglement dans la voix.

L'ouverture de la porte soulage Emma qui reprend enfin son souffle et se précipite chez elle.

La froideur dans le ton de Bertrand faisait mentir ses yeux brûlants. C'est tout ce qu'elle a vu. Il souffle le chaud et le froid. Elle veut garder la tête sur les épaules. Faire comme s'il ne s'était rien passé. Digne et droite.

*

Un autre jour de la semaine, ils tombent de nouveau l'un sur l'autre dans l'ascenseur. Seuls, cette fois. Ils se saluent du bout des lèvres. Se frôlent. Leur respiration s'accélère. Le désir palpite et s'invite entre eux. Le regard d'Emma se brouille et brûle. Bertrand comprend – avec une certaine satisfaction – qu'elle lutte. Contre elle-même avant tout.

Christophe

Ami du marié,
trente-cinq ans

Je n'en veux pas, c'est tout. Marre qu'elle me tanne avec ça.

Tous les jours ou presque, j'y ai droit. « Allez, dis oui... », qu'elle me supplie. Mais moi, pas envie. On en a déjà trois. Comme si ça ne suffisait pas !

Un quatrième, ça veut dire encore beaucoup de changements : une chambre à partager, une voiture à acheter, le passage au seuil psychologique de "vraie" famille nombreuse... Et puis, repartir pour les couches, les pleurs, les nuits dévastatrices alors qu'on en est enfin sortis et un peu tranquilles... Les enfants commencent à être assez grands et un minimum autonomes... J'ai passé l'âge...

J'étais déjà pas chaud pour le troisième, alors...

Et puis on a trois gars ! C'est bien beau d'espérer avoir une fille pour rompre le sort... mais si c'est encore un garçon ? C'est pas moi que ça gênerait, mais je vois déjà sa déprime à elle...

J'imagine aussi les conséquences pour notre couple.

Déjà qu'on peine à se retrouver, qu'on passe notre temps à être parents-taxis…

Je ne parle pas non plus des kilos qu'elle ne parviendra pas à perdre, déjà qu'elle fait une obsession dessus. Quant à moi, je ne reconnais plus la jeune femme à la silhouette de rêve que j'ai épousée ; avec les grossesses, ce n'est clairement plus la même… une de plus, et je crois que je pourrai dire adieu à ma libido !

Non, vraiment, stoooop ! J'arrête là.

8

Alors qu'en ce lundi matin Emma est absorbée par sa lecture, la sonnette retentit. L'horloge du salon indique 10 h 27. Emma se lève paresseusement pour aller ouvrir. Dans l'œilleton, elle reconnaît Bertrand. Un frisson de peur la traverse l'espace d'un instant. Que lui veut-il ? Elle reprend ses esprits, une grande inspiration et ouvre, feignant la surprise :

— Ah ! Bonjour, Bertrand.

— Bonjour, Emma. Pardon de te déranger.

— Tu ne me déranges pas, ment-elle un peu trop vite.

— Je voulais m'excuser pour l'autre fois, dans l'ascenseur… Je n'ai pas été très correct…

En plus, il est courtois, pense Emma.

— Non, ce n'est pas grave… C'est déjà oublié.

Un silence passe entre eux. La conversation peut s'arrêter là… mais Emma n'en a pas envie.

— Veux-tu un café ? En toute cordialité, bien sûr, s'entend-elle lui proposer.

— Volontiers.

Elle s'efface dans l'encadrement pour le laisser

passer, le suit dans le salon. Il s'installe dans le fauteuil qu'elle lui a indiqué et attend sagement.

S'ensuit une conversation banale entre deux simples voisins. La complicité entre eux est évidente. Emma songe en son for intérieur à ce qu'il se passait à la même heure une semaine plus tôt dans l'appartement voisin. Ils ont été si intimes que cette « cordialité » distante de bon ton entre deux nouveaux voisins lui paraît surréaliste et un peu décevante, au fond. Sont-ils en train de nouer une relation de voisinage normale ? Après tout, c'est ce qu'elle-même veut. Officiellement, du moins, raisonnablement, devrait-elle dire. Lui respecte sa volonté avec une sagesse et un détachement qu'elle a du mal à interpréter. Peut-être est-il satisfait de cette issue « facile » (un maximum de plaisir pour un minimum de complications) ? Peut-être voulait-il simplement la mettre dans son lit pour ajouter son nom à son tableau de chasse ?

Quand elle le raccompagne sans qu'il ait rien tenté, elle ne peut s'empêcher d'aborder le sujet.

— Bertrand, tu sais, pour l'autre jour…

Il se tourne vers elle, la pupille soudain brillante.

— Oui ?

— Je voulais juste te dire… Je n'ai pas l'habitude de faire ça.

— Ce n'est pas ce que j'ai pensé, se contente-t-il de dire.

— Je n'avais jamais trompé mon mari.

— Ah !… Et… tu regrettes ?

Elle hésite, il attend qu'elle réponde.

— Oui et non… Non, pour le moment passé ensemble… Oui, pour les remords ; bien sûr que j'en ai, sans compter la situation inconfortable dans laquelle je suis, avec toi qui vis juste à côté…

— Je comprends. Ne t'en fais pas… Tout ira bien. Ça ne se reproduira pas – si c'est ce que tu veux, bien sûr.

Il n'a pas pu s'empêcher d'ajouter cette dernière phrase mi-sérieusement, mi-malicieusement.

Quand elle le regarde avec une furieuse envie de l'embrasser, il sait que ce n'est qu'une question de temps. Que tôt ou tard elle replongera. Il la quitte après lui avoir déposé un léger baiser sur la joue, et rentre chez lui sans se retourner.

*

Emma s'effondre sur le canapé, anéantie par son manque de volonté et son désir insensé pour cet homme. Elle se fait horreur, mais ne sait plus trop si elle veut réellement lutter contre l'élan qui la pousse irrésistiblement vers lui. Son corps l'appelle, et le sien à elle brûle de lui répondre. Elle maudit le jour où il a emménagé dans son immeuble.

Pourquoi ? Pourquoi lui ? Pourquoi ne peut-elle pas lui résister ? Il est si séduisant, mystérieux, et puis… ils ont vécu un moment si intense… Force est de constater qu'il lui fait de l'effet et exerce un attrait sur elle comme aucun homme auparavant. Quelle horreur… Dans quel guêpier s'est-elle fourrée ?

Elle est perdue. Sa raison tente de la raisonner : elle

ne doit pas aller le voir ni le supplier de lui faire l'amour, surtout pas.

Là, tout de suite, elle a très envie de vider son sac, de livrer ses tourments… Mais à qui ? Elle pense immédiatement à Susie. C'est la seule de ses amies à qui elle pourrait avouer son infidélité. Elle redoute trop le jugement des autres. Susie est libre et libérée. Pour autant, et à cause de cela, sera-t-elle une bonne conseillère ? Emma en a assez de se poser des questions, de ressasser ; elle décroche son téléphone et appelle son amie pour l'inviter à déjeuner.

*

— Je dois t'avouer quelque chose… lui annonce Emma de but en blanc.

— Vas-y, je t'écoute, lance Susie, qui sent l'affaire croustillante.

Emma hésite, lâche sa fourchette en même temps que sa phrase :

— J'ai trompé Julien.

— Non ?! Enfin ! Tu en as mis, du temps !

La réaction laisse Emma bouche bée. Elle n'a pas le temps d'ajouter quoi que ce soit que Susie la bombarde de questions pour tout savoir, avide des confidences coquines de son amie.

— Écoute, Susie, c'est pas drôle… Je ne sais plus quoi faire, et je ne sais pas si tu peux m'aider à y voir plus clair…

— Pardon, vas-y parle, tu as toute mon attention, je

vais essayer de te conseiller au mieux, en vraie bonne copine. C'est promis.

Emma lui raconte les derniers événements et ce trouble qui ne la quitte plus, malgré tous ses efforts pour rester dans le droit chemin. Susie se repaît de ses paroles.

— C'est un bon coup ?

— Oh, Susie, tu es incorrigible !... Excellent, oui. Trop...

— Waouh..., fait-elle avec un air de midinette romantique, le menton posé sur sa main, avant de se reprendre et de feindre le plus grand sérieux. Bon, bah, ma grande... t'es pas dans la merde !

— Merci... Ça me va droit au cœur. J'aurais mieux fait de ne rien te raconter.

— Mais non... Mais que veux-tu que je te dise ? C'est ta conscience, ton mariage... ta vie ! Moi, je ne pourrais jamais être fidèle sept ans au même homme, tu le sais. De ce point de vue, je ne suis effectivement pas la mieux placée pour te louer les délices de la fidélité... Mais toi, que veux-tu ? C'est ça, la vraie question.

— Je ne sais pas... C'est tout le problème... D'un côté, je tiens à mon mariage avec Julien, je ne veux surtout pas tout détruire, mais de l'autre... je ne pense qu'à recommencer avec Bertrand... C'était si... Il est si...

— Tu es mordue, hein ? C'est ça, le problème...

— Un peu, concède Emma. Je ne sais pas où j'en suis. C'est l'horreur... Il faudrait que Bertrand reparte d'où il est venu, comme ça ce serait réglé.

La moue de Susie la rend à l'évidence : sa solution n'en est clairement pas une.

Quand son amie repart, Emma, sans surprise, n'en sait guère plus…

*

Ce même soir, Julien la trouve peu encline à faire l'amour. Elle ne semble pas avoir très envie et le repousse un peu. Il l'interroge. Est-ce que ça va ? Oui… Que pourrait-elle lui répondre d'autre ? C'est un petit « oui »… Il se résigne, lui tourne le dos et s'endort vite. Elle reste les yeux grands ouverts. Elle ne sait pas quoi faire de son désir pour l'Autre. Elle doit le réprimer. Mais combien de temps tiendra-t-elle ainsi ? Elle doit rassembler ses forces pour résister, revêtir une armure de chasteté et se concentrer sur son amour pour Julien. C'est ce qu'elle doit faire… Elle n'a pas le choix.

Pénélope

Amie d'enfance de la mariée,
vingt-quatre ans

Tous les matins, c'est la même histoire : je me bats avec ma garde-robe. Le combat est sans merci, et ma chambre un vrai champ de bataille… Je ne sais jamais quoi mettre ! Pas vous ?

Pourtant, la veille au soir, je regarde la météo, ce qui élimine bon nombre de vêtements. Je vérifie bien sûr le matin qu'elle a dit vrai, cette météo pas toujours fiable : je regarde le ciel, j'ouvre ma fenêtre au besoin (parfois je sors même sur la terrasse pour tester la température ressentie, comme ils disent). Ça, c'est la première étape.

Ensuite, ça se corse – parce que j'ai trop de vêtements, je l'avoue. Je suis une fashion victim, une adepte du chauffage mensuel de la carte bleue (un budget de trois cents euros, au bas mot, que je double pendant les soldes). Tout ça pour dire que si j'opte pour jupe-chemisier-talons hauts, j'ai encore un panel de combinaisons possibles qui donne le tournis. Alors, je sors des cintres, des boîtes de chaussures, j'essaie des associations… J'envoie valdinguer ce qui ne me plaît pas ce jour-là et que j'adorerai porter le lendemain (c'est peut-être hormonal, ce genre de réaction ?)… et je laisse tout en plan, parce que je commence à être en retard et qu'il est temps de partir. C'est donc le soir que je me livre à un second combat : le rangement des vêtements sortis à la va-vite, et parfois chiffonnés… Et c'est le même cirque tous les jours. Vous le croyez, ça ?

9

Chers voisins,

J'organise une pendaison de crémaillère samedi soir prochain. Veuillez m'excuser par avance pour le bruit occasionné.

Je vous remercie pour votre indulgence.

Bertrand

Un post-scriptum personnalisé a été ajouté au stylo rien que pour eux.

P.-S. : Emma et Julien, n'hésitez pas à vous joindre à nous !

Bises

Les jambes d'Emma se mettent à flageoler. Des jours qu'elle tente de se raisonner, et voici l'occasion toute trouvée de revoir Bertrand et de passer un bon moment en sa compagnie. Elle est curieuse de voir ses amis et de le regarder évoluer au milieu d'eux.

Elle a très envie d'y aller. Julien ne sera pas intéressé. Et puis il faudra bien garder Lison ! Elle sourit…

C'est dans trois jours. Cette perspective lui met soudain du baume au cœur. La tentation et la joie de le revoir ont supplanté raison et prudence. Et puis elle est persuadée qu'il n'y a aucun risque dans ce contexte. Sans compter sa détermination à ce qu'ils en restent là. Aucun risque.

Le soir, elle en discute avec Julien.

— Sans façon. Mais vas-y, toi, si tu veux.

— Tu es sûr ?

— Oui, tu me connais… Je n'aime pas trop ce genre de fêtes, surtout au milieu de gens que je n'ai jamais vus. Tu es beaucoup plus sociable que moi ! lance-t-il en l'embrassant. Je passerai peut-être, histoire de saluer Bertrand, mais c'est tout. Je m'occuperai de Lison.

Emma sourit. Intérieurement, elle jubile.

*

Des éclats de voix et de rires retentissent dans le couloir et annoncent le début des festivités. Emma sent une espèce de trac monter en elle. Elle s'est habillée de façon décontractée : jean et un petit chemisier cintré. Aux pieds, de jolies chaussures à talons pas trop hauts qui flattent sa silhouette.

Julien lui dit qu'elle est jolie comme ça. C'est gentil… Il passera dire bonsoir quand Lison sera couchée. L'avantage d'être juste à côté.

Emma l'embrasse et quitte l'appartement pour se présenter à la porte de Bertrand. La surprise qu'elle lit dans ses yeux ne semble pas feinte. Il lui dit qu'il est ravi qu'elle soit là, glisse une main dans son dos, ce qui l'électrise instantanément, puis dépose un baiser sur sa joue.

Dans la salle à manger, des petits groupes se sont déjà formés. Emma dépose sur la table les petits-fours qu'elle a préparés, et la bouteille d'aubance qui les accompagne.

Bertrand la présente à tout le monde comme sa voisine. L'assemblée la salue avec enthousiasme. Emma est rassurée, la soirée s'annonce sympa. Cependant, elle ne connaît personne, et Bertrand est occupé à accueillir les nouveaux arrivants. Ensuite, il est sollicité de toutes parts, va de groupe en groupe et ne semble pas pouvoir (vouloir ?) passer un peu de temps avec elle.

Emma commence presque à regretter d'être venue. Pourquoi est-elle là, d'ailleurs ? C'est à ce moment que Julien apparaît ; il s'est glissé par la porte restée entrouverte, faute d'avoir été entendu. Elle s'avance vers lui, heureuse de le voir, et s'enquiert du coucher de Lison. La musique ne l'a pas empêchée de s'endormir ? Julien la rassure, il faudrait un bombardement pour troubler son sommeil. Bertrand, qui a aperçu Julien, s'avance vers eux et le salue avec enthousiasme. Ils discutent tous les trois, une coupe à la main. Emma trouve la situation insolite, mais se réjouit d'avoir pu mener une conversation normale et amicale lundi dernier avec son voisin. Elle aurait été affreusement mal à l'aise de se trouver ainsi à côté de lui devant son mari si leur dernière entrevue avait été horizontale. Emma essaie de se détendre, mais c'est loin d'être évident. Le regard de Bertrand la baigne dans une eau ensorcelée. Et quand il ne se plante pas dans ses yeux, il glisse sur elle comme une caresse. Elle se fait peut-être des idées, mais c'est ainsi qu'elle le perçoit. Le tout sous les yeux de son mari, qui, heureusement, n'en a absolument pas conscience.

Julien pose alors une question qui, par son naturel, son côté direct – un peu intrusif aussi –, pour le moins inhabituels, laisse Emma pantoise :

— Et… tu as bien une petite amie qui se cache par ici, non ? demande Julien.

— Non, je n'ai personne. Ni ici ni ailleurs.

En répondant à Julien, son regard glisse sur Emma comme s'il s'adressait à elle… Elle sent le rose lui monter aux joues.

— Oh, fait Julien, ça ne doit pas être bien difficile à trouver pour un homme comme toi…

— Peu importe, la question n'est pas de trouver n'importe qui… et puis je ne suis pas pressé.

— Oui, tu as raison. Tu as tout le temps, conclut Julien.

Au bout d'une petite demi-heure, le mari d'Emma finit par s'éclipser. Son départ achève de la troubler. Doit-elle le suivre ? Cela serait plus raisonnable, mais pour éviter quoi, finalement ? De toute façon, elle ne risque rien. Ils ne sont pas seuls. Elle refrène la tentation de suivre son mari, lui souhaite bonne nuit, non sans lui avoir demandé de s'assurer que tout va bien dans la chambre de Lison.

Une fois seule, Emma ne sait plus comment se tenir, où mettre ses mains, quoi faire de ses jambes qui flageolent… Et puis, elle ne connaît vraiment personne. Un court moment, elle regrette d'être restée. Qu'est-elle venue chercher, au juste ?

— Tout va bien, Emma ? demande Bertrand, d'une voix tout à fait renversante.

— Oui, oui, très bien… J'ai un peu chaud… Ce doit être ce cocktail…

— C'est chouette que tu sois là… lui glisse-t-il à l'oreille.

— Ah, tu trouves ?

— Oui.

— Pourquoi ? ose-t-elle demander.

— Eh bien, parce que… tu es… sympa ? propose-t-il avec un clin d'œil. Ou parce que tu ajoutes au capital charme de la soirée ?

Emma rougit en baissant les yeux.

— Je te laisse, on va jouer un peu avec les gars. Je te retrouve plus tard ?

Elle acquiesce.

L'heure du concert acoustique privé a donc sonné. Les musiciens s'installent chacun à son poste, puis invitent la trentaine de spectateurs à ne pas trop crier… On n'est pas dans une salle de concert. Emma reconnaît d'ailleurs quelques fans aperçus deux semaines auparavant.

Elle se lève et s'approche de la scène improvisée à même le sol. Elle s'étonne de ce que, parmi les femmes présentes, il n'y en ait pas une que Bertrand a en vue, se dit qu'il doit bien y avoir une ou deux ex, voire plus, ici… Elle se demande comment il a vécu ses dernières histoires, s'il a été très amoureux, malheureux… Et au milieu de ces pensées brumeuses, elle se sent harponnée par le regard de Bertrand. Comme une réponse à certaines questions qu'elle se pose. Sauf qu'elle préfère l'ignorer. Se protéger derrière un paravent invisible, un bouclier qui lui permettrait de parer les coups infligés par les ardents yeux verts de cet homme trop charmant pour qu'il l'indiffère. Elle se sent une proie facile, trop faible pour résister au sort qu'il lui a jeté. Mais tout est question de volonté, se rassure-t-elle. Quand elle ne sera plus dans ce contexte hypnotique, qu'elle aura quitté ce dangereux périmètre, le sort s'évanouira comme par magie. Il n'y a rien de figé. Le charme se rompra, et il quittera son esprit.

The Green Tomatoes jouent déjà depuis quelques minutes. Emma trouve Bertrand tout à fait renversant. Son talent mêlé à son charisme le fait rayonner. Elle a l'impression d'avoir quinze ans et d'être la plus grande fan d'un chanteur à midinettes. Elle ne le quitte pas des yeux, puis au contraire décide de les fermer pour se concentrer sur sa voix douce et grave, virile mais suave. Elle fond… *So sexy…*

Pour désamorcer la potentielle tentative de séduction de Bertrand, elle commence à danser, imitant quelques autres spectateurs. Elle se laisse griser par la musique, bercer par la voix entêtante du chanteur et entraîner par le dynamisme de sa guitare. Détourne son regard des musiciens, se décale un peu. N'ignore pas cependant que la danse peut être suggestive et sensuelle. Elle ne joue pas à ça… trop consciente du fait que Bertrand l'a sans doute, toujours, en ligne de mire… L'intéresser, pourquoi pas… Lui inspirer du désir, sûrement pas. Elle préférerait en annihiler jusqu'à la moindre étincelle (vraiment ?) plutôt que l'allumer… En reste à une attitude sans équivoque. La plus naturelle possible. Comme ignorant les prémices de ce qui pourrait renaître entre eux. Souhaitant plus que tout montrer qu'il ne se passera plus rien…

Le concert privé s'achève sous les sifflements et les applaudissements d'un public conquis d'avance. Il est presque minuit. On met de la musique. Certains commencent à danser.

Logiquement, Bertrand ressort en nage de cet intermède musical. Ses cheveux collent un peu, sa chemise aussi… Il s'excuse de son apparence chahutée, avec un sourire éclatant, puis il part se rafraîchir et se changer. Pendant son absence, Emma souffle enfin. L'occasion de redescendre en température. Pour ça, il vaut mieux éviter de l'imaginer dans sa salle de bains… Des petits papillons s'invitent dans le ventre d'Emma, à la pensée de ce qu'elle aurait découvert si elle l'avait suivi.

Rien, il ne se passera plus rien…

*

Emma a rejoint les danseurs. La soirée bat son plein.

Elle sent le regard de Bertrand sur elle. Il l'observe de façon subtile. Elle est persuadée qu'il ne veut pas la mettre mal à l'aise, mais il a du mal à refréner son attirance. Elle fait comme si elle ne le voyait pas, mais, quand ses yeux croisent les siens, le message qu'ils envoient n'a rien d'implicite. C'est un regard appuyé, désirant. Il la rejoint sur la piste. Ils dansent face à face et se sourient. Il y a quelque chose comme une connivence brûlante, un fil de désir qui les relie. Peu à peu, les gens s'en vont. Emma a envie de rester jusqu'à la fin, mais ne voudrait pas se compromettre. Elle esquisse le début d'un départ et se dirige vers la sortie où se trouve justement Bertrand.

— Je vais y aller… dit-elle dans un souffle.

— Tu es sûre ?

— Oui, c'est mieux…

— Dommage… Tu es sûre de ne pas avoir envie de rester… ?

— Ce n'est pas la question…

— Alors reste… s'il te plaît…

Il avance ses lèvres au plus près de son oreille et lui assène le coup fatal :

— J'ai très envie de toi… S'il te plaît, reste…

Emma sent la fièvre lui brûler les yeux. Piégée. Non par le désir qu'il a d'elle, mais par le sien propre. Elle a l'impression d'avoir absorbé une drogue qui annihile toute volonté, toute raison. De n'être qu'un corps désirant.

Mais que faire ? Il reste encore du monde dans la salle. Il va falloir attendre qu'ils partent. Pourvu que ce ne soit pas trop long… et Julien qui dort de l'autre côté de la cloison… il ne faudrait pas qu'il surgisse au mauvais moment.

Peu importe. Ils attendront d'être seuls.

Le dernier couple s'en va. Quand Bertrand revient vers elle, il a le sourire du vainqueur, ou du chasseur qui a enfin à sa portée la proie qu'il convoitait depuis des heures. Elle est sur le canapé, l'attend avec un demi-sourire convenu. Il s'approche, s'agenouille face à elle, lui prend la tête entre ses mains et l'embrasse avec passion. Il la dévore, elle se consume. Se laisse faire, car elle n'a pas plus la force d'être active que celle de lutter contre son propre désir. Il la prend ainsi, sur le canapé, sans brutalité, mais avec une virilité vigoureuse qu'elle adore.

Puis elle se confond en excuses, car il faut vraiment qu'elle rentre. Cette fois, il l'accompagne jusqu'à la porte, l'embrasse, l'étreint.

— Tu es très belle…

Emma savoure ce compliment susurré à son oreille, rajuste ses vêtements, l'embrasse une dernière fois et s'en retourne chez elle, sonnée.

Elle titube à moitié, et pas à cause de l'alcool dont elle s'est méfiée toute la soirée. Se met au lit au plus vite. Se glisse entre les draps. Caresse bêtement le mur qui la sépare de l'appartement de Bertrand. Murmure son nom dans sa tête. Repasse en boucle leur divine étreinte. Imagine plus… A encore envie de ses mains sur cllc, dc sa langue dans sa bouche, de ses coups de reins puissants… Il a suffi de cette deuxième fois pour que sa raison l'abandonne tout à fait. Et si elle voulait une preuve de son irrépressible engouement érotique pour son voisin, elle l'a.

François-Xavier

Oncle du marié,
quarante-sept ans

J'ai décidé de changer de vie. Il paraît que beaucoup de gens en rêvent, sans oser se l'avouer, et surtout sans oser sauter le pas.

Moi, j'y réfléchis depuis quelques années. J'ai laissé mûrir, j'ai posé quelques fondations pour mon futur projet, j'ai pris mon temps pour faire les choses bien.

J'en ai assez de cette vie de stress permanent. Trois heures de transport quotidien, la pollution, les responsabilités et la pression des chiffres au travail… Je flirte souvent avec le burn-out. Je suis dans un état de profond ras-le-bol, et ça fait des années que ça dure.

J'ai besoin de me sauver, de m'exiler. Quitter Paris, trouver un projet professionnel valorisant mais cool, me poser ailleurs pour le mettre à exécution. Et au passage réaliser quelques rêves, concrétiser de vieilles envies que j'ai laissées dormir au fond de moi et qui se sont réveillées.

C'est une sorte de deuxième vie qui arrive à point nommé. Je suis excité comme un gamin. J'adore cette perspective de repartir de zéro, ailleurs.

10

Nuit agitée. Sommeil léger ponctué de réveils où la conscience affleure et met un pied dans la réalité, pour repartir dans les brumes des songes. Le réveil est difficile. Emma sort peu à peu de sa torpeur, alourdie de fatigue, ankylosée par… quoi, d'ailleurs ? Des remords ? Même pas… Il semblerait qu'elle ait déjà dépassé ce stade. Au sortir du coma, elle se souvient avec délice de son étreinte avec Bertrand. Le désir la submerge. Elle chuchote son nom en direction du mur qui les sépare. Emma n'est plus la même. Elle flotte dans une réalité double, ambivalente.

Oh, il n'est pas question pour elle de briser son mariage. Elle l'a décidé avant de s'endormir au petit matin : elle préfère faire de Bertrand son amant régulier… un parfait à-côté pour des en-cas délicieux. Voilà. Une double vie, comme tant d'autres en mènent. Envolée, la culpabilité ! Elle assume ses penchants, son égoïsme. Tout restera bien caché. Julien n'en saura rien. Il faudra juste prendre des précautions : « discrétion » et « protection » seront les maîtres mots de sa vie à partir de maintenant. « Mensonge », aussi…

Quand elle se lève, Emma est déterminée… et déjà impatiente de faire part à Bertrand de sa décision.

*

C'est un dimanche brumeux à tous points de vue. L'automne frappe à la porte de l'été. Julien a proposé de se balader au parc de la Garenne, un endroit que Lison aime beaucoup, où il fait bon flâner et regarder les animaux. Emma marche en lui tenant la main. Lison a beaucoup de choses à dire, du haut de ses trois ans, mais sa maman ne l'écoute pas vraiment. Elle est distraite. Son corps est là, mais sa tête est restée contre le torse de Bertrand.

Julien s'enquiert de son bien-être. Il sait qu'elle est rentrée tard, et fatiguée, mais il ne lui en tient pas rigueur. Il comprend. C'est normal. Elle lui a raconté la soirée, en omettant quelques détails intimes. Il semble content qu'elle se soit amusée et trouve Bertrand effectivement sympathique, lui aussi.

Elle se laisse porter par ses pas, ne dit pas grand-chose. Admire les arbres qui se parent de couleurs automnales, et cette petite langue de brume qui effleure l'étang Saint-Nicolas, en bas. Tout est calme. Bien que, en son esprit, les neurones soient en ébullition.

*

Le lundi tant attendu a enfin succédé à ce dimanche interminable.

Julien a quitté l'appartement à 8 heures, comme tous les matins. Emma revient de l'école. Elle calme les ardeurs de ses jambes qui voudraient courir toutes seules, parvient à l'ascenseur presque essoufflée. Rentre chez elle et prend une douche pour laver ses idées et tout remettre en place, faire glisser le trac avec l'eau qui coule sur sa peau. Son cœur bat la chamade. Et si Bertrand était contre son projet de double vie ? Et s'il avait déjà quelqu'un dans sa vie ou en vue ? Elle ne sait pas ce qu'il pense, au fond. Il est si mystérieux.

9 h 28. Peut-elle se permettre d'aller frapper à la porte de son voisin ? Elle en meurt d'envie – et de désir. Son souffle est déjà court, des impatiences parcourent son ventre. Elle le veut en elle. Elle a soif de ses baisers.

9 h 41. Emma n'y tient plus. Sort de chez elle pour s'empresser de se présenter chez Bertrand. Elle frappe. Trois petits coups, à peine perceptibles, pour ne pas le réveiller au cas où…

Il lui ouvre, une tasse de café à la main. Sourit, pas étonné. La laisse entrer.

Il ne l'a pas embrassée. Pourquoi ? Emma est fébrile et mal à l'aise. Il lui propose un café. La sert. La remercie d'être venue à la soirée, lui demande comment elle va.

Est-ce qu'il joue ? Voilà ce qu'elle se demande. Elle attendait autre chose, que cela se passe autrement. Ce n'est pas comme dans tous les films qu'elle s'est faits hier… Quelle déception ! Elle se trouve bête et prend le chemin de la sortie. Elle aurait mieux fait de ne pas venir. Tout s'écroule dans sa tête.

— Où vas-tu, Emma ?

— Je rentre, c'est mieux, dit-elle sans se retourner.

— Pourquoi, *mieux* ?

Son « parce que » ne sort pas de sa bouche, étranglé par un sanglot qui monte dans sa gorge. Elle a déjà la main sur la poignée. Bertrand met la sienne par-dessus et referme la porte. La force à le regarder dans les yeux en soulevant doucement son menton de son index.

— Emma, si tu pouvais être claire, ce serait bien. Tu viens ici, sans doute dans l'attente de quelque chose. Mais je ne sais pas de quoi. Je te rappelle qu'il y a une semaine tu m'as demandé d'en rester à des cordialités de bon voisinage. Alors, excuse-moi de ne pas te sauter dessus quand tu viens chez moi !

Ah, c'est donc ça… Mais quelle idiote ! Évidemment que ce qui est clair pour elle ne l'est pas forcément pour lui… Il ne sait rien de l'évolution de ses pensées et de ses intentions.

Il s'approche d'elle et lui murmure, à deux centimètres de sa bouche et avec sensualité :

— C'est ça que tu veux, que je te saute dessus ?

Elle rétorque quelque chose qui veut dire en substance que ce n'est pas aussi *brut* que ça. Elle n'a pas envie de se faire sauter, comme la dernière des… Non.

Il l'entraîne sur son canapé.

— Alors ? Explique…

— Je ne sais pas trop comment dire ça. Écoute, Bertrand. Je sais que je t'ai dit que je ne voulais pas recommencer. Mais tu as vu à quel point je suis faible… Ne souris pas, ce n'est pas drôle. Tu as peut-être l'habitude de t'envoyer en l'air avec des nanas de toutes sortes, et je me doute que tu as du succès auprès des femmes… Nous nous connaissons à peine, et tu es encore très mystérieux pour moi… Je ne sais pas non plus ce que tu penses, ce que tu veux…

— Ah bon, ça n'était pas suffisamment clair samedi soir ?

— Tu m'as très bien comprise. Je ne sais rien de toi, de ta vie sentimentale, de tes habitudes… Tu as peut-être quelqu'un dans ta vie ou bien… Toi, tu sais que je suis mariée. Et infidèle, c'est merveilleux… Je ne suis pas fière d'en arriver là…

— D'en arriver à quoi ? Que veux-tu me dire ? Viens-en au fait.

— Bertrand, je n'ai pas envie de me contenter d'une relation amicale et cordiale entre voisins. J'ai trop aimé, samedi soir…

Emma s'interrompt devant un sourire qui en dit long en face d'elle.

— Alors, que proposes-tu, au juste ? demande-t-il, curieux.

— Je préfère être honnête avec toi : c'est avant tout physique… Je n'éprouve rien pour toi, enfin juste un désir qui me dépasse… Pas de sentiments. Et ça tombe bien, puisque je ne compte pas quitter Julien ! Mais… j'aimerais… recommencer… et continuer… si tu en as envie aussi, bien sûr. Sans engagement. Dès que l'un de nous veut arrêter, ça s'arrête. En attendant, oui, c'est ça, ce que je te propose : juste partager des moments volés. Tous les deux. Pas forcément que du sexe, hein. Tu m'intéresses beaucoup, et j'aime aussi discuter avec toi…

— Un contrat « plaisir », c'est ça ?

— En quelque sorte, oui.

— Et si les sentiments viennent s'en mêler ?

— Nous aviserons.

Il s'approche d'Emma, l'embrasse dans le cou, sème de petits baisers tout le long, jusqu'à sa bouche.

— Et toi, dis-moi ce que tu en penses ! l'interrompt-elle en riant.

— J'en pense que… c'est… parfait… merveilleux… et… que… nous… n'allons… pas… tarder… à… entrer… dans… le… vif… du… sujet… car… ton… programme… m'excite… déjà… dit-il avec des baisers en guise de ponctuation.

Emma fond. Elle le dévore des yeux et des lèvres, reprend le dessus dans les baisers, impose la cadence à leurs langues… C'est trop bon. Elle a décidé qu'elle serait moins passive et plus maîtresse… Ça ne pourrait que lui plaire. Après tout, autant avoir une autre sexualité que celle qu'elle partage avec son mari, un peu trop sage, un peu trop plan-plan… Qui sait si elle ne va pas se découvrir une déesse du sexe ?

Elle le déshabille, lentement, avec un œil coquin et charmeur, lui refuse l'accès à ses dessous. Quand il est nu sur le canapé, elle se livre à des caresses expertes aux effets escomptés rapides. Il jouit puissamment. Elle aime sa façon d'extérioriser le plaisir qu'il ressent. Il s'est laissé faire. À présent, il se sent presque gêné de sa passivité. Elle est encore habillée. Alors, il s'occupe d'elle. La déshabille lentement, en la caressant, sur toute l'étendue de sa peau, activant ses zones érogènes qui s'allument une à une. Se livre à une exploration buccale qui la fait chavirer rapidement. Ils finissent allongés, nus sur le sol, un sourire apaisé aux lèvres, celui de la complétude après l'amour.

Emma est aux anges. Après une discussion câline, elle ne refuse pas la douche qu'il lui propose. Suffisamment grande pour les loger tous les deux, elle les invite à un nouveau rapprochement. Cette sensualité bouleversante la renverse. Le désir la happe de nouveau et, quand il plonge en elle, elle ne tarde pas à faire entendre sa jouissance, qui appelle alors la sienne. Leurs souffles se mêlent dans leurs bouches repues.

Emma sort de la douche légèrement titubante et va s'écrouler sur le lit, où il la rejoint. Ils laissent le sommeil les gagner, s'assoupissent quelques instants, toujours collés l'un à l'autre, dans une espèce de communion des corps.

Annabelle

Cousine de la mariée,
quarante ans

Ah, belle Emma, tu es jolie, dans l'illusion du mariage parfait que tu joues sous nos yeux !

Je regarde Thierry à mes côtés, et je ne vois plus ce que je voudrais y voir. On est devenus colocataires, dans une indifférence sourde et muette. On est ensemble, et je ne sais plus pourquoi. Je ne l'aime plus. Je ne sais plus trop depuis combien de temps. Je ne me suis jamais réveillée en me disant d'un seul coup : « Je ne l'aime plus. » C'est venu petit à petit, à force d'avoir du mal à dire « je t'aime », à force que ça ne sorte plus du tout. Tout à coup, comme un doute devenu évidence : plus de sentiments. Fini. On ne commande pas à son cœur, si ? Le ressenti s'impose à soi.

Après ce triste constat, il y a un choix à faire. Partir ou rester. Ça fait deux ans que je me pose cette question, et que je n'ai pas encore trouvé de réponse. Je voudrais partir, en fait, mais je n'en ai pas le courage. Ma lâcheté en est même sordide. J'ai peur de tellement de choses ! La solitude, le manque d'amour ou de réconfort, le vide dans le lit, l'absence de l'épaule qui me soutient de temps en temps et m'empêche de tomber... Si je suis assez honnête, je peux même avouer que j'ai peur de quitter mon petit confort, de renoncer à l'argent de mon mari et à nos projets de voyage... C'est moche, hein ? Je n'en suis pas fière... Je me dis que je ne suis pas la seule, que dans cette assemblée il y en a d'autres qui trichent aussi. Combien de couples ici, et ailleurs, ne sont que des impostures, du fait d'un des deux, ou même des deux ? Le mariage n'est-il, après vingt ans de vie commune, qu'une comédie qu'on s'inflige pour faire comme les autres, dans notre société bien ordonnée ?

Depuis deux ans, j'en suis là. En pleine crise de la quarantaine, comme disent les spécialistes. J'attends un déclic. J'attends de me réveiller, mais je ne sais pas à quelle heure il va sonner, le réveil de ma deuxième vie.

Emma, puisses-tu échapper à cette désillusion conjugale...

11

La suite est prévisible.

J'ai un amant, se répète-t-elle en boucle, comme Mme Bovary.

Pendant des semaines, Emma et Bertrand se voient en cachette. Elle lui consacre une grande partie de ses lundis, et la plupart de ses pauses méridiennes. Comme la boutique est tout près de son appartement, elle a vite fait de s'y rendre pour s'offrir une parenthèse enchantée. Elle vit un conte de fées gourmand de sensualité. Son talentueux voisin s'est révélé un maître des plaisirs charnels. La réalité est supérieure au fantasme. Il est vraiment très doué. L'initie à une façon toute neuve de faire l'amour. Ce n'est pas qu'une question de technique ou de positions. C'est sa façon d'être et de faire. Hautement extatique. Qui confine au sublime. Grisant. Renversant. Emma est au paradis, et en redemande.

Si Bertrand la comble de joies du corps, il n'y a pas que cela. Elle aime être avec lui, converser, rire. Ils ont établi une douce complicité. Un lien sincère mais indéfinissable les unit.

En réalité, Emma lutte pour ne pas s'attacher davantage.

De son côté, Bertrand accepte sa situation avec philosophie, même s'il sait qu'il ne pourra pas toujours rester l'amant d'une femme mariée, un homme de l'ombre.

Ils en parlent, quelquefois. Regrettent de ne pas pouvoir sortir, de se priver de restaurant ou d'une séance de cinéma, ou même d'une simple flânerie.

En vérité, leur histoire n'est pas qu'une simple romance érotique. Il y a peut-être autre chose… Mais Emma ne veut pas le voir : elle souhaite s'en tenir à leur contrat de départ, à la promesse qu'elle s'est faite : ce petit jeu ne nuira pas à son mariage, et n'en causera en tout cas jamais la perte.

À la maison, Emma n'a jamais été aussi enjouée. Elle a perdu quelques petits kilos, le peu qu'elle avait de réserve. À force de sauter le déjeuner… forcément.

Elle surveille son téléphone portable, qu'elle met en mode silencieux quand Julien est là. Elle sait qu'il ne regardera pas ses messages. Mais on n'est jamais trop prudent. Elle efface, à regret, les SMS de Bertrand et, si elle parvient à garder ses mails (à les lire, à les relire), c'est parce qu'elle a créé une adresse spécialement pour lui, à laquelle Julien n'a pas accès. Ces petits arrangements avec la réalité, ces petits non-dits, bizarrement, ne la minent pas ni ne lui infligent le goût amer de la culpabilité. Non. Elle assume cet état de grâce.

Elle pense parfois avec effroi que Julien a peut-être remarqué des changements en elle… mais elle prie pour qu'ils lui aient échappé. Elle chasse ses pensées parasites par l'image d'un Bertrand auréolé de ses talents. Avec lui, elle est comblée.

Dans l'intimité, Emma s'ennuie avec Julien. Leurs ébats lui semblent insipides. Elle l'aime toujours, pourtant, mais il n'a pas le charme de la nouveauté, il ne lui procure pas l'excitation des sens que Bertrand suscite en elle. Et pour mieux faire croire à Julien qu'il la comble toujours, elle appelle en elle des images dans lesquelles elle chevauche son amant-voisin.

C'est moche, quand même, se dit-elle. Mais elle ne veut pas mettre un terme à cette relation qui lui fait tant de bien.

Elle ne mesure pas vraiment le risque qu'un jour Julien s'aperçoive de quelque chose. Elle a mis des œillères qui lui permettent de ne voir que ce qui l'arrange, que ce qui la porte…

Et pourtant…

Zoé

Fille d'Annabelle,
neuf ans

J'ai dit à papa et maman : « Je veux un animal. » Ils m'ont dit : « On ne dit pas " je veux", on dit " j'aimerais bien". » Ça commençait pas terrible, la discussion. Ils m'ont demandé : « Quoi, comme animal ? » Et c'est là que je me suis trouvée bête, parce que je n'en sais rien. Alors ils m'ont dit que je devais y réfléchir.

J'aimerais bien avoir un chien. "Mais ça met des poils partout", dit maman. "Et ça bave", dit Léo. "Il faut le sortir et ramasser les crottes", dit papa. Bon, bah, pour le chien… c'est mal parti.

J'aimerais bien avoir un chat. Mais ça fait ses griffes sur les canapés, et puis c'est surtout mignon quand c'est petit, quand ça joue, mais après on s'ennuie un peu avec un chat car ça dort tout le temps. Et puis, ça vit pas longtemps : ça finit toujours ratatiné sous une voiture, et j'ai pas envie que ça arrive au mien.

Sinon, on pourrait avoir un lapin. Mais un nain ! Un nain qui reste nain, pas comme celui de Nora qui est devenu aussi gros qu'un lapin de garenne… Il est pas beau, son lapin. Moi, j'en voudrais un petit, tout blanc, mais surtout pas avec les yeux rouges, car c'est trop moche. Beurk.

Je sais pas ce qu'ils vont décider, les parents… Si ça se trouve, on va juste avoir un poisson rouge. C'est nul, les poissons rouges. Ça sert à rien. On peut rien faire avec, on peut pas les câliner, on peut juste les regarder tourner dans leur aquarium. Rien d'intéressant. Autant rien avoir.

Bref, moi, je sais pas quoi choisir, et puis de toute façon c'est pas moi qui vais décider au final, même si j'ai promis que je voulais bien m'en occuper, de l'animal. Les parents, ils ont dit un truc bizarre, une histoire de vieux singe et de grimace. J'espère au moins que je pourrai choisir son nom.

12

Et pourtant…

Emma ne sait pas tout. Emma ne sait pas que Julien a des doutes. Emma ne sait pas qu'il la surveille subtilement. Elle ne voit rien, dans sa bulle d'euphorie.

Un lundi, alors qu'elle le croit parti au travail comme tous les lundis, il se faufile dans leur appartement pendant qu'elle emmène Lison à l'école. Il a pris sa journée. Exprès. Sur la table, l'ordinateur portable est allumé et connecté à une boîte mail qu'il ne connaît pas. Des dizaines, des centaines de mails. Avec un seul et unique expéditeur et destinataire : leur charmant voisin. Les intitulés des messages ne laissent aucun doute sur la nature de leur relation. Il en ouvre quelques-uns. Sa vue se trouble, il en a la nausée. Son monde s'écroule.

Il va se cacher dans la chambre de sa fille. Pleure en silence en attendant Emma. Il ne sait pas ce qu'il va lui dire, ni comment. Il est comme en train de tomber dans un trou noir abyssal.

*

Emma est de retour. Se met à fredonner.

Julien écoute ; il souffre plus encore au son de la joie de sa femme. Il vit une douleur qui le déchire et le brûle. Que faire ? Sortir de sa cachette en lui assenant un théâtral « Emma, je sais tout » ? Ou bien attendre la suite, l'arrivée de Bertrand ?… Il ne sait pas s'il aura la force, mais il préfère les prendre sur le fait. Constat. Pas de débat. Pas de défense possible.

Il l'entend qui s'affaire dans la salle de bains. Il enrage. Tremble.

Puis des pas dans le couloir. Elle se dirige vers la sortie, pimpante.

Naïve et ignorante.

*

Les deux amants sont en pleine action. Julien leur a laissé suffisamment de temps pour les préliminaires. Il s'est glissé dans l'appartement de Bertrand jusqu'à sa chambre, et les contemple en silence. Scène presque classique d'un film sur l'adultère. Julien est dans le film, mais c'est sa vie qui se joue. Il ne bouge pas, regarde froidement la scène sous ses yeux. Comme un cauchemar vivant.

Tout à leur affaire, les deux traîtres ne l'ont pas entendu. Lui les entend parfaitement. Râles, soupirs, gémissements… Il constate qu'Emma n'est pas la même qu'avec lui. Il ne la reconnaît pas vraiment. Sa rage est sourde. Quand et comment faire constater sa présence ? Après réflexion, il préfère ne pas attendre plus. Il ne veut ni la voir ni l'entendre jouir dans les bras de l'autre. Pour peu qu'il devine un plaisir plus grand que celui qu'il procure à sa femme… ce serait la goutte d'eau. Et il ne veut pas leur faire ce cadeau. Doit-il émettre un toussotement ? Parler ? Mais pour dire quoi ?

Son « Pardon de vous déranger… » est un peu ridicule, mais c'est ce qui est sorti spontanément de sa bouche. Ils sont stoppés net dans leur élan. Pétrifiés, se tournent vers la voix.

Emma se décompose. Bertrand se fige. Julien s'en va.

Agitation dans la chambre. Elle ne peut rien dire. Les mots s'étranglent. Elle se rhabille en tremblant, sous les yeux incrédules de Bertrand qui contemple en silence ce fatras. Elle quitte la chambre et l'appartement sans un mot.

Sans un mot, elle s'assied sur le canapé de son salon, penaude comme une petite fille qui a fait une grosse bêtise. Que dire ? « Pardon » est trop facile. Et déplacé.

Lui ne dit rien non plus. Il est appuyé contre le plan de travail de la cuisine, les yeux vers le plafond, pâle et glacé.

— Pourquoi ? demande-t-il succinctement, le regard sur elle.

Emma réfléchit aux mots qu'elle va employer, prend une inspiration.

— Je ne sais pas… C'est arrivé, c'est tout.

— Tu plaisantes ? Il n'y a jamais de hasard dans ces choses-là, alors explique-moi.

— Il me plaisait, et je lui plaisais, et voilà.

— Quel joli résumé de la situation ! Et quel simplisme écœurant… Heureusement que je ne couche pas avec toutes les femmes que je trouve jolies ! Ça fait longtemps que ça dure, cette histoire ?

— Quelques semaines.

— Oui, quelques mois, tu pourrais dire.

— Qu'est-ce que tu en sais ?

— J'ai vu vos mails tout à l'heure. Bel échange ! Tu me dégoûtes.

Il quitte la pièce, puis l'appartement, en claquant la porte.

Emma reste prostrée sur le canapé. Les yeux hagards. Est-ce fini ? Elle ne sait pas, elle ne sait plus rien. Il est 10 h 14, et c'est la fin de quelque chose. De quoi, exactement ? Seul l'avenir le dira.

Gilles

Père du marié,
cinquante-huit ans

Il faut savoir se faire plaisir, ce sont mes enfants qui me le disent (ah, ces jeunes, toujours à dépenser sous prétexte de profiter de la vie !)… Et puis Louise qui m'accuse toujours d'être rapiat… C'est vrai que, cette fois, je suis prêt à commettre une folie. Enfin, de là à apposer un « bon pour accord » en bas du devis accompagné de ma signature, il y a un pas que je n'ai pas encore su franchir. Ça fait une semaine que ça me trotte dans la tête, malgré les préparatifs du mariage !

C'est vrai qu'il est beau, confortable et parfaitement coordonné avec notre intérieur, mais quand même, est ce bien raisonnable, un tel prix pour un canapé ? Je ne cesse de me poser la question. Ne devrions-nous pas en prendre un moins cher ? J'hésite… entre la folie et la raison. C'est toujours la raison qui l'a emporté dans ma vie, c'est vrai, et j'assume. Je ne suis pas du genre à m'emballer.

En plus, ce mariage a grevé quelque peu notre budget, alors bon… il faut bien tout peser. Ce canapé, certes fort joli, n'est-il pas indécemment luxueux ? Argh, j'hésite… Oui ? Non ? Que faire ? Et ce vendeur qui voulait absolument que je signe… Il m'a laissé quelques jours de réflexion pour que j'accepte sa proposition, mais on arrive au bout de l'échéance… Je ne sais que choisir. J'ai la gorge serrée. Tout ça pour un canapé !

S'ils savaient, tous, que je pense à ça au moment où les mariés vont échanger leurs consentements…

13

Pendant trois jours, Julien ne reparaît pas. Emma n'ose pas tenter le moindre geste vers lui, ni même s'assurer qu'il est au travail. Elle s'occupe de sa fille comme elle le peut. Lison est suffisamment petite pour se contenter d'une réponse évasive à sa question : « Où il est, papa ? » Parti se reposer, avait besoin de vacances, travaille beaucoup…

Emma a juste envoyé un petit message sur le portable de Bertrand : *Je suis seule avec Lison. J'ignore où il est. Je ne sais pas ce qui va se passer. J'attends que la tempête se dissipe. Merci de comprendre… Je pense à toi. Baiser.*

Emma vit en mode automatique, effectue tous ses gestes du quotidien comme un robot, apparemment sans réfléchir. Sa tête est obscurcie par ses soucis conjugaux et extraconjugaux. Elle se sent vide. Sans goût. Elle s'inquiète pour Julien, mais sait qu'il va revenir. Appréhende son retour plus qu'elle n'ose l'espérer. Que va-t-il dire ? Quel sera son état d'esprit ? Elle n'a qu'à attendre. C'est lui qui a les clefs de leur futur. Lui qui va décider de pardonner ou pas, de partir ou de rester… Son sort à elle est entre ses mains. Le futur de leur famille aussi… Sa fille, si jeune… Quelle mère pitoyable elle fait.

Évidemment, elle s'en veut. Si elle avait su… Trop sur son nuage, trop en dehors de la réalité. Trop naïve.

Elle s'en veut, mais elle repense à son impossibilité de lutter contre son attirance surréaliste pour Bertrand. Volonté nulle. Avait-elle été « envoûtée » ? Non, bien sûr, elle a avant tout été victime d'elle-même, de ses penchants fiévreux, de son goût pour les sensations fortes, si supérieur à celui de la routine conjugale dans laquelle Julien, lui, se complaisait si bien.

Elle ne l'en blâme pas. Simplement, ses aspirations sont autres, ses désirs difficilement compatibles avec le partage des tâches ménagères et les changements de couches.

Elle s'étonne de n'avoir jamais vraiment pensé à cette éventualité : qu'un jour Julien saurait. Elle avait préféré s'aveugler, vivre l'instant présent, se délecter de tout ce qui s'offrait à elle. À quoi bon les « et si… » ?

Maintenant, elle en est là. Contemplant le champ de bataille de sa vie conjugale, triste spectacle pour une triste conclusion. Fébrile, impatiente de connaître l'après.

*

Lison est couchée quand Julien franchit la porte du salon. Emma est devant la télé. Par réflexe, elle l'éteint, se lève, s'approche de lui, sans savoir si elle peut le toucher. Comme il ne recule pas, elle ose. Le prend dans ses bras. Il est tendu, reste de marbre. Il ne semble pas vouloir abandonner sa fierté d'homme outragé, fait croire que son ego n'est pas atteint.

Ils restent ainsi sans bouger. Puis elle se détache un peu de lui, le regarde, constate que ses joues se sont creusées. Il n'a pas dû manger pendant trois jours ; pas dû dormir non plus, au vu de ses cernes. Elle lui propose de manger quelque chose, mais ce n'est pas de ça qu'il a besoin.

— Je suis désolée… pour tout le mal que je te fais…

— C'est ainsi. Une épreuve que le ciel nous envoie… et à laquelle beaucoup de couples se trouvent un jour confrontés. Ce que je ne comprends pas, c'est : pourquoi ? Pourquoi si longtemps ? Ce n'est pas comme si c'était l'affaire d'une seule fois… Tu as mené une double vie pendant des mois, Emma, rends-toi compte… Tu ne pouvais pas arrêter ? Tu n'as même pas eu honte de me faire ça, à moi, ton mari ?

Il est incrédule, elle est confuse. Accusée, mise au pied du mur, elle prend le temps de chercher la réponse qu'elle va lui fournir tandis qu'il la regarde, les yeux tristes et suppliants… comme si, par les mots qu'elle allait choisir, elle avait le pouvoir de le soulager quand même.

— C'est étrange, j'étais dans une sorte de spirale. Je me sentais bien. Rien d'autre n'existait… Mais j'ai honte… si tu savais.

Le visage d'Emma la reflète. Il n'y trouve pas le

soulagement escompté pour autant. Son regard se fait perçant :

— Tu l'aimes ?

— Non. Je n'aime que toi.

— Mais alors, pourquoi ? C'est un bon coup, c'est ça ? Tu as pris un pied d'enfer avec lui ?

Dans sa voix, une ironie froide. Soulignée par un rictus amer.

— Disons que c'est différent… mais c'est normal que ça le soit : de la nouveauté, et pas de quotidien. Pas sept ans de vie commune… Avoue que notre désir s'est émoussé, et que nos câlins se contentent du minimum… Tout est bien huilé, bien délimité, efficace et optimal.

— C'est sordide, ta façon de voir les choses. C'est normal, pour un couple qui va sur ses dix ans… Mais je comprends mieux pourquoi tu n'y mettais plus du tien depuis un certain temps…

Elle baisse les yeux, mal à l'aise et à la recherche d'images qui pourraient illustrer les propos de Julien.

— Je suis tellement désolée… Je sais bien que tu ne méritais pas ça…

— Encore heureux, et je ne vois pas ce que le mérite vient faire là-dedans. Qu'est-ce que tu veux, toi ? Tu veux divorcer ?

— Divorcer ? Mais pas du tout, tu n'as rien compris… C'est toi que j'aime…

— Tu m'aimes, mais tu préfères baiser avec un autre…

Emma sursaute à ce mot : Julien n'est pas du genre à être grossier.

— Ça ne se reproduira pas.

— Encore faut-il que je veuille continuer, Emma.

— Tu ne le veux pas ? J'ai tout gâché, c'est ça ? s'étrangle-t-elle, les larmes aux yeux.

— Je ne te le fais pas dire : oui, tu as bien tout gâché… Si l'on veut sauver notre mariage, et récupérer ce qui est récupérable, il va falloir œuvrer pour. À commencer par cesser de voir Bertrand, bien entendu. Mais, comme j'ai beaucoup de chance, il s'avère que c'est notre voisin de palier ! Ah, tu l'as bien trouvé… Je ne peux même pas te demander de ne plus le revoir, car vous allez forcément vous croiser… au mieux. Mais ne t'avise pas de le voir en cachette, parce que je le saurai, et je te promets que c'en sera irrémédiablement fini de nous deux. À toi de savoir ce qui compte pour toi : ton mariage et ta famille, ou tes parties de jambes en l'air…

— Est-ce que ça veut dire que tu nous laisses une chance ? demande-t-elle avec une lueur d'espoir dans la voix.

— On peut dire ça, mais il faudra du temps, car il reste un souci majeur, que j'ai du mal à mesurer : tu as trahi ma confiance, et je ne suis pas près de te pardonner… Je vais essayer. Mais je ne te promets rien, tu m'entends ? Je ne peux pas faire plus. Plus, c'est impossible. Tu m'as brisé, Emma. J'espère que tu en as conscience…

— Je suis désolée… répète-t-elle, incapable de trouver d'autres mots.

Elle le prend dans ses bras et l'embrasse avec tendresse sur le visage. Quand elle s'approche de sa bouche, il l'arrête et sa tête fait non. « Je ne peux pas. » Emma reste interdite. Elle mesure l'ampleur de sa faute, l'ampleur de la tâche à accomplir pour réparer son couple sérieusement blessé, durablement touché, irrémédiablement marqué. Comme une cicatrice que l'on porte à vie sur sa peau.

*

Les jours qui suivent sont lourds. Maussades. D'une tristesse sans fond.

Emma ne reconnaît plus Julien, qui traverse l'appartement comme un fantôme. Sorte de corps inerte que la vie n'anime plus. Il parle avec le moins de mots possible, s'adresse en priorité à Lison. Le minimum syndical de la communication. Emma souffre. Elle subit sans rien dire, car elle sait sa responsabilité entière. Elle observe son mari, constate, fait diversion pour Lison, pleure quand elle est seule.

Ils ne dorment plus ensemble. Il a migré sur le canapé, pauvre îlot de détresse, veut être seul dans ses insomnies. Il se lève, hagard, et part au travail, le visage blême, décomposé. On dirait un mort vivant.

Emma s'affaire à la boutique, met le peu d'énergie qu'elle a dans les fleurs. Cela lui change les idées, la vie est un peu moins insupportable hors de la maison. Ses collègues n'osent rien dire. Mais c'est comme si elles avaient tout compris.

Il y a une triste résignation chez eux, et une muraille infranchissable les sépare. Ils n'ont jamais connu pareille crise de couple. Sept ans, il paraît que c'est un cap pas toujours facile à surmonter. Mais là, c'est une gifle d'une rare violence comme seule la vie sait en donner.

*

Un soir, au bout de quinze jours de cette ambiance mortifère, Emma se décide. Elle n'en peut plus de cette tristesse délétère, de ces tourments quotidiens. La fatigue de son esprit égale la torpeur de son corps. Elle quitte donc sa chambre et se dirige droit vers le canapé, y trouve Julien, immobile, les yeux ouverts. Il lui demande ce qu'il y a, elle dit qu'elle n'en peut plus. Elle s'allonge contre lui, le prend dans ses bras, cherche à l'embrasser. Au début, il s'y refuse, puis peu à peu se laisse faire, se laisse aller. Mais sa tête est en ébullition et son corps reste froid. Elle semble désirante, il ne la désire plus. Il n'a pas envie d'elle, elle le dégoûte, il ne peut pas… C'est plus fort que lui, il n'éprouve pas la moindre once de quoi que ce soit. Dans ses bras, il a perdu ce qui lui restait de virilité. Une nouvelle blessure qui le fauche au cœur. Un coup fatal.

« Je ne peux pas », se contente-t-il de dire pour la congédier.

Elle se relève et titube jusqu'au lit conjugal, vide comme le désert qu'est devenu leur mariage. Sonnée. Anéantie.

Janelle

Sœur de la mariée,
vingt et un ans

C'est la liesse autour de moi, ma sœur est resplendissante. Je me réjouis pour elle. C'est merveilleux.

Mais, au fond de moi, j'ai un petit secret qui ne prend pas (encore trop) de place, et je n'arrive pas à être dans la joie pleine et entière qu'il faudrait.

Je porte un début de petit bébé. Trop petit pour que ça se voie, trop petit pour que je le sente bouger. Encore assez petit pour qu'il ne naisse jamais.

Je suis comme à la croisée d'un chemin qui offre deux directions différentes : un choix s'impose. Une décision qui sera irréversible. Dois-je ou non garder ce bébé ?… Un bébé « non désiré », comme on dit. Un bébé accident, d'un père qui l'ignore. D'un père qui m'ignore. D'un homme de passage, d'un homme d'une nuit. J'ai honte, ce n'est pas très reluisant. La question ne devrait pas se poser. La question n'aurait pas dû se poser. On avait pris nos précautions. Mais voilà : le test l'a dit, et il est formel. Quand une femme découvre le signe positif, normalement, c'est de la joie qu'elle ressent. Moi, je suis partagée. Je suis en pleine confusion. Mon esprit est plutôt clair, mais mon cœur me dit déjà des choses que je dois écouter. La raison me chuchote à l'oreille des arguments bien raisonnables (voyons, tu ne vas pas être mère célibataire à vingt et un ans ! Tu n'as même pas un CDI, et patati et patata…) ; l'Envie, viscérale, mon cœur, mon ventre… me susurrent des promesses de douceur et de bonheur, m'offrent la vision d'un bébé joufflu et rieur, aux petits pieds à croquer…

L'émotion me fait déjà monter les larmes aux yeux et trouble ma vue. Emma est floue ! Elle va dire « oui »… et moi ? Que dois-je choisir ? OUI, je le garde, ou NON ?

14

Quand Emma se lève le lendemain matin, elle a la même gueule de bois que si elle avait passé la nuit à boire. Elle a touché le fond de la tristesse. Son mariage part en lambeaux. Pays déserté, exsangue.

Julien est déjà parti. Elle se plante face au pêle-mêle dans le couloir. Photos de leur bonheur d'antan, souvenirs en noir et blanc d'un passé aboli, déjà lointain. Rayé de la carte, comme s'il n'avait jamais existé. Ces moments n'ont-ils été que mirages ? L'amertume lui vient dans la bouche. Un goût métallique qui lui donne la nausée.

Elle ne sait plus ce qu'elle éprouve, au fond d'elle-même. La culpabilité, cette vieille connaissance qu'elle avait réussi à bâillonner, a repris ses droits ; elle la déchire, prend toute la place. De sentiments, elle ne croit plus en avoir. Tout s'est retiré d'elle comme la sève des feuilles de l'arbre à l'automne. Elle est vidée de sa substance. Comme en dehors d'elle-même, spectatrice d'une désolation étrangère. L'amour l'a quittée. Ce qui la lie à Julien est devenu invisible, insaisissable.

C'est sans doute toujours là, tapi dans le tréfonds de son inconscient, dormant. En hibernation.

On est lundi. Triste et désolant lundi.

Tellement différent de ses lundis euphoriques dans les bras de Bertrand. Elle ne l'a pas oublié, mais l'a mis entre parenthèses. Peu importe s'il se sent mis de côté, s'il souffre. Ce n'est rien à côté de ce que ressent Julien, seul souci d'Emma pour l'instant.

Elle est parvenue à ne le croiser qu'une seule fois en trois semaines. Furtivement. Incroyable comme les coïncidences servent son besoin de repli sur elle et sur son couple. De son côté, il n'a rien tenté, préférant sans doute faire oublier celui par qui le scandale est arrivé, choisissant la discrétion.

Parfois, dans sa chambre, elle entend Bertrand jouer de la guitare. Quelque chose de doux, plutôt mélancolique. Elle tend l'oreille. Son regard de bronze lumineux et dense est gravé en elle. Supérieur au souvenir de sa peau, déjà presque lointain.

*

Ce soir, Julien rentre exceptionnellement après le coucher de Lison. Ce n'est pas un hasard. Elle le sait.

L'intuition lui a soufflé dans cette morne journée que sa tentative avortée d'hier soir a engendré une brèche, pas celle qu'elle aurait voulue, non… plutôt de nouveaux dommages inattendus… Une nouvelle étape a été vraisemblablement franchie. Déterminante. Couperet, peut-être.

Voilà. Il est là, face à elle, et son visage est empreint de plus de gravité encore que les jours précédents. De détermination. Il s'apprête à parler. Ils vont avoir *la* discussion, elle le sent, elle le sait. Il détourne la tête, regarde le sol. Son air déterminé fléchit, mais ses mots prennent le relais, fermes et sans trembler :

— Emma, j'ai bien réfléchi. Pendant ces trois semaines, j'ai vécu la pire épreuve de toute ma vie. Je n'arrive pas à me relever, je n'arrive pas à te pardonner… Je n'arrive à rien, en fait. Tu m'as brisé, Emma. J'ai essayé… J'ai essayé, je te jure, mais c'est plus fort que moi, c'est au-dessus de mes forces et de mes capacités. Je n'y arrive pas, et je pense que je n'y arriverai jamais…

— Je… tente-t-elle sans conviction.

— Laisse-moi finir. C'est déjà assez difficile. Il y a trois semaines, j'ai voulu croire que je pourrais d'abord vivre avec toi, en paix, puis te pardonner, plus tard, en laissant faire le temps… Je pensais qu'il me guérirait de mes blessures, que la cicatrisation allait s'enclencher… mais il n'en est rien. Et hier soir, quand tu es venue… c'est étrange, j'ai trouvé une réponse, une certitude. J'ai compris que je ne pourrais plus… vivre avec toi, t'aimer comme avant. Je suis dans une incapacité totale de t'apporter de la tendresse ou de l'amour. Mon cœur est anéanti, et mon corps ne répond plus. C'est comme si j'avais commencé à faire le deuil de… nous. Je t'ai perdue, et je n'arrive plus à te retrouver, à me reconnecter à toi.

Emma encaisse, sonnée, avec l'impression que le sol se met à onduler et va se dérober sous ses pieds.

Elle ne s'avoue pas vaincue pour autant… cherche une solution d'urgence, une issue de secours.

— Mais, Julien… il y a bien des couples qui parviennent à dépasser ce genre d'épreuve…

— Oui, avec beaucoup d'amour. Beaucoup d'abnégation. De la foi, aussi. Moi, je n'y crois plus, et mon amour, que j'ai étouffé, n'y suffira pas. C'est fini, Emma… Tu as pulvérisé notre mariage, il n'en reste que des cendres.

Emma pleure en silence, à l'écoute de ses mots qui sont autant de coups de couteau dans son cœur déjà meurtri.

Elle entend dans le lointain des mots brumeux, *partir, garde, divorce…* C'est le couperet. La sentence est irrévocable.

Stéphane

Cousin de la mariée,
trente ans

Entre les filles et les garçons, je n'ai jamais eu à choisir. Ça s'est imposé à moi. Ceux qui pensent qu'on choisit l'homosexualité n'ont rien compris. Ce n'est pas un choix. C'est une évidence. Souvent dure à intégrer, et qu'il faut digérer. On ne choisit pas d'être homo, on ne le devient pas. On l'est, c'est tout.

Après, il faut vivre avec. Et faire fi des préjugés, se battre pour vivre comme les autres, en liberté. Il n'y a pas de recette magique. On est rarement aidé par l'entourage qui, le plus souvent, ne comprend rien, n'accepte pas, voudrait qu'il en soit autrement.

Ma mère pleure encore à l'idée de ne jamais être grand-mère. « Et alors ? », j'ai envie de lui dire. Je suis comme ça, je ne changerai pas. Je m'accepte comme je suis, la vie m'a réconcilié avec cette part de moi qui fait mon identité. Mais je ne me résume pas à un homo… Je suis un homme avant tout.

Deuxième partie

TREIZE ANS DE MARIAGE

1

— Le bouquet vous convient comme ceci, madame ? demande Emma à sa dernière cliente de la journée.

Sur l'acquiescement de celle-ci, elle encaisse le règlement.

Il est 19 heures et des poussières. Ses deux employées quittent la boutique et Emma commence à balayer.

L'odeur des fleurs est entêtante, dans la moiteur que ne jugule pas tout à fait la climatisation. C'est un mois de juin très chaud qui s'achève. Emma est lasse de sa journée.

Elle rentre en voiture. Leur maison est à une quinzaine de kilomètres de la boutique. Elle aime ce moment, temps de transition urbain, qui est comme un trait d'union entre les deux maîtres mots de sa vie : le travail et la famille. Souvent, les pensées s'enchaînent dans sa tête ; elle fait le point sur sa journée ou bien elle anticipe son retour à la maison. Parfois, elle est témoin d'un événement anodin, d'une scène de rue ou d'un éclat de beauté saisi au vol par ses yeux contemplatifs : un envol d'oiseaux, un ciel insolite, le trottinement léger d'un chat…

Elle entre chez elle, où elle trouve Julien attablé à jouer avec Lison et Aubin. Julien… son mari, l'homme qu'elle a choisi pour toute sa vie, son épaule, son rocher, une présence rassurante de tous les jours, toujours égal à lui-même.

Ils s'étaient mariés, comme la suite logique de leur histoire d'amour de trois ans d'âge. Confiants et sereins dans la force de leur lien, dans l'unité de leur couple, dans leur complémentarité. Elle, la fantaisie et la spontanéité, lui, le sérieux et la raison. Elle portait la lumière, il se laissait éclairer par ses bons soins et sa joie de vivre.

Ils étaient tous les deux épanouis professionnellement. Julien était conseiller financier dans une banque du centre-ville, et elle avait maintenant sa propre boutique.

L'arrivée de Lison les avait comblés un an après leur mariage. Elle avait dû s'organiser pour mener de front son nouveau rôle de mère et son travail au magasin.

Leur rôle de parents les rendait heureux et, passé la fatigue des premiers temps, n'avait fait que les souder davantage.

Bien sûr, leur couple était un peu passé au second plan. Ce n'était plus la priorité. Ils avaient du mal à laisser leur petite fille pour se garantir un week-end en amoureux comme avant, mais qu'importe ? Ils étaient comblés d'une autre façon et avaient acquis une confirmation muette de leur lien, le sentiment d'avoir atteint une forme d'amour moins fusionnelle mais plus mature, qui leur correspondait bien. Et l'arrivée d'Aubin, quatre ans plus tard, n'avait qu'amplifié cette impression. Il ne manquait plus qu'un labrador pour parfaire cette image de la famille française type : deux parents, deux enfants (un garçon, une fille)... Mais ils avaient décidé d'attendre, pour le chien. Ils avaient acheté une maison dans la première couronne, pour bénéficier à la fois du calme de la campagne et de la proximité de la ville. Elle possédait maintenant Le Lys fleuri, qu'elle avait racheté après le départ de sa patronne quelque huit ans plus tôt. Cela avait coïncidé avec le retour de son deuxième congé de maternité... Elle s'était beaucoup donnée pour mener à bien ses deux missions. À présent que les enfants étaient plus grands, douze et huit ans, elle avait trouvé son rythme de croisière.

Avec Julien, Emma connaît la félicité et la sérénité du couple au long cours, promis à un avenir radieux dont les contours sont bien tracés. Pas de place à l'imprévu. Pas de tentation. Tout est simple. Évident.

Emma connaît son mari. Tellement bien...

*

Ce soir, ils ont prévu d'aller à un concert. Julien a fait un effort, car il est plutôt classique. Là, il a accepté de se rendre au pub, écouter un groupe local, The Green Tomatoes.

Emma est heureuse de cette sortie. Après tout, ce n'est pas si souvent... Julien et elle sont si pris par leur vie professionnelle et parentale qu'ils ont tendance à s'oublier un peu. Quand ils ont du temps, ils voient leurs amis qui ont des enfants aussi. Parfois, trop rarement, ils vont au restaurant. Encore moins souvent, ils s'accordent une séance de cinéma. Mais un concert, comme ça, dans un pub, cela fait bien longtemps… Cela leur rappelle leur jeunesse. Emma, en regardant autour d'elle, se rend compte qu'il y a surtout des gens de moins de vingt-cinq ans… Elle n'a pas vu le temps passer.

Elle compte bien profiter de cette soirée. Ils ont commandé chacun une bière. Ils trinquent à leur sortie. Lison et Aubin s'invitent dans leur discussion. Qu'il est difficile de ne pas parler des enfants ! Cela les fait rire. Mais qu'en est-il d'eux ? Ils ne se posent même pas la question.

Sébastien

Ami d'enfance du marié,
vingt-six ans

La vie ne tient qu'à un fil.

Je le sais peut-être plus que d'autres. J'ai cette lucidité qui renforce ce lieu commun, car il s'en est fallu de peu. Je vis du bonus, moi, et je profite de la vie, car je le sais.

Je dois d'être en vie à une rupture sentimentale. Il y en a que ça tue. Moi, ça m'a sauvé. Un truc de fou, quand même. Samantha m'a planté comme un con, à New York, à la fin de mon semestre. Pas le cœur à faire du rab dans ce pays d'Amerloques. Envie de rentrer chez moi au plus vite. J'ai échangé mon billet d'avion. J'ai été bien inspiré. Sinon, je serais mort.

Je fais le mariole, des fois, avec ça, je sors des vannes, mais la vérité, c'est que ce truc me hante et m'obsède. Pendant les mois qui ont suivi le crash, je n'arrêtais pas de me dire : « Tu aurais dû exploser en vol et couler avec les autres. » Je n'arrêtais pas de faire des cauchemars. La mort n'a pas voulu de moi, et tout ça grâce à quoi ? Grâce à Samantha, qui ne voulait pas de moi non plus.

Ma vie tient à un billet d'avion.

Je l'ai gardé, évidemment.

2

Début juillet. Dernière semaine d'école pour les enfants.

Il fait bon, ce lundi matin. Jour de « repos ». Il faut bien des guillemets, car le repos, c'est sur le papier. Emma ne se repose jamais, ou presque. Du moins, elle est chef d'entreprise sept jours sur sept. Alors, même si ce jour-là elle ne met en général pas les pieds au Lys fleuri, elle travaille le plus souvent chez elle pour se pencher sur des corvées très concrètes comme des commandes à passer, des factures à payer, la comptabilité à mettre à jour… toutes sortes de joyeusetés. Ce n'est pas la partie qu'elle préfère dans son métier. Loin de là. Mais elle aime se dire qu'elle a réussi, qu'elle a sa propre boutique, qu'elle ne se réfère qu'à elle-même pour prendre des décisions. Elle mène sa barque, et c'est tellement mieux ainsi ! Ses deux employées la secondent bien. Elle peut se reposer sur elles certains jours ; parfois, elle leur délègue quelques tâches particulières, mais avant tout elles sont de bonnes vendeuses qui savent faire des bouquets. C'est le plus important.

Ces tâches effectuées, elle en profite pour s'octroyer un peu de temps pour elle. Les enfants sont à l'école. Elle peut aller à la piscine, ou faire un footing, voir ses amies ou au moins déjeuner avec l'une d'entre elles. C'est donc une journée un peu spéciale.

Le dimanche a été agréable. Ils sont allés piqueniquer au bord de la Loire, en compagnie de leurs amis les plus proches. Partager ce genre de moments, de discussions, de rires, autour de plats confectionnés par chacun, est toujours source de joie pour Emma.

Elle a emmené les enfants à l'école et rentre chez elle. Elle a prévu de déjeuner avec Susie, la plus libérée de ses amies, avec qui elle partage des confidences parfois pimentées.

À la brasserie, Susie raconte à Emma sa dernière aventure en date. Un homme marié, qui n'est ni le premier ni le dernier sur la longue liste de ses conquêtes. Susie est une collectionneuse. Elle se justifie en se disant féministe, pour « rendre aux hommes la pareille », suite aux siècles (millénaires !) de domination masculine. Susie a du charme, voire du chien, et elle plaît beaucoup aux hommes. Plastique de rêve, conversation facile, séduction assumée. Le cauchemar des autres femmes, surtout des épouses au mari volage. Elle a même, tel un Don Juan féminin, réussi à tenter certains acharnés de la fidélité… comme pour prouver qu'un homme est intrinsèquement faible, et qu'elle est capable de venir à bout de toute résistance.

Emma s'en amuse, car si Susie ne semble pas avoir beaucoup de scrupules, elle a quand même des principes : jamais elle ne coucherait avec le mari ou le conjoint d'une amie. Jamais, donc, Susie ne s'attaquerait à Julien, car au-delà de son appétit frénétique pour les hommes, mariés ou pas, elle sait réserver ses appâts à ceux qui se trouvent en dehors du cercle fermé de ses amies, qu'elle ne trahirait pour rien au monde. Et puis Emma sait qu'elle peut compter sur la fidélité de Julien : pas homme à se laisser séduire, droit dans ses principes et pas qu'en parole… Aucun danger.

Emma se reconnaît parfois en Susie, ou du moins se retrouve telle qu'elle était avant de rencontrer Julien, à l'époque où elle vivait au jour le jour et profitait allègrement de son capital séduction. Mais ça, c'était en attendant de trouver « le bon ». Elle croyait beaucoup en cela. Et le fait est qu'elle avait été transformée au contact de celui qui allait devenir son mari. Plus posée, plus sérieuse, plus mûre. Une grande personne. Contrairement à Susie, éternelle adolescente, finalement.

Comme d'habitude, celle-ci lui fait un déballage en règle et tout en détails de sa vie sentimentalo-érotique, pour le plus grand amusement d'Emma. Elle est tellement loin de tout ça ! Susie ne grandira-t-elle donc jamais ?

*

L'après-midi, elle se noie dans les factures. Parfois, elle en a assez de toute cette paperasse. Heureusement qu'elle a ses fleurs et la fierté de son mari… Cela en vaut la peine.

Elle pense à l'année scolaire qui vient de s'écouler. Lison va passer en cinquième, et Aubin en CM1. Comme le temps passe vite ! Elle ne le voit pas s'écouler. C'est du sable qui file entre les doigts. Ses enfants étaient encore petits hier, ils arrivent à l'adolescence, ou presque !

Dans quelques jours, ils auront fini l'école, et le rythme va changer un peu. Comme elle n'a pas de vacances avant le mois d'août, les enfants iront un peu au centre aéré et en colo, chez leurs grands-parents ou leurs oncles et tantes. Tout un programme.

Emma soupire. Elle espère retrouver un peu Julien cet été. Ils ont tendance à s'oublier de plus en plus. La soirée de samedi a été agréable, mais elle a l'impression qu'ils n'ont pas ôté leurs costumes de parents, qu'ils n'ont que déplacé leur routine dans un pub et que ça n'a rien changé, au fond. Il leur faudrait autre chose. Du temps. Partir. S'évader. Elle rêve de retrouvailles, de séduction, de papillons. Les papillons, ils se sont envolés voilà déjà pas mal de temps.

Le côté « parents avant tout » lui pèse de plus en plus. Elle voudrait du renouveau, plus de fantaisie, plus d'amour tout simplement… Mais Julien est mûr et pragmatique. Ils sont dans la catégorie des « vieux couples », maintenant. La magie des débuts, c'est… au début. Lui est bien comme ça. Il aime être avec elle, partager des moments simples à deux. Nul besoin d'aller ailleurs, nulle envie de fantaisie. Ils sont bien comme ça ! Oui, *bien*… Emma sent, Emma sait qu'un jour cela risque de ne plus lui suffire.

Au fond d'elle, de moins en moins imperceptible,

s'est invité un intrus dont elle se serait bien passée : l'ennui. Elle a beau être très occupée, certains diraient hyperactive, et entourée, elle ressent en son for intérieur un manque, un vide. À combler.

Vanessa

Cousine de la mariée,
vingt-sept ans

Oh, là, là, il va falloir qu'on se décide !

On ne va quand même pas attendre l'accouchement pour se mettre d'accord sur le prénom du bébé. Il paraît qu'il y en a qui se décident à la tête qu'il a, mais bon… Non, moi, je n'ai pas envie de ça ! Il aura la tête de son prénom et pas le prénom de sa tête. Ça s'adapte dans ce sens-là aussi.

Vincent et moi, on n'est pas d'accord. Déjà, au début, on n'était pas d'accord sur le fait de demander le sexe du bébé : lui voulait savoir et moi pas, j'ai fini par céder.

On attend un petit garçon. C'est chouette, un p'tit gars, mais pour le prénom, c'est moins facile ! Pour la fille, évidemment, on était d'accord, depuis des années même : ça aurait été Manon. Mais depuis qu'on est sortis de la deuxième écho, plus le choix : faut bien trouver un prénom de garçon. Vincent a des goûts super classiques, du genre Thomas, Maxime… Bof ! Moi, je préférerais quelque chose de plus original et de plus moderne (mais pas non plus tiré par les cheveux avec une orthographe fantaisiste, hein !). Je lui en ai proposé, mais il campe sur ses positions… On est loin du terrain d'entente encore, et il ne nous reste que quelques jours. Pour peu que j'accouche en avance, il ne nous restera plus de temps du tout !

3

Vacances… Le mot préféré des enfants. Le cauchemar des parents qui n'y sont pas encore…

Mais, pour l'instant, l'heure est à la fête : des amis de Julien et Emma ont lancé des invitations à un barbecue géant. L'occasion de fêter leurs quarante ans et de saluer l'été.

Emma, Julien et leurs enfants se présentent donc chez Valérie et son mari. Celle-ci travaille à la bibliothèque universitaire, et son mari est maître de conférences en grammaire et stylistique. Un ponte ! Emma et Valérie sont amies depuis leur enfance – elles étaient voisines – et ne se sont jamais perdues de vue, malgré une trajectoire différente. Elles ont des amies communes, Susie et Jeanne notamment. Cette dernière est venue avec ses trois enfants, jeunes et forcément turbulents. Susie, seule. Comme d'habitude.

Rapidement, des groupes se forment, hommes du côté du barbecue ou du bar improvisé, femmes un peu plus loin, enfants un peu partout, qui courent, s'agitent, escaladent tout ce qu'ils trouvent, font les fous.

Emma est donc avec ses amies. Elle plaisante avec Valérie, qui est la première à atteindre l'âge fatidique de quarante ans. Elle n'était pas pressée d'y arriver.

Étrangement, Susie paraît calme. Malgré le nombre d'hommes dans ce périmètre restreint, son radar semble éteint. Et pourtant, il y en a qu'elle ne connaît pas.

— Ça va, Susie ?

— Très bien...

— Tu es malade ?

— Non, pourquoi ?

— Tu as l'air bizarre. Ça fait un quart d'heure que tu es là, et tu n'as pas ouvert la bouche pour nous parler d'un homme à l'horizon ! Tu n'as même pas cherché ! Pourtant, il y en a !

— Ah oui ? Où ça ?

Les quatre amies regardent autour d'elles les groupes un peu partout, et quelques couples timides. Seule Valérie les connaît tous.

— Ça ne m'intéresse pas ce soir, déclare Susie avec un grand sérieux, ce qui ne manque pas d'engendrer des exclamations.

— Raconte, que se passe-t-il ?

— Il se passe que j'en ai un peu assez de tout ce cirque...

— Toi ? C'est une blague ! Tu ne vas pas casser la tradition !

— Non, sérieusement : je n'ai pas la tête à ça.

— Il y a forcément une raison...

Susie a trois paires d'yeux braquées sur elle. Sourit d'un air énigmatique et concède :

— Je suis avec quelqu'un en ce moment.

— Mais, Susie, tu es quasiment toujours avec quelqu'un ! Qu'est-ce que ça change ?

— Quand on s'est vues lundi, tu m'as parlé d'un homme marié, Susie. Un certain Bertrand. C'est lui ou un autre ? s'enquiert Emma.

— C'est lui, oui.

— Tu es mordue ?

— Je ne sais pas… peut-être un peu.

— Oh, oh, notre Susie est amoureuse ! s'exclame Jeanne en riant.

— Je lève mon verre au nouvel amour de Susie ! s'écrie Valérie.

— Et à tes quarante ans ! enchaîne Emma.

Ce qui lui vaut une grimace en guise de réponse.

La situation sentimentale de Susie a beau être un sujet de plaisanterie, elle n'en attriste pas moins ses trois amies, qui trouvent bien dommage qu'elle n'ait toujours pas élu, à trente-sept ans, un homme avec qui vivre, et peut-être avoir des enfants… Or l'horloge biologique fait son chemin. Elle a tendance à prendre cela avec bonne humeur, mais son rire n'est-il pas qu'une façade bien maquillée ?

La soirée se poursuit. Les rares personnes que les amies de Valérie ne connaissent pas sont l'objet d'une attention lointaine. Emma aperçoit un bel homme d'une quarantaine d'années, le trouve charmant. Il a l'air seul. Un collègue de travail, explique Valérie. Célibataire ! Susie ne relève pas. Emma non plus. Ce ne serait sûrement pas la solution à ce qu'elle n'ose pas encore appeler ses « problèmes » de couple.

Valérie, accompagnée de ses amies, rejoint Éric, son mari. Il est en grande conversation avec un homme de haute stature, le genre qui en impose. Valérie lui fait la bise. Éric le présente :

— Jean-Jacques, un collègue.

— Enchanté, dit-il en serrant successivement les mains qui se tendent vers lui, accompagnées du prénom correspondant.

— Jean-Jacques donne des cours d'histoire de la littérature du XXe siècle à la fac, explique Éric. Il est notamment spécialiste de Marcel Proust.

Le groupe parle un peu littérature, mais Emma se tait. Elle est mal à l'aise, victime d'un complexe d'infériorité : elle n'a pas fait d'études supérieures, n'a jamais mis les pieds à la fac, se sent inculte. Elle aime lire, certes, mais pas le genre de livres qu'on étudie à l'université et qu'elle pourrait se vanter de connaître. Alors elle écoute. Intéressée, mais en retrait. Résignée et patiente. Susie ne s'intéresse pas trop à la conversation et semble en dehors du groupe, dans des pensées qui n'appartiennent qu'à elle. Ce Jean-Jacques a tout de l'intellectuel. Grand, mince, dégarni, des yeux bleu-gris délavés et sans charme, des lunettes et une tenue hors d'âge. Un cliché à lui tout seul.

— Et vous, Emma, vous ne lisez pas ?

La question la réveille et la surprend. La fait presque sursauter.

— Euh, eh bien, si, un peu… mais pas de la grande littérature…

— Oh, ne sois pas modeste, intervient Susie.
— Vous avez bien lu des classiques ?
— Un tout petit peu, au lycée, mais dans la filière fleuriste, ce n'est pas vraiment au programme.
Il sourit.
— Et *Madame Bovary* ? Avec votre prénom…
— Non, même pas.
Elle rougit de honte.
— Vous devriez…
Ce conseil pourrait passer pour condescendant s'il n'était accompagné d'un sourire bienveillant.
C'est à ce moment que surgit auprès de Jean-Jacques une femme qui vient se pendre à son bras.
— Encore à parler littérature ? Mais quand vas-tu cesser d'infliger ça aux autres ? plaisante-t-elle sans cacher son agacement, maniant parfaitement l'art de piquer sous couvert d'humour.
— Tu le connais, Fabienne, il est incorrigible… poursuit Valérie. Voici mes amies : Jeanne, Susie et Emma.
— Ravie de vous connaître.
Les deux universitaires enchaînent sur la stylistique proustienne et son rapport à la musique, assez indigeste pour une soirée d'été. Les femmes préfèrent battre en retraite et les laisser entre eux.
Emma fait plus ample connaissance avec Fabienne. Elle ne travaille pas, s'occupe de leurs enfants. Visiblement, ils ne manquent de rien. Elle est plutôt sympathique, mais Emma se méfie toujours des gens un peu trop avenants.

La soirée se poursuit classiquement. Grillades, rosé, animations, musique… Une soirée comme une autre à un micro-détail près, une petite graine plantée dans la terre.

Sylvie

Cousine du marié,
trente-sept ans

Il y a trois jours, je suis allée à un entretien d'embauche. Un poste d'assistante de direction pour une grosse boîte du coin. Tout à fait dans mes cordes, nickel pour le CV. Ils m'ont appelée hier. Je suis prise. Ça devrait trop me donner la patate. Mais en fait non. J'ai bien réfléchi, je vais dire non. Oui, je sais, c'est bizarre, et surtout c'est un luxe de refuser du travail quand on est au chômage comme moi depuis pas mal de temps. C'est vrai, mais je ne le sens pas. C'est une question de feeling. Le directeur, il était bizarre, avec ses petits yeux vicelards qui lorgnaient mon décolleté… Et puis, j'ai le nez fin, je sens ces choses-là. Je vais quand même aller consulter ma voyante lundi pour qu'elle confirme mes impressions. Mais c'est tout vu : ce boulot, il n'est pas fait pour moi. Tant pis pour les fins de mois…

Je ne le dirai pas à Damien. Il n'en saura jamais rien.

4

Oui, la soirée chez Éric et Valérie a ouvert le début d'une nouvelle ère. Le point de départ d'un je-ne-sais-quoi dont Emma n'identifie pas clairement les contours, mais dont elle a une sorte d'intuition floue.

Elle a seulement l'impression d'avoir effleuré du bout du doigt une potentielle réponse à son ennui : et si elle lisait ? Vraiment. De la vraie littérature. Pas du roman de gare ou trop commercial. Des classiques. Ceux qui ont fait l'Histoire, entretenu les mythes originels, interrogé les philosophes, nourri les auteurs de maintenant. Grâce à ces livres et, à ces auteurs, elle pourrait acquérir la culture qu'elle n'a pas, s'enrichir elle-même, se décomplexer, et donc peut-être se sentir moins gourde en société. Elle pourrait peut-être, aussi, accéder à quelque chose de plus profond, porter un regard différent sur la vie.

*

Cette semaine qui commence est un peu spéciale : pour une fois, Julien ne sera pas là, il part en séminaire dans l'est de la France.

Il est donc parti ce matin, aux aurores. Cela n'est pas pour déplaire à Emma qui va pouvoir agir plus librement au quotidien de ces cinq jours. D'autant plus que les enfants sont absents aussi. Une petite parenthèse dans la routine plus que bienvenue… Ses journées se ressemblent toutes. C'est ce qu'elle se dit depuis peu et de plus en plus.

C'est sans doute ce qui lui pèse le plus dans sa vie : les contraintes, le manque de liberté, le fait que tout soit tracé, couru, planifié, comme écrit d'avance. Alors ces cinq jours l'un sans l'autre, à défaut d'ajouter du piment, vont peut-être leur redonner un peu de souffle.

Pour bien commencer, elle a prévu de se faire une journée « chouchouting », rien que pour elle. Après un plongeon dans le grand bain et quarante-six longueurs, elle se prélasse dans le hammam, puis le sauna. S'ensuit un moment relaxant et délicieux entre les mains d'une fée des massages. Emma en ressort zen et ragaillardie. Elle se sent merveilleusement bien.

Elle passe ensuite dans une librairie. Un acte fondateur, pour elle qui se contentait d'acheter trois livres dans l'année, au supermarché.

Elle y passe un temps étonnant à flâner. Ses yeux courent sur les rayonnages, ses mains attrapent un livre, caressent les pages. Elle inspire des bouffées de livres neufs. Il y en a des milliers autour d'elle. Le vertige du choix. Combien va-t-elle en acheter ? Elle réfléchit à la dépense. L'avantage, c'est que les classiques sont en version poche, d'un coût modéré. Elle aurait aussi pu prendre un abonnement dans une bibliothèque, mais d'une part elle veut garder les livres qu'elle va lire, pour qu'ils soient à elle, d'autre part elle veut pouvoir les lire quand ça lui chante, au rythme qu'elle souhaite, sans délai, sans limites. Son choix se porte naturellement sur *Madame Bovary*. Parce que Jean-Jacques en a parlé et le lui a conseillé. Et parce qu'elle et Madame Bovary possèdent le même prénom. Que choisir d'autre ? Un Balzac ? Un Hugo ? *Le Rouge et le Noir* ? Bientôt, une pile se forme dans ses bras. Étonnamment dédiée au XIXe siècle. Est-ce juste le hasard ? Qui sait. Elle a l'intuition que cette époque foisonnante de la grande littérature, pleine de passions et de grands sentiments, lui ira à ravir. Qu'elle parlera à son esprit du moment.

Elle sort de la librairie bien chargée. Ravie.

*

Le midi, elle retrouve sa sœur dans son restaurant favori. Les papilles sont à la fête. Janelle est soucieuse, pourtant : son fils de douze ans lui pose de nouveau des questions sur son père… Elle ne sait pas comment lui dire qu'elle n'a rien vécu d'autre avec lui que la nuit de sa conception… qu'elle ne connaît même pas son nom. Doit-elle lui mentir ? enjoliver la vérité ? rester évasive ? Emma tente de l'aider comme elle peut.

— Et toi, ça va ? demande enfin Janelle. Tu as une petite mine, je trouve.

— Oui, bien.

— Toujours l'amour, avec Julien ?

— Oui, bien sûr… Mais, tu sais, ce n'est plus

comme au début. Il n'est pas là cette semaine, et je m'en réjouis ! s'exclame-t-elle en riant.

Janelle réprime à peine une moue interrogative. Emma s'explique :

— Non, mais tu vois, on est un peu comme un vieux couple. Ça casse un peu notre routine, c'est bien. Il ne me manque pas. Au début de notre histoire, je ne l'aurais pas supporté. Là, c'est plutôt agréable. Cela dit, j'espère ressentir le manque en fin de semaine, ce sera bon signe. Et dans tous les cas, je serai très heureuse de le retrouver.

— Oui, c'est un homme bien, mon beau-frère… Tu n'es pas inquiète ?

— De quoi serais-je inquiète ?

— Bah, tu sais bien, l'image des hommes en déplacement… l'infidélité facile à quelques centaines de kilomètres de la maison…

— Écoute, je suis peut-être naïve, mais je ne vois pas du tout Julien dans ce rôle-là. Il a beaucoup trop de principes, et met un point d'honneur à respecter ses engagements. Tu le connais ! Et puis, il m'aime, tout simplement.

— Oui, je suis tout à fait d'accord avec toi. Mais tu sais bien, je suis la spécialiste des femmes trompées…

— Ne désespère pas, Janelle, je suis sûre que tu trouveras…

— C'est compliqué, avec Hugo, tu sais bien. On forme un couple mère-fils tellement fusionnel… le seul vrai cadeau que la vie m'ait fait. Improvisé, en plus !

— Oui, justement, c'est ce que tu dois lui rappeler.

Il n'était pas prévu au programme, et c'est ça le plus beau : quand la réalité est au-dessus du prévisible. Le reste… Il est assez grand pour comprendre que les adultes font parfois des bêtises, et qu'ils ne sont pas responsables de tout ce qui leur arrive… que personne n'est parfait, et qu'on ne contrôle pas tout, dans la vie.

— Oui, tu as raison.

— Bien sûr que j'ai raison ! conclut Emma avec un clin d'œil.

*

Elle rentre chez elle après un passage dans un magasin. Elle n'a pas résisté à l'appel de la carte bleue. Journée plaisir… soldée par l'achat de deux belles robes et d'un pull original.

Elle s'affale sur le canapé. A envie de musique, choisit ce qu'elle souhaite écouter dans sa playlist. La station d'accueil entame le dernier album d'Angus et Julia Stone. Elle plonge sur le canapé, ferme les yeux et fredonne. Elle a mis le volume assez fort, comme pour mieux être enveloppée par la musique et s'y oublier. Voilà bien longtemps qu'elle ne s'est pas octroyé ce plaisir. Danser toute seule dans son salon non plus, d'ailleurs. Tiens, c'est une idée… Elle change de morceau et de style. Il faut que ça bouge ! Elle enchaîne les titres, varie les styles, renoue avec un art consommé des chorégraphies improbables. Heureusement que personne ne la voit ! Elle se déchaîne sur sa piste de danse privée et cela lui fait beaucoup de bien.

Après cette séance de défouloir, elle attrape Flaubert et sort sur sa terrasse. Il est 16 h 35, il fait bon. Elle se plonge enfin dans sa lecture, allongée sur sa chaise longue, bercée par le gazouillis des oiseaux. Le calme. Du temps pour soi. Un pur bonheur… « Nous étions à l'Étude, quand le Proviseur entra »…

*

Cette semaine de solitude voit Emma plonger dans *Madame Bovary* avec passion. Quoique légèrement déçue par un début un peu lent, elle se prête bientôt au jeu de sa nouvelle activité, aménage son emploi du temps pour s'approprier des plages de lecture. Comme des moments volés. Elle s'octroie cette liberté, impose son absence à la boutique. Dévore Flaubert.

Ce qui attire le plus l'attention d'Emma, c'est qu'elle a en commun avec son héroïne un penchant romantique, idéaliste, et donc peut-être un peu naïf ; à la différence que celui d'Emma Bovary trouve son origine dans les livres qu'elle dévore alors que le sien découle de sa vie. Un passage a provoqué une pause dans sa lecture : « Avant qu'elle se mariât, elle avait cru avoir de l'amour ; mais le bonheur qui aurait dû résulter de cet amour n'étant pas venu, il fallait qu'elle se fût trompée. Et Emma cherchait à savoir ce que l'on entendait au juste dans la vie par les mots de félicité, de passion et d'ivresse, qui lui avaient paru si beaux dans les livres[1]. »

---

1. Gustave Flaubert, *Madame Bovary*, Le Livre de Poche, 1983, p. 68.

Elle n'est pas cette Emma, c'est évident. Puisqu'elle aime son mari, qui lui voue un amour tendre et solide. Julien n'a rien à voir avec ce pauvre benêt de Charles ! Et elle a choisi son mari, elle. Elle n'a ni Léon ni Rodolphe. Elle est fidèle, par choix. Non, même pas par choix. Par évidence. Elle n'a d'yeux que pour lui. Mais que ferait-elle si, soudain, la tentation venait au-devant d'elle, si un amant potentiel se présentait ? Rien, elle en est sûre. Même si la nostalgie des débuts la guette. Même si le mariage et le quotidien ont endormi leur couple. Aujourd'hui, la passion appartient au passé. L'a-t-elle seulement connue, d'ailleurs ? Non… En tout cas pas avec Julien. L'ivresse, c'est pour les autres à présent, les actrices dans les films, les héroïnes de roman, mais aussi les femmes de la vraie vie, passionnées et libres. Emma repense au mariage. Il n'a rien apporté aux sentiments. Et encore moins au désir, il faut l'avouer. Il lui apparaît tout à coup comme une construction sociétale, qui entretient le mirage de la possibilité de vivre heureux une vie entière avec la même personne, à laquelle on se lie par un contrat.

Emma sait que son amertume du moment trouve son origine dans la monotonie actuelle de sa vie de couple. Peut-être aussi dans l'échec du couple de ses parents, qui ont divorcé quand elle avait six ans. Mauvais exemple. À ne pas suivre.

Finalement, *Madame Bovary* lui a apporté bien plus qu'elle ne l'imaginait. La morale de l'histoire appelle à la raison : il ne faut pas se laisser entraîner par la futilité de la passion, on risque de s'y brûler les ailes.

Pourquoi vouloir toujours plus ? N'est-elle pas heureuse ? Le secret du bonheur ne réside-t-il pas dans la capacité à se contenter de ce que l'on a ? Et, sur ce point, notre Emma a bien plus que son double romanesque.

Elle clôt donc ce premier roman avec une impression étrange. Celle d'avoir effleuré du bout des doigts tout ce que la grande littérature pourrait apporter à sa vie. Comme un miroir révélateur de soi, qui lui donnerait la possibilité d'apprendre d'elle comme des autres, à travers toute une galerie de personnages, fussent-ils d'une autre époque. Les livres sont comme des instruments philosophiques qui l'emmènent vers de nouvelles contrées. Elle n'avait jamais pensé, à cause des lectures qui étaient les siennes jusqu'alors, qu'ils puissent être aussi riches.

Fanny

Nièce de Julien,
onze ans

Hier, j'ai cherché un cadeau pour le mariage d'Emma, parce que je l'aime bien, moi, Emma. Je n'avais pas beaucoup de sous.

Je voulais lui prendre un bijou. J'ai vu ces trois pendentifs : trois petits cœurs peints en métal, avec leur fil de coton, très jolis. Il y en avait un bleu avec des petites spirales, un vert anis avec des fleurs, et un violet avec comme des soleils. Je ne savais pas lequel choisir. Ils me plaisaient bien tous les trois. J'ai mis dix minutes à me décider. Maman en avait marre de m'attendre.

J'ai pris le violet avec les soleils qui rayonnent.

J'espère qu'Emma va aimer mon cadeau.

5

L'été s'est poursuivi dans une logique de « librio-phagie ». *Madame Bovary* n'avait été qu'une mise en bouche, au goût de revenez-y inestimable. Emma s'est mise à lire de façon frénétique. Sa boulimie littéraire étonne. Julien ou Susie, pour ne citer qu'eux, sont médusés. Son mari a du mal à s'expliquer la passion soudaine d'Emma pour les classiques, mais respecte son envie qui tient pour lui de la lubie passagère. L'été fini, elle sera de nouveau « comme avant ». Ce qui le déconcerte, c'est le temps qu'elle peut passer le nez dans ses livres. Parfois aux dépens de la vie de famille. Là-dessus, il désapprouve, mais comme il a tendance à ne pas dire ce qui lui déplaît, il se tait. Il est vrai qu'Emma passe des heures dans ses romans.

Des heures qu'elle vole à son travail ou à ses nuits. Parfois à sa famille. Elle profite qu'enfants et mari sont devant un film ou un dessin animé pour s'éclipser dans sa chambre et rejoindre un autre Julien, sa Mathilde, ou une Nana au faîte de la gloire d'un Zola en verve.

Elle a dû retourner plusieurs fois à la librairie pour

réapprovisionner son stock. Suivant les conseils des uns et des autres – amies, libraires, blogueurs –, elle a listé ses envies littéraires, et sa PAL, acronyme dont elle ignorait encore le sens il y a peu, va en augmentant.

Parfois, Emma interroge ce besoin personnel et de plus en plus chronophage. D'où vient-il ? Que dit-il de qui elle est, de ce qu'elle veut devenir ? La lecture est-elle une fuite ? une libération ? une façon de revivre certaines situations, la chance d'en vivre d'autres, qu'elle n'aurait osé rêver ou même soupçonner ? S'inviter dans le château d'un duc, dans un couvent austère, lire des lettres très privées, descendre dans les mines et risquer le coup de grisou, faire la révolution, déambuler dans les premiers grands magasins de l'époque haussmannienne et s'extasier de leur faste, ou vibrer au diapason d'un couple adultère qui a choisi la transgression ? Rencontrer des personnages, s'attacher à eux comme à des membres de son entourage, éprouver avec et à travers eux des émotions fortes, des sentiments complexes, ambivalents, ressentir, souffrir, se consumer de passion ?... Elle se délecte de la plume de ces auteurs géniaux qui ont su dire TOUT... si magnifiquement et justement.

*

Emma et Julien ont passé une semaine rien que tous les deux. Ils sont partis à l'île de Ré. Sur son initiative à elle, quelques mois auparavant.

Pour l'occasion, et avec l'objectif clairement assumé

de « retrouver » son mari, elle a laissé ses livres à la maison.

Ils ont profité. La météo a été clémente, leur offrant balades à vélo, marches, séances de farniente au bord de la piscine, baignades dans l'océan, repas et verres en terrasse… Ils ont partagé de réels moments de complicité qui leur ont fait du bien.

Ils ont logé dans un moulin dont le charme rustique et romantique n'était pas au détriment de leur confort.

Pourtant, la magie du lieu n'a pas opéré sur leur libido en berne. Ni même sur leur couple. Il leur a manqué l'essentiel, des étincelles, de la fantaisie… Elle aurait voulu que Julien la séduise à nouveau…

Ils sont revenus comme ils étaient partis. Ni plus ni moins amoureux. Pareils.

Contents de retrouver leurs enfants, bien sûr, et pour elle, ses livres… qui lui avaient manqué de façon presque déraisonnable. Chaque jour un peu plus à mesure que ses vacances ne répondaient pas à ses attentes. Elle voulait tellement savoir si Madame de Mortsauf allait finir par céder au jeune et fougueux Félix…

Cet amour platonique et pourtant brûlant l'avait laissée rêveuse et pantelante. Il lui tardait de savoir la suite, et elle avait repris son livre. Fébrilement.

*

En cette fin de mois d'août, Emma est attablée avec Valérie en terrasse, dans un bar du centre-ville. Elles parlent littérature, ce qui ne leur arrivait jamais avant, et ce qu'elle ne pourrait pas faire avec Susie.

Devant la nouvelle passion de son amie et son jeune appétit de connaissances, Valérie lui pose une question qui s'apprête à bouleverser sa vie :

— Tu sais que la fac propose des cours du soir ?

— Non. Raconte, de quoi s'agit-il ?

— La fac ouvre des créneaux pour les adultes, non étudiants. Tu sais, ça se fait beaucoup… Tu devrais te renseigner et essayer. Le choix des matières est très large, dans plein de domaines, notamment en littérature.

— Génial, ça pourrait carrément m'intéresser…

— Tu n'as qu'à aller voir le site de l'université. Tout est expliqué. Les inscriptions ne sont pas encore closes, mais il ne faut pas traîner… Tu te souviens de Jean-Jacques, le collègue d'Éric ?

— Oui, bien sûr…

— Eh bien, il fait partie des profs qui donnent des cours du soir.

— Ah oui ?

— Oui, il adapte sa spécialité à son public.

— Oui, mais, si je me souviens bien, son truc à lui, c'est la littérature du XXe siècle, et moi, je n'y connais rien, à la littérature du XXe, j'ai passé l'été dans celle du siècle d'avant !

Mais Valérie ne lâche pas si facilement l'affaire.

— Eh bien, justement ! Ça te fait une bonne entrée en matière, tu n'es pas sans savoir que le XXe vient juste après le XIXe, rétorque-t-elle avec un clin d'œil. C'est bien fait, non ?

Emma sourit.

L'information monte à son cerveau et s'y promène quelques secondes. Face à la tempête qu'elle sent s'agiter sous son crâne, elle décide de l'y garder au chaud et de reporter à son retour chez elle sa réflexion sur le sujet.

Sans transition, Valérie embraie sur Susie : elle s'inquiète un peu pour son amie, qui n'a jamais été aussi secrète. Cela ne cacherait-il rien de plus grave ?

*

De retour chez elle, Emma se jette sur son ordinateur, en quête d'informations sur ces fameux cours du soir. Voilà qui pourrait pallier son regret de n'avoir pas fait d'études. Elle parcourt l'offre à la recherche de ce qu'il lui faudrait. Un soir par semaine, ce serait suffisant. Elle ne peut pas se permettre plus : ses enfants ont besoin d'elle le soir après l'école, et elle met un point d'honneur à être présente au maximum pour les soutenir dans leur cursus scolaire.

Un soir par semaine, un seul cours, donc. Mais lequel choisir ? Valérie n'a peut-être pas tort de lui avoir suggéré celui de Jean-Jacques ? Elle serait peut-être moins intimidée… Soit elle fait écho à ses lectures et choisit les cours de littérature du XIXe, soit elle opte pour le siècle suivant et la grande inconnue. Son cœur balance un peu… mais pas longtemps.

Daniel

Ami de la famille de la mariée,
cinquante-trois ans

Comme un pourcentage certain de Français, je fume. Par choix. J'aime ça. Je ne fais pas partie de ceux qui continuent alors qu'ils disent vouloir arrêter. Moi, je n'ai pas envie d'arrêter. J'aime trop ça. Et puis je suppose que ça serait difficile.

La cigarette fait partie de ma vie. C'est la compagne de mes jours.

Les médecins m'ont conseillé d'arrêter parce que je risque plein de maladies. Je fais déjà de l'artérite, je peux à peine marcher. Mais ça ne m'arrête pas.

Je bois sans doute trop, je mange mal, je dors peu. Pas de sport non plus. L'hygiène de vie est un concept hors de ma portée. Je brûle la vie par tous les bouts, et je ne veux rien y changer. Mourir de ça ou d'autre chose, franchement… au moins j'aurai vécu.

6

Septembre est arrivé, avec la rentrée, la reprise de la vraie vie et son cortège d'obligations.

La routine est enclenchée, mais Emma se rassure comme elle peut : cette année sera différente. À n'en pas douter, puisqu'elle retourne à l'école !

Elle vit le même trac que celui qui précède la rentrée pour les enfants : un mélange d'envie et d'appréhension, de désir de réussir et de peur de ne pas y arriver. Elle ne devrait pourtant pas se mettre de pression. Ce ne sont que des cours du soir ! Mais c'est plus fort qu'elle : l'idée de mettre les pieds dans ce bâtiment gigantesque, auquel elle prête un certain prestige, et de s'installer dans un amphithéâtre, alors qu'elle n'en a vu qu'à la télé, confère une solennité intimidante à ce nouveau rendez-vous qu'elle pressent décisif dans sa vie.

Il lui reste quelques jours avant sa rentrée universitaire. Elle sent le trac et l'adrénaline monter en elle.

*

L'UFR de Lettres se dresse devant elle. Imposante. Intrigante.

Il est 18 h 42. Le cours dure deux heures. Et il en sera ainsi tous les mardis.

Quelques personnes se pressent autour d'elle, franchissent les portes sans hésiter. Ses complexes d'ancienne élève banale et inculte sont près de l'anéantir : que fait-elle là ? Elle n'a aucune légitimité. Et ce ne sont pas les cinq mille et quelques pages lues durant l'été qui ont fait d'elle une étudiante en lettres.

Elle s'encourage pour enfin oser entrer, et se présente aux personnes qui sont là pour accueillir les inscrits. Le cours aura lieu dans l'amphi B. On lui donne des prospectus, et on lui indique la direction à prendre.

L'amphithéâtre B est le premier sur la gauche. Une chance ! Elle se rassure en constatant qu'elle n'est pas la seule à se diriger vers cette porte, que d'ailleurs on lui tient au moment où elle doit la passer. Son trouble grandit encore à la vue du mur de gradins devant elle. Elle se sent physiquement et moralement minuscule, est tentée de rebrousser chemin, mais gravit tout de même les quelques marches du premier escalier et s'installe de façon à se trouver face au centre du tableau. Elle déplie avec précaution le siège en bois qui grince, à sa grande confusion.

En attendant l'arrivée du professeur, elle regarde autour d'elle. La salle, grande, simple. Les gens. Certains se connaissent et sont déjà en pleine conversation. On s'exclame, on rit. La plupart sont comme elle, silencieux et immobiles. Sages comme de bons élèves. Tous les âges sont représentés, mais, étonnamment, parmi la soixantaine de personnes présentes, la majorité semble avoir plus de cinquante ans. Elle ne s'attendait pas à ça. Il n'y a pas d'âge pour apprendre, après tout. Cela la rassure un peu. Les étudiants sont là pour les mêmes raisons qu'elle. Même si la plupart d'entre eux doivent probablement avoir un bagage culturel supérieur au sien.

Ses pensées et autres questionnements sont interrompus par l'arrivée du maître de conférences.

Elle le reconnaît tout de suite. La même absence de charme que dans son souvenir. Le prototype de l'intello à lunettes. Mal habillé, sans une once de séduction. Elle en rit intérieurement, ça la détend. Un peu.

Il se présente succinctement. Propose de faire un tour de présentation, que tout le monde dise son nom, précise s'il a déjà suivi des cours ici ou en suivra en parallèle cette année. Les profils sont différents. Beaucoup de débutants, quelques initiés désireux de renouer avec leurs années étudiantes. Quand arrive son tour et qu'elle prononce son nom, Emma voit passer sur son visage une expression entendue qui veut dire « je vous reconnais ».

Jean-Jacques Verdier explique le déroulement de l'année, les thèmes et courants littéraires qui seront abordés.

Emma prend des notes. Consciencieusement. Inutilement, aussi, puisqu'il distribue ensuite deux polycopiés exposant en détail le programme.

Ils vont commencer par Guillaume Apollinaire. Emma le connaît… seulement de nom. Ah, oui ! les calligrammes… C'est quoi, déjà ? Elle est un peu perdue.

Pour la semaine prochaine, le professeur leur conseille de lire des poèmes de cet auteur. Ils en reparleront et analyseront quelques textes.

Le cours est fini. Tout le monde se lève, les premiers quittent la salle. Emma s'apprête à partir aussi, mais elle entend derrière elle :

— Alors, Emma, vous avez lu cet été ?

Elle se retourne, gênée. Acquiesce. Sans se lancer dans la liste exhaustive des livres engloutis.

— Je vois que… Enfin, c'est bien que vous soyez là. Je suis sûr que vous ne le regretterez pas.

Il sourit du même sourire que lorsqu'il lui avait conseillé *Madame Bovary.* Accueillant, bienveillant. Chaleureux. Elle le remercie et se sauve. Oui, c'est ça : se sauve. Elle ne sait pas pourquoi. Sa gêne n'a pas disparu. L'impression de ne pas être à sa place dans un lieu comme celui-ci… Il n'a certes pas le prestige de la Sorbonne, mais il ne lui semble pas moins au-dessus de ce à quoi, simple fleuriste n'ayant qu'un CAP vente, elle peut prétendre…

*

De retour chez elle, Julien, qui a vu grandir en elle le stress précédant le grand jour, s'enquiert de ses impressions. C'était bien. Mieux qu'elle ne l'avait imaginé. Mais elle ne se sent pas légitime. Et alors, de quelle légitimité a-t-elle besoin ? C'est bête…

Après le repas, elle fait une recherche Internet sur Apollinaire. La poésie, ça va changer un peu. Le maître de conférences a prévenu : contrairement à une idée reçue, le XXe siècle n'en manque pas.

*

Elle s'est procuré *Alcools* et *Poèmes à Lou*. Elle est séduite par la richesse poétique du premier, surprise par l'audace érotique du second. La modernité du poète l'émeut et l'interroge. Elle tombe sur un poème qui se compose d'un seul et unique vers. Elle ignorait que c'était possible. Ne comprend pas trop ce que ça veut dire. Mais savoure les mots en se les répétant, dans leur musicalité brute : « Et l'unique cordeau des trompettes marines. »

*

Au second cours, c'est la révélation.

Jean-Jacques Verdier analyse quelques poèmes, les dissèque, les révèle, retire le voile opaque qui recouvrait la toile. Sans rien ôter de la magie et de la beauté, bien au contraire. Emma vient de tomber sous le charme de la poésie. Et se repaît des explications brûlantes de passion de son professeur, qui, visiblement, vit et vibre à l'unisson d'Apollinaire. Elle tente aussi d'apprivoiser les subtilités stylistiques, le nom des figures de rhétorique : chiasmes, anacoluthes, synecdoques et autres oxymores sonnent à ses oreilles comme autant de mystères à percer. Emma accède d'un coup à un monde nouveau.

Elle revient, avide de poésie. Se dit que, pour mieux comprendre Apollinaire, il aurait fallu qu'elle ait lu certains de ses prédécesseurs, achète alors Baudelaire, Hugo, Verlaine et Rimbaud, et les lit. Leurs mots sont si beaux qu'elle les fredonne à voix haute. Elle s'enivre de leurs tourments, du spleen, des amours à sens unique, de l'affection d'un père pour sa fille… de tout, finalement, car la poésie cultive et sublime la vie.

Une Révélation, oui, c'était cela.

Claudia

Collègue de la mariée,
quarante et un ans

J'ai décidé de quitter mon mari.

Mais, en fait, je n'y arrive pas, je n'assume pas du tout. Donc j'ai mis en place un plan que je croyais imparable : tout faire pour que ce soit lui qui décide de me quitter. Pas mal, non ? Enfin, c'est ce que je croyais.

Je me laisse aller. Je ne fais plus aucun effort vestimentaire, je ne me maquille plus, je ne vais plus chez le coiffeur, je ne m'épile plus vraiment, et je réduis mon hygiène corporelle ; je suis rendue au minimum syndical de la tenue de la maison (rangement aléatoire, ménage trop rare) et de la cuisine (plats préparés, micro-ondes) ; je ronchonne, je boude, je fais la gueule. Je reste au maximum sur le canapé. Comme si tout ça ne suffisait pas, j'ai entamé une grève du sexe. J'en suis venue à souhaiter qu'il aille voir ailleurs… ce qu'il fait peut-être, mais il paraît encore trop content de retrouver Bobonne à la maison.

Il est tenace, hein. Une vraie sangsue ! À croire qu'il se suffit de ça. On est tombés bien bas, quand même.

Je crois qu'il ne me quittera jamais. Je vais devoir m'y résoudre, alors. Mince !

7

— Connaissez-vous Proust ?

Tout ce qu'elle sait de lui, c'est qu'il s'est « longtemps couché de bonne heure » et est réputé pour ses phrases à rallonge, indigestes. Alors, c'est ce qu'elle répond. En assumant, sans honte. Elle a passé le stade de j'ai-peur-de-parler-avec-le-professeur-d'université.

Ils prennent un café devant la machine, quelques minutes avant le cours. C'est lui qui le lui a proposé, la voyant arriver avec son air encore un peu timide mais de plus en plus décidé.

Elle a passé deux mois dans la poésie. Il serait peut-être temps de changer de genre, mais lequel ?

— Vous devriez essayer, vraiment.

— Vous croyez ? demande-t-elle, incrédule, les sourcils froncés. J'ai peur que ce ne soit trop hermétique pour moi. Je ne me sens peut-être pas encore prête pour ça…

— Mais si… Croyez-moi, il faut juste un peu de souffle, et l'esprit reposé, dit-il en souriant. Et puis, avec l'inclination que vous montrez pour la poésie, je ne doute pas que Proust fasse votre conquête, avec son style riche et son goût pour les métaphores. Si cela vous intéresse, j'anime des conférences libres à l'institut municipal une fois par mois sur cet auteur.

— Ah, oui ! Je crois que Valérie m'a dit que vous étiez un spécialiste…

— C'est exact. J'en ai fait mon sujet de recherche, sans que cela soit du temps perdu, si vous me permettez ce jeu de mots.

— Mais… tout n'a pas été déjà trouvé, à son sujet ?

Il sourit de sa naïveté.

— Oh, Emma ! Vous savez, Proust est infini… Il ne saurait se réduire à une madeleine, un questionnaire ou la thématique du temps… Il y a tant à dire à son sujet que je n'aurais pas assez d'une vie pour l'explorer…

Elle sourit. Il ne manque pas d'humour, sous ses dehors un peu austères.

— Venez… La prochaine conférence à l'institut est dans huit jours. Vous vous ferez votre avis. Je vous invite… Solennellement !

— Dans ce cas, je ne peux refuser, concède-t-elle.

— En effet, conclut-il en ouvrant la marche vers l'amphithéâtre B.

*

Et c'est ainsi que, ayant confié les enfants à la baby-sitter, Emma se retrouve dans une salle de l'institut municipal, avec une vingtaine d'autres auditeurs. Elle reconnaît deux membres de son cours du soir. Fans de Proust ou de Jean-Jacques Verdier ? Mystère.

Avant de pousser la porte de cette conférence sur un sujet aussi pointu, elle s'est aventurée dans les premières pages d'*À la recherche du temps perdu*. Histoire de savoir à quelle sauce elle allait être mangée, et surtout de voir à peu près de quoi il retournait. Car, au fond, si elle savait que Proust était un mythe de la littérature, elle n'en avait jamais goûté la substantifique moelle…

Maintenant, elle attend avec impatience l'arrivée du maître de conférences. Que va-t-il en dire ? Comment peut-on travailler toute sa vie sur une œuvre, si dense et grandiose soit-elle ? Emma est perplexe. Et impatiente de découvrir les richesses cachées de l'auteur et de son corpus…

L'arrivée de Jean-Jacques est saluée d'une salve d'applaudissements. Le public est conquis d'avance. Il remercie, humblement. Emma s'aperçoit alors à quel point il est effectivement modeste, accessible. Loin du cliché du professeur d'université qui, de sa chaire, toise l'assemblée et daigne dispenser sa culture, par une espèce de générosité un peu condescendante pour les pauvres petites gens qui n'y connaissent rien. Jean-Jacques Verdier est différent. Certes incroyablement cultivé, mais avant tout homme parmi ses semblables. Emma en est à ces considérations annexes quand elle sent peser sur elle un regard satisfait, accompagné d'un signe de tête quasiment imperceptible et d'un sourire qui l'est tout autant. Il lui sait gré de sa présence.

Il commence. Au menu du soir : les cinq sens au service de la gourmandise dans l'œuvre. Jean-Jacques lit des extraits, avec éloquence. Découpe avec art. Révèle l'essence. Jubile.

Il est transcendé par la passion, vibrant, comme emporté. Debout, il fait de grands gestes, va et vient sur l'estrade, plus animé et vivant que jamais.

Et c'est à cet instant précis que se produit l'inattendu. Qui n'était pas au programme. Ni au programme du soir ni au programme de l'année. Pas plus qu'à celui de la vie d'Emma.

Soudain, cet homme sans charme, au visage banal, au crâne dégarni, aux lunettes démodées et aux goûts vestimentaires plus que contestables, lui apparaît BEAU. Pas beau au sens général et courant du terme. Génialement beau. Extraordinairement beau, au sens propre : d'une beauté ni objective ni même motivée, mais au-delà de la beauté formatée ou habituelle, plastique, réaliste. Il est beau autrement. Beau de passion, beau de culture. Beau parce qu'il a l'air d'exprimer une nécessité qui le dépasse, et qu'il est d'une dimension supérieure. Dans les yeux de Jean-Jacques, un rayonnement inhabituel – que n'ont pas su déclencher Apollinaire ou les autres.

Cela n'a duré qu'un bref instant d'emportement. Pourtant, Emma ne regardera plus jamais Jean-Jacques de la même manière.

Emporté par la passion, il est différent. Presque séduisant. Pourquoi presque ? Carrément, oui… Parce que tout à coup, au moment où elle s'y attend le moins, Emma sent une chaleur étrange l'envahir. Ses joues s'empourprent, sa respiration se fait plus courte, ses mains deviennent moites. Un frisson de désir la parcourt. De désir ? À écouter cet intello mal fagoté ? Si incroyable que cela paraisse, oui. Ses yeux se brouillent à la vue de la passion faite homme ; et son ouïe sent à présent la caresse d'une voix devenue charmeuse. Par le mystère d'un réseau neuronal qui la dépasse complètement, ses sensations visuelles ont trouvé une résonance intime au plus profond de son être. Elle manque de laisser échapper un soupir. Peut-être même n'a-t-elle pas pu le retenir.

Emma vient de découvrir la puissance érotique qui se cache à l'intérieur d'un homme d'esprit.

Elle doit se reprendre !

Elle essaie de reconnecter son cerveau aux paroles émises, pour reprendre le fil de la conférence.

Celle-ci ne tarde pas à se terminer, sous les applaudissements. Les premiers quittent la salle. Certains s'avancent vers Jean-Jacques et lui posent des questions. Accessible. Souriant. Elle s'approche. Timidement. Écoute, pour apprendre encore. Sa soif de connaissances est devenue insatiable, et elle est tombée sous le charme de… Proust. Elle reviendra, c'est sûr. Une fois par mois, ça va (la baby-sitter n'est jamais contre des heures supplémentaires). D'ici la prochaine fois, elle aura lu *Du côté de chez Swann*. C'est ce qu'elle dit à Jean-Jacques alors qu'ils regagnent leurs voitures. Comment a-t-elle trouvé la conférence ? Il espère l'avoir réconciliée avec Proust. Elle n'était pas fâchée ! Pas facile de bien comprendre quand on n'a lu que quelques pages, mais grâce aux extraits choisis sur le thème de la soirée, c'était tout à fait compréhensible. Et intéressant.

Ils échangent encore quelques paroles banales. Elle le regarde, droit dans les yeux. Elle n'a plus peur de lui ou de ce qu'il représente. Il est redevenu comme avant, comme d'habitude. Ou pas vraiment. Au fond de ses yeux délavés, un éclat brille encore.

« Charismatique », voilà ! C'est le mot, se dit-elle en conduisant sur la route qui la ramène chez elle.

Sophie

Cousine de la mariée,
trente-quatre ans

Cette fois-ci, c'en est trop. J'en ai assez de récupérer Bastien malheureux après l'école. Il faut dire que sa maîtresse, c'est sûr, a une dent contre lui. Ça se sent. Même la mère de Matéo me l'a dit : elle l'a pris en grippe. Mon Bastien ! Il ne mérite pas ça. C'est un bon élève, en plus. Soi-disant qu'il est brouillon, que son cahier est un torchon, qu'il écrit mal, qu'elle a du mal à le lire. Non, mais quand même ! C'est une instit, c'est son boulot, de déchiffrer les travaux d'élèves ; avec son salaire et tout le temps qu'elle a, quand même ! Moi, j'arrive à le lire, elle n'a qu'à faire un effort. Elle se plaint sans arrêt de lui, à moi, ou même dans la classe, devant tous ses copains. Bastien se sent humilié. Et quand il a des problèmes dans la cour, elle ne prend jamais sa défense. C'est toujours sa faute. Même quand il se fait taper, c'est sa faute à lui ! Non, mais, si c'est pas se moquer du monde…

Bref, y en a marre de cette école. Ça fait des jours que je réfléchis à la possibilité d'inscrire Bastien ailleurs.

Après tout, ça ne pourra qu'être mieux. Enfin, c'est mon avis. Pas celui de Bastien, qui ne veut pas en entendre parler. Il dit qu'il aime bien son école, enfin je crois que c'est surtout pour rester avec ses trois copains, et pour Julie, parce qu'il l'aime bien… Alors j'hésite… Surtout là, avant le CM2, ce n'est peut-être pas la meilleure idée. Mais penser qu'il restera encore un an avec cette Mme Champi, ça m'énerve déjà. Je ne sais pas quoi choisir. Qu'est-ce qui est le mieux ? Si ça ne tenait qu'à moi, je le changerais d'école, c'est aussi simple que ça.

8

La transformation d'Emma n'a échappé à personne. Encore moins à ses amies. Susie ne la comprend pas. De toute façon, elle a d'autres soucis.

— Alors, tes cours avec Jean-Jacques ?

— J'adore ! Et puis je me suis inscrite à ses conférences sur Proust.

— Hein ? Tu lis Proust ? s'étonne Susie avec une incompréhension non feinte confinant au dégoût.

— Eh bien, oui ! Et finalement, ça n'est pas si compliqué… Il faut juste du souffle… et des neurones en place.

— Je suis d'accord avec toi, intervient alors Valérie. Moi aussi, je l'ai lu il y a quelques années. Bon, je me suis essoufflée avant la fin du deuxième tome… mais ça vaut le coup ! Et puis Jean-Jacques est un passionné de Proust… Il le ferait adorer au plus récalcitrant, non ?

— Tout à fait d'accord. Il est très persuasif, dit Emma dans un sourire.

— Et sympa !

— Oui, sympa.

— Je ne comprends pas ce que tu trouves à tous tes bouquins, ronchonne Susie. Ou alors c'est le prof ?

— Rien à voir, j'ai lu tout l'été. Oui, je leur trouve quelque chose, à mes bouquins… Ils m'apportent un plus dans mon quotidien, une autre vision, du recul… Et ça me change les idées, parce que je me lasse un peu de la routine boulot-dodo, sans compter que… la boutique, j'en ai un peu marre, en ce moment.

— Ah bon ? C'est nouveau, ça, non ? demande Jeanne.

— Oh, ça fait quelques mois que ça traîne ! J'aime bien mon travail, mais… je ne sais pas, c'est comme… enfin… Il ne me suffit plus…

— Comme Julien… il ne te suffit plus… lâche Susie, amère.

Emma la regarde, les yeux exorbités d'étonnement.

— Pardon ? Qu'est-ce que tu insinues ?

— Bon, Susie, manifestement, ça n'a pas l'air d'aller… intervient Jeanne. Si tu vidais ton sac une bonne fois pour toutes ?

Susie se lance enfin. Des mois qu'elle se mure dans le silence. Ses amies savaient bien qu'elle entretenait une liaison avec un homme marié, un certain Bertrand. Elles avaient compris, au vu de l'attitude de Susie et de la durée étonnante de cette relation, que celle-ci était bien accrochée, cette fois. Mais elles supposaient, à juste titre, que ce n'était sans doute pas le bon candidat pour elle. C'est le moment de lâcher le morceau. Susie fond en larmes. Cinq mois que ça dure, et toujours rien. Il ne quittera pas sa femme…

— Évidemment qu'il ne la quittera pas ! s'exclame Valérie.

— Comment le sais-tu ? Il y en a bien qui finissent par le faire…

Susie, qui ne croit jamais à rien des choses de l'amour, y croit, cette fois. Rêve de vie commune, d'un mariage, d'un enfant aussi… et puis il est temps. Elle le sent réticent à tout ça, mais elle l'aime.

— Tu ne peux pas le forcer… tente de la raisonner Valérie.

— Parfois, je me dis que je devrais arrêter la pilule sans lui dire…

— T'es folle ! Fais pas ça, Susie… C'est moche.

— Vous ne pouvez pas comprendre… Je l'aime, et si jamais il me quitte un jour, au moins, j'aurai un enfant à aimer, et qui m'aimera aussi…

Le désespoir de leur amie fait peine à voir. Elles la raisonnent tour à tour, y allant de leurs conseils. Le plus sage, puisque manifestement il n'est pas accro et qu'il est juste bien content de la sauter de temps à autre, ce serait de trouver la force de passer à autre chose, non ?

Susie entend. Renifle. S'apprête à renoncer à son récent rêve de maternité. À en faire le deuil, car il n'y a que Bertrand qui ait jamais éveillé ce désir-là chez elle, et après lui, elle sait qu'il n'y en aura pas d'autres. Elle retournera à sa vie légère. C'est la première fois qu'elle est amoureuse, elle découvre que ça fait mal. Et elle suppute que c'est la dernière fois. Puisque ça n'en vaut pas la peine.

*

La période des fêtes passe. Emma est de moins en moins motivée par son travail. Ce qui désole un peu Julien.

Avec lui, ça va. Pas mieux. Pas pire. Sur les rails de leur vie. N'y aura-t-il donc que la Faucheuse pour interrompre cette morne monotonie ? Parfois, la littérature lui met des idées noires, voire morbides en tête. Mieux vaut ne pas lire Verlaine ou Baudelaire n'importe quand. Ça n'aide pas.

Les romans narrant des amours impossibles, les envolées romantiques et lyriques n'aident pas non plus quand on a une vie amoureuse proche du néant.

Emma constate, mais ne réagit pas. Elle baisse un peu les bras.

L'autre jour, ils sont allés au restaurant, son idée à elle, encore une fois. Encore une fois un goût un peu amer au retour. Rien ne change. Ils glissent inéluctablement vers un couple de colocataires.

Qu'en sera-t-il lorsque les enfants partiront ? Qu'auront-ils encore à se dire, à partager ?

*

Emma trouve dans son cours du soir et dans les conférences un divertissement très pascalien qui l'aide à se détourner de ses questions. Une échappatoire à sa vie quotidienne.

Jean-Jacques lui est de plus en plus sympathique. Elle a une profonde estime pour lui, de l'admiration, même.

Un soir qu'ils sortent de l'institut municipal, il lui propose de but en blanc :

— Tiens, si vous veniez à la maison, un soir, avec votre mari ? Fabienne sera ravie. Je lui ai raconté vos aventures littéraires et vanté votre assiduité !

Cette proposition la laisse pantoise. Passé l'effet de surprise, elle accepte et lui donne son numéro de portable, pour qu'il lui précise les modalités. Ils se quittent sur le trottoir. Elle reste plantée là, pensive.

*

Julien accueille cette invitation avec plaisir. Il les avait trouvés sympathiques, sa femme et lui, à la soirée barbecue.

Le soir même, Emma reçoit un SMS de Jean-Jacques. Le repas est fixé au samedi dans quinze jours.

Michel

Oncle de la mariée,
cinquante et un ans

J'adore les gâteaux. Donc j'adore aller à la pâtisserie pour en revenir avec le dessert du dimanche.

Je suis censé prendre un gâteau ou une tarte. Mais j'ai toujours le même problème : je ne sais pas quoi choisir, ils me font tous envie... Celui au chocolat paraît moelleux, sur une couche de praliné craquant comme j'aime, mais cette tarte-là me fait de l'œil, avec sa pâte sablée, sa crème pâtissière onctueuse, et ses fruits brillants et colorés... sans compter le millefeuille, toujours élégant, et dont je sais qu'il va ravir les papilles de ma femme.

Devant toutes ces tentations, j'en arrive toujours au même point : je n'arrive pas à trancher.

Alors je dégaine ma solution imparable : j'achète des parts individuelles ! Comme j'ai peur qu'elles soient prises d'assaut et qu'elles fassent des malheureux, je les prends en double ou en triple. Résultat, je reviens avec une douzaine de gâteaux si on est six ! Quand on aime...

Ma femme me lance toujours son petit regard désapprobateur, mais c'est juste un effet de style : elle est tellement gourmande qu'au fond elle est ravie ! La générosité est dans ma nature, que voulez-vous.

9

En ce début d'année, Emma se sent plutôt bien. L'hiver se termine tranquillement, et déjà les jours rallongent ; une chaleur étonnante s'invite parfois. Bientôt, la campagne va se parer des premiers signes du printemps. Bientôt, le renouveau.

En littérature, Emma a découvert le surréalisme et est tombée amoureuse d'Éluard. Elle ne peut même pas s'empêcher d'en lire des vers à Julien qui, bienveillant, l'écoute et sourit. Il ne goûte pas ces choses-là. C'est un matheux. Les chiffres l'attirent. Les choses littéraires et spirituelles ne parlent pas à son intelligence. Mais cela lui fait si plaisir qu'il la laisse faire.

*

Ce soir, c'est le dîner chez Jean-Jacques et Fabienne. Emma a le trac. Elle ne parvient pas à imaginer la soirée, est un peu gênée, sans trop savoir pourquoi. Après tout, elle doit sans doute être capable de tenir une conversation entre gens cultivés. Mais elle a toujours ce fichu complexe d'infériorité, et puis elle a un peu peur que Julien ne s'ennuie ou qu'avec Fabienne le courant ne passe mal. Elle verra bien…

En revanche, elle est particulièrement fière d'elle sur un point : elle a trouvé LE cadeau inespéré. Il y a d'elle et de Jean-Jacques dans ce présent, et il plaira aussi à Fabienne… enfin, il devrait.

— Oh, elles sont magnifiques ! s'extasie cette dernière en attrapant le rosier en pot, à l'arrivée de leurs convives.

Emma, sûre de son effet, se fend d'un :

— C'est aussi pour Jean-Jacques. Je voulais vous faire honneur à tous les deux. C'est une variété peu répandue, qui s'appelle *Souvenir de Marcel Proust* !

— Il fallait le trouver, bravo ! la félicite le maître de conférences. J'ignorais tout de l'existence de cette variété. Quelle belle surprise !

Et tous de contempler les roses. Chacun y voit ce qu'il veut. Simplement de jolis boutons jaunes ou, comme Emma… l'allégorie de sa métamorphose de petite fleuriste aimant les fleurs en amatrice éclairée de l'univers proustien, grâce à l'entremise d'un talentueux professeur. Le tout réuni en un pot.

— Nous le planterons dans le jardin dès la fin des gelées. Merci, Emma, elles sont divinement parfumées.

— Une vague odeur de madeleine, non ? glisse Jean-Jacques en adressant un clin d'œil à Emma.

Julien se contente de sourire. Il se sent catapulté dans un univers qui lui est totalement étranger.

Constate qu'à l'inverse Emma a l'air à l'aise. Observe que Jean-Jacques semble déjà beaucoup l'apprécier.

Ils passent au salon. L'intérieur de cette grande maison est conforme à l'idée qu'on peut s'en faire de l'extérieur : imposant, de grands volumes, un sens aigu de l'élégance. Fabienne est parfaite en femme d'intérieur. Cela se voit. Deux adolescents se présentent à eux, très poliment, puis s'éclipsent en s'excusant d'avoir déjà mangé. Leur attitude respire la bonne éducation, policée, proprette. Mais de bon aloi en société.

Ils s'installent dans de confortables fauteuils. Fabienne fait le service pendant que Jean-Jacques pose des questions à leurs invités, pour faire plus ample connaissance. À Julien, surtout, puisqu'il ignore quasiment tout de lui.

Fabienne s'installe enfin. Ils trinquent. À Proust, bien sûr.

— Vous lisez, Julien ?

— Pas du tout.

La conversation a ses ratés, bribes de sujets rapidement avortés avant de dévier plus simplement. Peu à peu, Julien se détend, gagné par la bonne humeur d'Emma. Il découvre Jean-Jacques, la subtilité de son humour, et combien il peut être intéressant, même pour un novice.

Tout s'allège, et la soirée se termine agréablement. D'autant que Fabienne est un fin cordon-bleu.

Emma et Julien ne rentrent chez eux que tard. Elle est heureuse de constater que, tout comme elle, son mari a apprécié la soirée. Il a même proposé, en partant, de leur rendre la pareille en les invitant prochainement. Ce n'était pourtant pas gagné.

Une fois couchée, Emma se repasse le dîner dans sa tête. Elle sourit de nouveau de la surprise ménagée par ses roses. Se dit qu'elle a découvert un nouveau Jean-Jacques, plus ouvert, moins sérieux, sensiblement différent de celui qu'il montre à l'extérieur, dans le contexte universitaire. Sa simplicité souriante n'enlève rien à son charisme. Quand il a évoqué le génie de Proust, comme pour convertir Julien, Emma a encore ressenti un trouble physique en l'écoutant. Il provoque en elle un effet étonnamment érotique. Tout à fait déstabilisant. Ainsi, dans son lit, elle entend de nouveau le timbre de sa voix quand il explique les procédés narratifs de l'auteur, et distingue la flamme dans ses yeux. Elle s'endort ainsi. Intellectuellement conquise. Physiquement en émoi.

Valentine

Cousine de la mariée,
trente-deux ans

Emma... je n'en reviens pas que tu te maries... Pourvu que tu sois plus chanceuse que moi. Le mariage ne m'a jamais réussi, et tout le monde ici sait pourquoi.

Quand j'ai épousé Loïc, c'était formidable, un bonheur incommensurable. La concrétisation d'un amour fou. Puis j'ai attendu et donné naissance à Apolline, et ça aussi, c'était merveilleux. Tout était parfait. Parfait...

Jusqu'à ce matin funeste où les gendarmes ont frappé à ma porte. Accident de moto. Rien pu faire. Mort. Mort... ??? Impossible.

Un chagrin proportionnel à la passion. Dévastateur. Quasi mortel. Heureusement, Apolline m'a retenue à la vie.

Et Léo, quelques années plus tard, m'en a redonné le goût. Deuxième mariage. Plus sage, plus grave, sans doute. Un bonheur presque entier, cependant. Une nouvelle vie pour moi, pour nous. J'avais repris confiance en mon destin.

Alors je n'ai pas compris.

Je n'ai pas compris les paroles du médecin. Je n'ai pas compris comment c'était possible. J'ai été foudroyée. Comme la maladie l'a foudroyé, lui.

Deux fois veuve. À trente-deux ans. Difficile à croire, hein ?

En les choisissant, j'ai choisi, sans le savoir, une vie de souffrance.

Je ne sais pas de quoi j'ai été punie. Je sais juste que je finirai ma vie seule. Avec Apolline. Avec ma peinture. Elle au moins ne mourra pas. Et mes toiles me survivront.

À l'heure où tu vas dire « oui », je pense à ceux à qui j'ai dit « oui ». Qu'ils reposent en paix.

10

Après cette soirée, Jean-Jacques est tellement heureux de voir Emma qu'il lui propose spontanément d'aller manger une crêpe après le cours. Elle s'entend lui répondre : « Avec plaisir. » Trouve charmant le vouvoiement qu'il tient à conserver.

Elle informe Julien de ce projet de dernière minute. Il n'y voit pas d'inconvénient. Logique : ils seront tranquilles pour causer de littérature, et épargneront chacun son conjoint. Et puis… l'absence totale de charme de Jean-Jacques doit rassurer Julien. Heureusement qu'il ignore certains effets inattendus de son art sur Emma.

Pourtant, à l'idée de partager un repas en tête à tête avec son professeur, Emma se sent bêtement toute chose et a bien du mal à se concentrer sur le cours. Elle a l'image, mais pas le son. Elle tente de se ressaisir, en vain. Il faut dire que le Nouveau Roman ne la passionne pas franchement.

Ils trouvent une table dans une petite crêperie non loin du campus. S'installent. Discutent du cours, échangeant leurs avis sur les extraits choisis par Jean-Jacques. Rient ensemble. Leur complicité ne fait pas le moindre doute. Emma se sent bien avec lui, naturelle. Tout paraît simple. Le moment s'annonce agréable. Mais, peu à peu, ils abordent le terrain, plus glissant, des anecdotes personnelles, puis des confidences… Emma décide de ne pas craindre que le sol se dérobe sous ses pieds et marche avec assurance. Oui, Julien et elle, c'est du solide. Visiblement, elle peut lui retourner le compliment. Il sourit. Engage la conversation sur le sujet des enfants et sur sa boutique.

Rien que de très amical. Tout va bien.

*

Quelques jours plus tard, un SMS s'affiche sur son portable. Jean-Jacques. Son cœur, malgré elle, fait un bond. Que lui veut-il ? *Emma, je pensais aller à Illiers-Combray lundi prochain. Que diriez-vous de m'accompagner ? J'en serais ravi.*

Invitation simplement amicale ? Elle se doute qu'il ne fait pas ce genre de proposition à n'importe lequel de ses étudiants.

Elle veut se raisonner… et en même temps la perspective de découvrir avec lui ces lieux proustiens par excellence l'emporte un peu sur son souhait de « raisonnabilité ».

Qu'a-t-elle à craindre ? Un orgasme-surprise sur le chemin de Guermantes ? Elle rit de ses suppositions idiotes.

Pour couper court à toute ambiguïté, elle en parle le soir même à son mari qui, à sa grande surprise, lui accorde sans hésiter sa bénédiction : « Mais vas-y ! C'est l'occasion ! Tu vas le regretter sinon ! Et ce n'est clairement pas moi qui t'y emmènerai. »

L'enthousiasme retrouvé de sa femme fait plaisir à Julien. Il veut qu'elle soit heureuse, aime la voir s'épanouir en réalisant ses envies. Et il serait bien en peine de lui apporter les mêmes nourritures spirituelles que Jean-Jacques, lui qui rechigne à ouvrir un livre dans l'année. Ils ont le droit de ne pas toujours s'intéresser aux mêmes choses. Et puis, soyons honnêtes : avec la dégaine de Jean-Jacques, il n'y a pas grand danger. Aucune chance pour qu'Emma éprouve une quelconque attirance pour ce genre d'homme au physique banal s'il veut être gentil, carrément laid s'il s'avoue la vérité.

*

Elle profite du trajet qui les mène à Illiers-Combray et du fait qu'il connaisse déjà les lieux pour l'interroger un peu plus avant sur ce qu'ils vont trouver là-bas. Il y est allé plusieurs fois, à vrai dire. C'est un peu son pèlerinage à lui. Il avait très envie de lui faire découvrir la maison de tante Léonie et la campagne alentour qui, quoique changée depuis un siècle, est finalement assez proche de celle qu'a connue Proust. Tout le terreau de sa *Recherche* est contenu là. Et la maison… Marcel y a passé de si bons moments.

Elle perçoit déjà l'émotion qu'il y aura à fouler ces

lieux mythiques. Et se félicite de le faire en si bonne compagnie. Jean-Jacques saura mieux que quiconque la guider dans ce cheminement et lui en faire saisir toutes les richesses. L'émouvoir aussi, peut-être.

Alors que la voiture glisse sur l'autoroute au son de Norah Jones, Emma se laisse bercer par la voix de Jean-Jacques. Elle flotte dans un état second. A l'impression de s'évader. Mais de quoi ?

Le printemps garnit les branches de pétales en bouquets qui éclaboussent le ciel de rose. Emma a l'impression d'avoir été transportée dans un ailleurs lointain.

La maison de tante Léonie, qui renferme le musée, se dresse devant eux, dans toute sa simplicité, avec son petit jardin fleuri. Un étonnement muet saisit Emma. Elle interroge les arbres, les murs, le mobilier. Se souviennent-ils de Marcel ? Il a vécu ici, pendant ses vacances, y a dormi, y a mangé, joué, ri… assez pour faire de ce lieu-là Combray. Assez pour qu'Illiers devienne en son honneur Illiers-Combray.

Jean-Jacques respecte le silence presque pieux d'Emma, pendant qu'elle découvre la suite des pièces consacrées à l'écrivain. Puis ose enfin lui apporter des précisions, des anecdotes… toutes ces choses qui sont un supplément non négligeable pour elle.

Ils prennent leur repas de midi dans une petite auberge au charme normand. Évoquent la région. Giverny n'est pas loin. Il lui parle de Monet, de l'émotion esthétique qu'il a ressentie à vingt ans, au musée de l'Orangerie, à Paris. Du plaisir qu'il a à revenir sur le site qui a inspiré au peintre ses *Nymphéas*. Pour elle qui aime les fleurs, c'est un endroit où elle devrait aller. Dommage qu'ils n'aient pas le temps de s'y rendre.

Il s'intéresse à elle, à son enfance, à son métier. Attentif à ses réponses, toujours bienveillant. Elle se confie un peu. Évoque pour la première fois ses complexes socioculturels. Il semble étonné.

Le vouvoiement demeure entre eux. Ni l'un ni l'autre ne semblent vouloir le rompre. Elle se sent trop « petite » pour oser le tutoyer. C'est avant tout son professeur. Elle ne sait pas comment le considérer autrement. Et lui garde le vouvoiement, comme la marque d'un respect, d'une estime qu'elle devine dans ses yeux. Elle ne se sent pas inculte auprès de lui. Elle n'a pas l'impression qu'il l'éduque non plus. C'est plus fort que ça. Il la forme, la grandit. Il est son mentor, son Pygmalion. C'est ainsi qu'elle voit les choses.

Avant de rentrer, il lui propose de se rendre sur le chemin des aubépines – pas encore en fleur, mais qu'importe –, et de faire un morceau de trajet qui mène vers ce que l'auteur a rebaptisé Guermantes. L'occasion de parler de la nature et du voyage dans l'œuvre. Ils s'asseyent quelques instants sur un banc. Il lui lit un extrait. Elle l'écoute, presque religieusement, laissant sa voix et son phrasé caresser son cortex. Elle atteint un drôle d'état de plénitude, comme après l'amour. Elle ne cherche pas à se ressaisir : il ne peut qu'ignorer ce qui se passe en elle.

Sur le trajet du retour, Jean-Jacques est étonnamment silencieux. Paraît songeur. Emma respecte son repli et en profite pour laisser libre cours à ses propres pensées. Elle a l'impression d'avoir accompli un vrai voyage. Dépaysant, comme en dehors de sa vraie vie. Une parenthèse qui se referme sur eux dans cette voiture qui les ramène à leur vie. Elle le remercie, sourit timidement. Il accueille ses mots sobrement, puis repart en lui-même. Il y a bien plus que la musique entre eux.

Les voici arrivés à Angers, où elle a laissé sa voiture. Il l'accompagne quelques pas.

— J'ai passé une très agréable journée, Emma.

— Moi aussi, Jean-Jacques. Je vous remercie encore.

Elle va pour ouvrir sa portière quand il l'attrape par l'épaule, la fait se retourner et imprime sur ses lèvres un baiser aussi inattendu qu'inexplicable. Complètement déroutant. Emma ne sait comment réagir. Reste interdite. Se laisse faire, hébétée. Ridicule, même, pensera-t-elle. Devant cette absence de réaction, il s'excuse :

— Pardon, Emma…

Elle ne sait pas quoi répondre. S'engouffre dans sa voiture. Démarre. Bêtement. Dans quelques secondes, oui, elle se trouvera ridicule.

Quand elle tourne dans la rue d'après, elle peut enfin respirer normalement. Les questions se bousculent en masse. La première, celle qui résume toutes les autres, c'est : pourquoi ? Pourquoi a-t-il fait ça ? Était-ce prémédité ou spontané ? Était-ce la conséquence d'un sentiment existant ou la marque d'un désir soudain ?

Elle arrive chez elle, encore sous le choc. Essaie de paraître normale, enjouée même. Oui, c'était une belle journée ! Elle a découvert un endroit charmant, avec l'impression d'être entrée dans un livre.

Elle a aussi découvert que son professeur, tout intellectuel qu'il est, n'en est pas moins un homme. Mais ça, elle ne le dit pas.

Laurette

Voisine des mariés,
trente-sept ans

Je mesure 1,71 mètre et je pèse 80 kilos. Cherchez l'erreur… Le pire, c'est que je suis au régime une à trois fois par an depuis mes seize ans, alors qu'à l'époque je n'étais même pas grosse ! C'est absurde. Ma mère nous avait traînés, mes 62 kilos et moi, chez la nutritionniste sur les conseils de notre médecin de famille… Première étape d'un parcours en forme de lutte permanente.

À force de faire le yoyo entre phases restrictives et phases je-mange-sans-compter, j'ai pris 10 kilos en dix ans.

De plus en plus, les spécialistes disent que les régimes font grossir. Ils ont raison.

Sauf que je ne m'aime pas en grosse et que je suis très gourmande… Alors que faire ? Manger, profiter et m'accepter avec mes rondeurs ? Ou me condamner à l'ascèse et oublier le plaisir de la bonne chère et du bon vin ?

J'ai le choix entre continuer à faire des régimes et grossir inévitablement, manger normalement/modérément en espérant me stabiliser, ou me mettre au régime à vie et baisser mon poids (ce qui veut dire me priver ad vitam æternam*)… C'est une question cruelle à laquelle je suis bien incapable de répondre.*

Entre les plaisirs de la gastronomie et ma santé, que suis-je prête à sacrifier ? Je n'ai pas encore fait mon choix, mais je sais que je dois vite prendre une décision pour orienter l'avenir de ma vie corporelle.

11

Le lendemain du baiser, Emma est en proie à la panique. Le souvenir de la maison de la tante Léonie a été supplanté, et de loin, par celui de la bouche de Jean-Jacques sur la sienne, de sa langue, même, contre la sienne. Elle est sidérée. Se demande comment tout cela a pu se produire. Aurait-elle donné quelque signe d'ouverture, comme une porosité accueillante ? Elle ne le croit pas. Qui est-il finalement ? Que sait-elle de lui ? Relativement peu de chose… Est-il heureux en ménage ? Se donne-t-il, quelle que soit la réponse à cette question, le droit d'être libre d'aimer ailleurs, d'avoir une maîtresse ? Fabienne supposerait-elle quelque chose de ce genre ? Serait-il un *serial* séducteur, abonné aux étudiantes ? Ou bien, plus romantiquement, serait-il tombé amoureux d'elle ?

Autant de questions sans fin qui reviennent en boucle et l'empêchent de travailler.

Et puis… Outre le « pourquoi » de ce qui est arrivé, il y a maintenant une grande question qui se pose : que faire de ça ? Comment réagir ?

Emma redoute le moment où elle sera de nouveau confrontée à lui. Veut, instinctivement, reculer cet instant du prochain face-à-face. Elle n'ira pas au cours ce soir.

C'est trop frais. Et puis, constatant son absence, il prendra peut-être contact avec elle, et elle pourrait avoir alors une réponse à ses questions… ou une partie, même infime.

Dans la brume cacophonique dans laquelle elle se perd, elle ne peut qu'attendre.

*

Le soir, elle dit à Julien qu'elle ne se sent pas très bien, et qu'elle est trop fatiguée pour se rendre à l'université. Il lui dit qu'elle a raison de se reposer. L'excuse est passée, mais ne pourra pas être réutilisée. Emma ne fait que gagner du temps.

Jean-Jacques va-t-il réagir à son absence ? Et si oui, quand et comment ?

En famille, elle fait semblant. Elle a enfilé le masque de celle qui va bien, pour qui rien n'a changé. Elle voudrait tellement que ce soit le cas. Mais elle sait que c'est faux. Parce que la voix de Jean-Jacques fredonne dans sa tête. Et qu'elle a encore le goût de sa langue sur la sienne. Ce baiser n'avait rien d'érotique, pour elle. Il avait avant tout la forme d'un point d'interrogation. Qui prend de la place. Elle n'a rien donné d'elle, mais ne s'est pas vraiment refusée non plus. Pas d'investissement, mais pas de résistance qui aurait interrompu l'élan. Elle se rassure en se disant qu'elle n'a pas à se sentir coupable. Il n'y a jamais eu la moindre invitation ni ambiguïté de sa part. Rien qu'elle ait cherché et qu'elle aurait à se reprocher. C'était un baiser fortuit, inattendu. Elle ne l'avait pas vu venir. C'était arrivé, voilà tout.

Et maintenant ?

*

La semaine se passe. Pas de nouvelles de Jean-Jacques. Elle s'interroge : craint-il sa réaction ? Attend-il qu'elle aille vers lui ? Se sent-il mal comme elle ? Parfois, elle se dit qu'il a juste tenté quelque chose et qu'il n'y pense déjà plus.

Elle doit néanmoins se protéger.

Elle aimerait parler de ses tourments à une amie ou à sa sœur. Mais c'est trop délicat. Autant attendre et voir… s'il y a un jour quelque chose à en dire.

*

Le mardi suivant, elle ne se voit pas inventer un nouveau prétexte pour ne pas aller au cours, alors elle quitte la maison, mais ne se rend pas sur le campus. Elle a pris un livre avec elle. Pas Proust ! Elle va dans un parc. Lit. Quand la nuit tombe, elle continue sa lecture dans sa voiture. Attend la fin du cours, et même un peu plus, pour rentrer chez elle à l'heure normale.

C'était bien ? Oui… Ça lui fait bizarre de mentir

coup sur coup. C'est la première fois de sa vie qu'elle y est contrainte. Emma n'est pas à l'aise, mais n'en laisse rien voir. Elle a la chance que Julien ne cherche jamais à en savoir plus, comme s'il craignait qu'elle ne l'assomme avec le sujet du jour.

Ce soir, il a envie de faire l'amour. Elle se prête de bonne grâce à des ébats sans piment, bien rodés parce que calqués sur une trame enferrée dans une routine presque immuable.

Malgré elle, elle se demande tout à coup comment Jean-Jacques s'y prend. Comment il fait l'amour à sa femme. Si ça lui arrive encore. Comment il lui ferait l'amour, à elle, si cela arrivait. Mais ça n'arrivera pas.

*

Cette fois, elle se présente au cours, mais de biais : elle s'arrange pour arriver juste à l'heure, se faufile dans le bâtiment par une porte latérale, grimpe les escaliers pour se rendre à l'étage qui lui permettra de gagner l'amphi B par le haut. Elle entre, s'assied là, tout en haut, près de la porte de sortie. Ce n'est pas dans ses habitudes. D'ordinaire, elle se place face au professeur, au centre. Là, elle est dans un angle, tout en haut, prête à fuir, en cas de… Quoi, d'ailleurs ? Elle ne sait pas. Elle veut pouvoir partir en une fraction de seconde, sans croiser son regard.

Elle prend soin de l'éviter tout au long du cours. Fait semblant d'être plongée dans ses notes. Lève à peine la tête. Mais, de toute façon, elle est tranquille : il regarde rarement si haut. Même si elle sait qu'il l'a vue. C'est tellement évident.

Leurs regards ne se sont croisés qu'une fois. Furtivement. Assez pour que le trouble l'envahisse tout entière. Sa voix charismatique et le souvenir de leur baiser vieux de quinze jours la happent de nouveau, lui procurent des sensations étranges, mouvantes. Elle est comme sous l'emprise d'un ravissement intellectualo-émotionnel aux prolongements sensuels. Il parle à son esprit, et ses paroles pénètrent en elle jusqu'au creux de son ventre. Au point que, s'il l'embrassait, là, tout de suite, elle répondrait à son baiser. Fiévreusement. Elle se sent en danger.

Dès la fin du cours, elle se sauve. Comme si le diable était à ses trousses. Elle démarre en trombe et ne s'autorise à respirer qu'une fois le campus dans son rétroviseur.

Elle roule plus calmement. Son téléphone bipe. Son intuition sait. Ce ne peut être que lui. Elle s'arrête, fouille fébrilement dans son sac et découvre le message : *Emma, je vis une torture. Nous ne pouvons ignorer ce qu'il s'est passé. Je dois vous parler. S'il vous plaît, voyons-nous.*

Elle reste interdite. Visiblement, le face-à-face aura bien lieu. Doit avoir lieu. Que va-t-il lui dire de si important ? Elle ne sait que répondre. Voudrait se montrer distante pour annoncer la couleur. Quoi qu'il dise, elle ne cédera pas. Elle a trop à perdre.

Quand ? se contente-t-elle de renvoyer.

La seconde d'après, sa réponse lui parvient : *Demain midi.*

Elle accepte. A-t-elle le choix ?... Et puis, elle est curieuse.

Philippe

Voisin des mariés,
trente-neuf ans

Dans notre vie de famille, c'est bien simple : c'est moi qui décide. De toute façon, Marion est trop indécise sur tout, et ça m'horripile. Et puis, je l'avoue, j'aime être le garant de l'organisation. J'aime quand ça file droit. Je décide, on obéit. Je trouve le modèle de la famille française à l'ancienne parfait. Pour moi, l'autorité réside chez le père. Vêtements, cursus scolaire, aménagement de la maison, voitures, destination des vacances… toutes les décisions m'incombent. Marion aime bien. Elle se repose sur moi. Elle a besoin d'un homme, un vrai, à ses côtés, qui lui dise quoi faire et comment.

Si je suis autoritaire et un brin macho ? Oui, et alors ? Ça vous pose un problème ?

12

Elle est curieuse de ce qu'il va lui dire, là, dans quelques minutes. Parce qu'elle sent quelque chose de diffus qu'elle n'a pas suscité chez quelqu'un depuis des années. Depuis avant son mariage. Un ami de son mari lui avait tourné autour. Elle l'avait éconduit poliment.

Elle a passé une nuit difficile, hantée par un lancinant : mais que va-t-il me dire ? Elle a à peine dormi.

C'est l'heure. Il lui a donné rendez-vous au fond d'une brasserie du centre. Elle le rejoint. Assez stressée pour y arriver les joues déjà rouges. Et il n'a encore rien dit…

L'endroit est sympathique, mais il ressemble à un piège. Au pire, elle quittera la table, la brasserie, et s'enfuira. Il se lève poliment pour la saluer.

— Bonjour, Emma. Merci d'avoir accepté de venir.

Elle sourit en guise de réponse, le trouve changé. Il la regarde avec l'air de celui qui ne sait comment commencer. Puis se lance.

— Emma, je suis désolé si je vous ai offensée…

— Je ne sais pas si c'est vraiment le mot, mais dites…

— Emma, je ne vais pas y aller par quatre chemins. Vous me plaisez… beaucoup. Depuis le premier jour où je vous ai vue.

Première réponse : il ne l'a pas embrassée par hasard.

— Je vous trouve différente, resplendissante. Vous êtes un soleil, Emma, vous le saviez ?

Elle sourit. Avant, on disait parfois qu'elle était rayonnante, oui, mais c'était avant. Avant quoi ? Avant d'avoir une vie sérieuse d'épouse-chef-d'entreprise-et-mère-de-famille…

— Mais vous êtes marié… avance-t-elle.

— Pour moi, ce n'est pas le plus important. Vous savez, beaucoup d'hommes…

— Oui, je sais… trompent leur femme…

— Fabienne sait bien que je n'ai pas toujours été fidèle, mais elle sait aussi que je ne la quitterai jamais, et elle fait partie de celles qui préfèrent partager qu'être laissées…

— C'est moche, ce que vous dites. Vous l'aimez ?

Il sourit, comme si sa question était naïve.

— Elle est la mère de mes enfants et ma compagne de vie, c'est déjà beaucoup…

— Admettons. Ça, c'est pour votre côté. Je suis mariée, moi aussi.

— Je ne l'ignore pas…

— Je n'ai pas la même conception du mariage que vous. Alors qu'attendez-vous de moi ? Qu'avez-vous en tête ?

— Nous pourrions… nous voir de temps en temps, et…

— … coucher ensemble. C'est ça que vous me proposez ? Vous voulez que je devienne votre maîtresse ?

— Je ne détesterais pas…

Elle note la litote.

— Je ne vous imaginais pas comme ça, avoue-t-elle sans cacher une forme de déception.

— Ah, vraiment ? Pourquoi ?

— Je ne sais pas… Je vous croyais heureux en ménage, et amoureux des livres et de toutes ces choses culturelles…

— Oui, je vois : un parfait intello.

Elle sourit. Bizarrement, elle a un aplomb nouveau face à lui.

— On peut dire ça.

— Mais je n'en suis pas moins homme…

— Et vous avez donc régulièrement des maîtresses ? demande-t-elle, piquée.

— Oh, n'exagérons rien. Cela m'arrive de temps en temps. C'est plaisant.

— Je n'en doute pas. Mais vous resterez marié à votre femme, quoi qu'il arrive ?

— C'est cela, quoi qu'il arrive. Au moins, je suis honnête : je vous le dis. Je ne fais pas de fausses promesses. Le contrat, tacite, entre Fabienne et moi existe sous cette forme.

— Et elle, elle a le droit de vous tromper ?

— Je doute qu'elle le fasse, mais… dans l'absolu, j'imagine que oui.

— Vous paraissez très sûr de vous. Pensez-vous

qu'elle est heureuse ainsi ? Ne croyez-vous pas qu'elle pourrait se lasser de cette situation, ou bien craquer pour quelqu'un ?…

— Comme moi je craque pour vous ?

Elle sourit d'un air entendu, mais pas dupe.

— Je vous sens dans le jugement, Emma… mais vous avez tort. Vous n'êtes pas comme les autres, c'est cela que je veux vous faire comprendre. Je me plais infiniment à vos côtés. En dehors de toute contingence charnelle. Vous comprenez ce que je veux dire ?

Est-ce un genre de déclaration déguisée ? Serait-il tombé amoureux de la simple fleuriste qu'elle est ? Elle ne saurait se l'expliquer.

— J'aime vous voir, vous regarder, me promener, écouter de la musique avec vous… Juste être avec vous. Vous ne pouvez vous imaginer comme j'ai été déçu de ne pas vous voir, lors des deux derniers cours. Si je puis me permettre… vous m'avez manqué. Et cela me trouble beaucoup.

— Je ne tromperai pas mon mari, assène-t-elle de façon assez abrupte. J'ai juré fidélité, je respecterai mon engagement.

Jean-Jacques se fait silencieux, le temps que l'essaim de conséquences parvienne à son cerveau.

— Au moins, c'est clair. Je ne vous plais pas ?

— …

— Je sais que je n'ai pas un physique de jeune premier…

— Ce n'est pas la question.

— Je vous sens presque en colère. Vous devriez…

— … vous remercier de me vouer des sentiments de nature ambiguë ? demande-t-elle, ironique.

— Je ne suis pas ambigu : je pense être très clair. Et vous avez très bien compris… Ne faites pas semblant.

— Mais que voulez-vous que je fasse ? Vous avez tout gâché…

— Tout gâché ? Mais non, voyons, Emma…

— Je ne peux plus vous considérer comme avant. Il y a cette… chose… entre nous.

— Je vous en prie, venez à mes cours… Ne me privez pas de la douceur que me procure le fait de vous voir. Vous embellissez mes semaines, tous les mardis soir… et, au fond de moi, c'est à vous que je m'adresse, sachez-le, Emma…

— Je vais réfléchir… Excusez-moi, mais je vais y aller. J'ai bien entendu tout ce que vous m'avez dit.

Emma ne se voit pas partager une salade dans ce face-à-face surréaliste. Elle n'a bu qu'un verre de vin, qu'elle paie en sortant. Et quitte la brasserie, pour retrouver l'air qui lui a tant manqué à l'intérieur.

Sarah

Collègue de la mariée,
trente-deux ans

On dit que choisir, c'est renoncer. Parfois on choisit de renoncer. Et pourtant ce n'est pas vraiment un choix. On renonce, c'est tout. On accepte que ça ne soit jamais, que ça n'arrive pas. On doit faire ce deuil-là, apprivoiser l'idée… se résigner.

Après tout, on peut être parent autrement. Paraît-il. Mais est-ce vraiment le cas ? Savoir renoncer à ce que son ventre porte la vie et enfante n'est pas chose facile. Après tout, le corps de la femme est fait pour ça. Je hais mon infertilité, ce ventre vide qui n'accouchera jamais. Je me suis même haïe, moi, je crois, par moments… Mais, à force de contraindre ce corps, ma vie de couple et mon quotidien dans ces traitements à répétition, lourds et vains… tout pâtit. Alors à quoi bon s'acharner, à quoi bon se faire plus de mal encore, imprimer dans ma chair des délires hormonaux, pauvres espoirs en forme de mirages, qui sont autant de bombes à retardement ?… Tout ça pour quoi ? Pour la fierté de porter son enfant, de voir grossir son ventre éperdument ? Pour les rires et les chatouilles, les câlins qu'on n'aura jamais…

De toute façon, je n'en pouvais plus, de ces ponctions, de ces piqûres, de ces espoirs atroces, de ces fausses joies prévisibles. Marre de tout ça.

J'ai voulu en finir avec ça, pendant qu'il en était encore temps.

Je navigue depuis entre deux eaux, entre deux choix : accueillir un enfant d'ici ou d'ailleurs, ou n'en avoir jamais… Je n'arrive pas à savoir. Adopter, ce serait réenclencher le parcours du combattant, or je suis fatiguée par cette lutte sans fin qui me laisse exsangue.

13

Plus rien ne sera comme avant. Qu'elle abandonne les cours du soir, les conférences proustiennes, ou qu'elle continue de s'y rendre, son professeur éprouve pour elle des sentiments et aimerait les consommer. Avant tout, elle est stupéfaite ; elle se demande comment c'est possible. Elle ne croit pas mériter un tel homme. Et il la voudrait comme maîtresse ! Elle n'a jamais envisagé d'être une maîtresse ! Ni de prendre un amant, d'ailleurs. Sa vie avec Julien, si simple et sans surprise qu'elle puisse être, lui convient quand même, ou du moins elle ne la rejette pas au point de vouloir s'offrir un complément, une distraction extérieure. Elle n'a jamais pensé à ça. Ce qu'elle voudrait, elle, c'est retrouver la magie de l'amour des débuts, mais avec son mari. Pas avec un autre. Et Jean-Jacques ne lui plaît pas. Elle se demande à quoi ressemble sa vie intime, avec sa femme ou avec ses maîtresses. Il n'a tellement pas le physique de l'emploi. À le voir, on ne peut que douter de son potentiel sexuel. Et puis, il y a Fabienne… Elle la connaît ! C'est même elle qui a dû planter le rosier dans leur jardin… Emma ne se voit pas du tout en briseuse de ménage, même si ça n'est pas dans les projets de Jean-Jacques, ni en objet extra-conjugal, dans cette triangulaire avec une Fabienne connue et relativement appréciée. Emma pense à elle tout à coup. Comment est-ce possible de partager son mari comme elle le fait ? Lui a-t-il dit la vérité vraie ? Fabienne aimerait donc son mari au point de préférer le partager plutôt que de le perdre ? Ou bien ce serait moins joli… un genre de contrat qui lui permettrait de garder chez elle un mari de renom et le confort qui va avec. Pas de travail, une vie de femme au foyer quelque peu entretenue. Emma se demande, au fond, si Fabienne n'est pas une paresseuse profiteuse… qui préfère se prélasser dans l'ombre de son mari plutôt que de s'activer dans la vraie vie.

Bref. Quoi qu'il se passe dans leur couple, ça ne change rien à ce qu'elle ressent et veut.

Elle retourne au travail, un peu plus légère bizarrement. Maintenant, elle sait. Et elle a au fond d'elle-même la satisfaction narcissique de plaire… et pas à n'importe qui. Son orgueil féminin se repaît de cette idée. Elle est donc encore une femme séduisante !

*

Deux jours plus tard, Emma est dans la boutique avec Lucie, sa plus jeune employée. Une cliente regarde avec beaucoup de concentration les compositions en pots.

Un camion Interflora se gare devant Le Lys fleuri. Le chauffeur en descend, entre dans la boutique.

— Mme Delval, c'est ici ?

— Euh… oui ! répond Emma, interloquée et rougissante.

— C'est bien la première fois que je livre un bouquet chez un fleuriste, grogne-t-il. C'est un comble, ça, non ?

— Certainement… avoue Emma qui s'avance enfin vers lui pour signer le bon de livraison.

Il file dans son camion et revient vite, encombré d'une imposante brassée de roses. Des roses roses.

— Voilà, madame. J'espère que vous les trouverez aussi belles que les vôtres. M'est avis qu'elles ont une autre valeur.

Et il part en ricanant.

Emma reste interdite. Se sent idiote à côté de Lucie, qui fait comme si de rien n'était. Et la cliente de dire :

— Vous devez avoir un admirateur secret !

Secret ? Oh que non !… Emma se glisse vers l'arrière-boutique. Trouve rapidement une enveloppe. Son cœur bat la chamade en la décachetant avec des doigts tremblants. Quels mots va-t-elle y découvrir ?

Quelques fleurs en hommage à une très jolie fleuriste… dont la beauté, le parfum et le rire me manquent éperdument. Emma, je vous en prie… laissez-moi vous aimer à distance, ou au moins chastement. Je vous promets d'être respectueux, toujours. Vous savez ce que dit Marcel : « Aimer est un mauvais sort comme ceux qu'il y a dans les contes, contre quoi on ne peut rien jusqu'à ce que l'enchantement ait cessé. » Vous m'avez ensorcelé, et cela m'est divin.

Une vague d'émotion pure trouble sa vue. Emma

fond dans une expectative délicieusement douloureuse. Mais que peut-elle répondre ?

Il faut se ressaisir. Bien peser les mots. Doit-elle jouer l'indifférence ? Elle se sent coincée par l'indécence de sa situation. Se pourrait-il qu'elle éprouve quelque chose pour Jean-Jacques ? Son cœur en tremble, en vérité. N'est-ce qu'une réaction en miroir de ses sentiments à lui ? Par le truchement de ce bouquet imprévu, un lien, un fil, presque invisible, se serait-il tissé à son insu ?

Il faut répondre. Elle hésite entre un banal et potentiellement blessant *Bien reçu votre bouquet*, un bien trop expressif *Je ne suis plus sûre de rien !*, ou quelque chose de plus subtil et de moins compromettant. Elle opte donc, après une longue réflexion, pour ce laconique : *Très touchée par cet impromptu bouquet.*

Il n'y a rien de plus vrai que ça : bien malgré elle, elle est touchée par son geste, et par le reste… et ressort de cet épisode avec le cœur troublé.

*

Emma se rend au cours du mardi soir. Se place face à Jean-Jacques, à sa place habituelle, sa place d'avant… Lui sourit. Il fait son cours. Pour elle, il le lui a dit l'autre jour. Un œil non initié ne voit pas quelques détails subtils. Emma a le regard aiguisé. Tout lui parvient, jusqu'au plus profond d'elle-même. Elle sent sur elle sa voix qui glisse, sensuelle comme une caresse, et son regard, d'une profondeur qu'elle ne lui connaissait pas. Comme un toucher vaporeux qui sèmerait des baisers sur son visage. Une crampe la fige au creux de son ventre. Une autre. Quelques vagues de désir la submergent. C'est bon. Mais quel est ce pouvoir ?...

Le mercredi, c'est pire. Ou meilleur, selon le point de vue auquel on se place : la morale ou les ressentis corporels et cardiaques. Emma est entièrement réceptive. Ferme les yeux, même. S'abandonne discrètement. Elle le sait entièrement dévoué à elle. Alors elle se donne la liberté de se laisser aller, là, cette heure et demie, à ne plus être elle-même. Comme un jeu qui ne pourrait pas être plus réel. Elle l'écoute parler de Proust, se remémore avec stupeur leur évasion à Combray, repense avec délice au partage presque intime de cette journée et de ce voyage, dans le silence de la voiture. Juste avant qu'il l'embrasse. Oh !... Elle fond et s'enivre. Le désir la rend rouge... S'il savait qu'elle fait presque l'amour avec ses mots...

Le soir, pour la première fois depuis une éternité, elle rentre chez elle, brûlante, veut faire l'amour à son mari. Elle y met de l'avidité, de la fougue, presque. Il en est étonné, mais charmé, subjugué. Elle se donne avec une envie qui la dépassc, jouit d'un plaisir surprenant.

Après, elle s'interroge sur tout ça... Cela n'a aucun sens. À moins que ? Et si Jean-Jacques participait malgré lui à un revirement de sa libido ? Et si cela réveillait aussi Julien ? Après tout, il y a parfois des effets secondaires incongrus dans l'adultère, c'est connu...

Peut-être Jean-Jacques pense-t-il aussi à elle quand il rejoint les draps conjugaux… Adultère ? Est-elle coupable d'adultère si elle est attirée par un autre, s'il est dans sa tête à temps partiel, s'il participe à son plaisir ? Sa tête tourne et s'embourbe dans ces questions, entre culpabilité et volonté assumée.

Julien lui sourit.

Ninon

Amie de la mariée,
trente et un ans

Je suis la reine des hésitations, pour ce qui est du choix de la destination des vacances. Ce n'est pas tant la difficulté de savoir ce qui m'attire, c'est l'évaluation des risques.

Vous comprenez ce que je veux dire ?

Voilà, je l'avoue : je suis phobique.

En premier lieu, je ne peux pas prendre l'avion. Impossible. Je suis aérodromophobe. J'ai déjà essayé, vous pensez. Je me suis frottée au problème, mais je n'ai pas pu monter dans l'appareil. On aurait dit une tarée, oui, je sais… Je ne peux pas, c'est plus fort que moi. Crise d'angoisse. Hystérie. Éric m'a fait la sienne, de crise. Pas d'angoisse, hein : crise de couple. Devant tout le monde. Il m'a crié dessus, m'a traitée comme une sous-merde. Devant tout le monde ! La honte de ma vie. Évidemment, il était vert ! De ne pas partir, de rater la Grèce, d'avoir payé pour rien, ça aussi (sans doute le pire, l'énervement du porte-monnaie). Bref, une catastrophe.

Unique essai. Vous vous doutez bien que je n'ai jamais voulu réitérer l'exploit.

Donc, si je résume : il faut déjà trouver un endroit où l'on peut se rendre sans avion. Ça élimine un sacré nombre de destinations. Bien malgré moi, mais au moins c'est un bon critère de choix, non ?

Bon. Ça ne serait pas drôle si je n'avais pas d'autres phobies... Dans le désordre : je suis assez thalassophobe (si on peut éviter les plages, et, tant qu'à faire, le bateau, ça me va très bien), et très ophidiophobe et arachnophobe (autant dire que la jungle, très peu pour moi... mais ça tombe bien car elle est plutôt accessible en avion) ; l'agoraphobie me guette aussi dans les grandes villes... bref.

Et pour couronner le tout, comme je suis plutôt du genre superstitieux, je suis carrément triskaïdékaphobe... Autrement dit, je ne veux pas qu'un 13 du mois vienne gâcher nos vacances, et ne puis surtout pas envisager un jour de départ ou de retour ce jour-là... accident assuré, vous comprenez.

Bref, ça énerve mon mari. Bien sûr. Il est un peu de mauvaise foi, quand même ! Il nous reste la campagne européenne en voiture ou la montagne... plutôt entre le 14 et le 30 (autant éviter le 31, miroir du 13, vous comprenez...). C'est déjà pas mal, vous en conviendrez. Non ?

14

Les semaines passent. Plutôt vite. Déjà la fin de l'année scolaire approche.

Emma veut profiter au maximum du temps qui reste avant les vacances. Elle appréhende un peu la coupure qui s'annonce. Même si elle sait qu'elle verra Jean-Jacques durant l'été.

Elle le sait car ils se voient assez régulièrement. Elle a accédé à son souhait, de bonne grâce : passer du temps avec lui. Pudiquement, chastement. Il lui voue un amour platonique à l'extrême. Elle a l'impression d'être une reine inaccessible pour lui.

Mais, subrepticement, progressivement se sont infiltrées en elle les prémices d'une relation en dehors des cadres établis. Elle éprouve pour lui un sentiment indéfinissable, qu'aucun mot ne peut contenir. Un mélange d'admiration, de désir, d'amitié… Il y a parfois eu de ces situations très dangereuses, où elle avait eu envie de l'embrasser, où elle avait eu envie de dire : « Au diable la chasteté ! » De se donner à lui, dans une scène presque théâtrale qu'elle avait souvent imaginée… Mais elle a continué de résister. De se cramponner à ses engagements d'épouse. Non sans fierté, elle reste la femme d'un seul homme. Même si un autre la désire, la vénère, même.

Avec Julien, son réveil de libido n'a pas duré. Un feu de paille vite éteint. Cela la mine. Elle sait que Jean-Jacques n'est que le catalyseur d'un problème de fond qu'elle n'avait pas su, ou voulu, voir. Dont elle a préféré minimiser la gravité et qui à présent est prêt à lui revenir violemment à la figure.

*

— Ça n'a pas l'air d'aller… avance Janelle.

— Ça se voit tant que ça ? Disons que j'ai quelques soucis en ce moment.

— Avec ta boutique ?

— Non, pas du tout. Même si elle passe un peu au second plan, ces temps-ci…

— Avec Julien ?

— Non… Enfin, pas directement.

— Raconte… Qu'est-ce qui se passe ?

Emma hésite. Elle n'a osé parler de ses tourments à personne. Sa sœur est sans doute la plus apte à l'écouter sans la juger, mais ce n'est pas si facile de faire ce genre d'aveu.

— Je ne sais pas comment dire ça.

— Tu as trompé Julien ?

— Non !

Ce « non » claque d'un ton déterminé.

— Alors… explique-toi !

— Je ne l'ai pas trompé. Mais j'éprouve… quelque chose, pour quelqu'un d'autre.

— Ah bon ? Ça alors !… Mais qui est-ce ?

— C'est là que ça se complique… C'est Jean-Jacques.

— Non ?! Le maître de conférences ?

— Lui-même.

— Mais que s'est-il passé, exactement ?

— Exactement, presque rien. Il m'a avoué ses sentiments il y a déjà quelques semaines. Je lui ai dit que je ne voulais rien changer à ma vie et ne souhaitais en aucun cas m'embarquer dans une relation adultérine…

— Il a dû mal le prendre, surtout si tu lui as laissé entrevoir qu'il ne t'était pas indifférent…

— Pas vraiment. Nous entretenons un genre de relation platonique, qui semble lui convenir.

— Étrange… Mais, en dehors de ça, c'est quoi le problème de fond ?

— Il y a plusieurs problèmes. Le premier, c'est que je ne me sens pas honnête vis-à-vis de Julien, un peu comme si je le trompais quand même…

— Oui, on peut débattre sur « où commence l'infidélité »…

— Elle commence où, selon toi ?

— Justement, je ne sais pas. Pour la plupart des gens, dès qu'il y a partie de jambes en l'air… Pour d'autres, un baiser suffit. Ça veut déjà dire quelque chose, ça, un baiser…

— Oui, et penser à quelqu'un d'autre sans arrêt, ça veut dire quelque chose ?

— Oui, forcément, mais de là à dire qu'il y a tromperie… Ça reste très abstrait.

Emma fait une drôle de tête, ce qui n'échappe pas à sa sœur.

— Quoi ? Tu ne m'as pas tout dit ?

— On s'est embrassés, enfin il m'a embrassée… il y a longtemps, avoue-t-elle, gênée.

— Ah bon ? Et ?

— Ce n'est pas le problème. Le souci, c'est que je me pose beaucoup de questions bien plus générales sur ma relation de couple avec Julien, sur mon amour pour lui… Comme si cette relation, toute virtuelle qu'elle est, avait tiré à la lumière quelque chose d'enfoui et d'un peu oublié…

— Tu *poétises*, dis donc ! Et… ?

— Et… Eh bien, je ne sais plus trop… C'est ça qui me mine. J'ai beaucoup de mal à dormir…

— Et Julien ?

— Julien, il ne voit rien.

— Ah !

— J'ai un peu l'impression de faire partie des meubles. Il m'aime, évidemment, mais… il ne me regarde pas comme Jean-Jacques, tu comprends ?

— Oui, mais c'est normal…

— Oui, évidemment, mais qu'est-ce que ça fait du bien ! Ce n'est pas une question d'ego, hein, mais je m'interroge quand même, après treize ans de mariage… Le côté « vieux couple », ça ne me plaît pas plus que ça… Il faudrait un peu plus de… que ça pétille, que ça vibre. Tu vois ce que je veux dire ?

— Oui, j'imagine bien, même si je n'y connais rien

en vie de couple. Et… ce Jean-Jacques, qu'est-ce qu'il a de spécial ?

— Je ne sais pas, c'est un tout… C'est étrange, en fait, parce qu'il ne me plaisait pas du tout, au début. Mais le charme a agi petit à petit. Il parle à mon âme. Il m'a beaucoup appris, aussi.

— Tes yeux pétillent… Fais gaffe, sœurette… Et ce ne serait pas un séducteur, ce Jean-Jacques ?

— Je le crois sincère. Non, j'en suis sûre… Mais ce n'est pas la question.

— C'est quoi, la question, alors ?

— En fait, il n'y en a pas : je ne veux pas tromper Julien, je veux rester mariée à lui comme je m'y suis engagée il y a treize ans. C'est tout.

— Bon ! Donc tout va bien !

— Oui, tout va bien… Il faut juste que j'ôte Jean-Jacques de mon esprit, et que je fasse abstraction de mes pensées et désirs parasites… que je me recentre sur l'essentiel : mon couple et mes enfants.

— C'est une bonne conclusion, fait Janelle d'un ton convaincu, avec un sourire encourageant. On demande l'addition ?

*

L'heure de l'été a sonné. Plus de cours, plus de conférences.

Des jours et des jours passent. Désespérément identiques. C'est une nouvelle routine pour Emma qui s'accroche comme elle peut à sa famille, s'y agrippe comme pour mieux s'y enraciner, s'accrocher au sol de la réalité et éviter qu'elle ne s'envole dans un ailleurs céleste trop tentant.

La mélancolie s'est emparée d'elle. Elle a voulu faire de sa peau une carapace, mais son désir de plus, de neuf, transpire par tous ses pores… Sans cesse, elle se raisonne, se fait violence. Elle résiste. Mais elle éprouve un ennui de plus en plus profond, une lassitude infinie.

Ses nuits sont peuplées de rêves, dans lesquels elle rejoint Jean-Jacques. Il s'y passe tout ce qui ne se passe pas dans sa vraie vie. C'est doux… mais, au réveil, la gifle est violente. La réalité est autre. Dans la journée, Jean-Jacques habite en elle. Il lui manque. Souvent, elle l'imagine…

Pourtant, elle a décidé de profiter de l'été pour mettre un peu de distance entre elle et lui. Il l'a mal pris, elle le lui a présenté comme un mal nécessaire. Il s'est incliné, comme au temps de l'amour courtois.

Elle le croise, parfois. Ils se saluent. Il est retranché dans une déception criante, qui se mue en douleur. Ses yeux parlent pour elle sans jamais rien lui promettre.

*

Cela fait des semaines qu'Emma porte le masque du bonheur à la maison. Qu'elle joue la comédie de la-femme-heureuse-bien-dans-son-foyer. Intérieurement, elle n'est que doutes et mélancolie. Julien n'est plus tout à fait dupe. Surtout depuis les vacances, qui ont provoqué un effondrement radical du moral de sa femme.

Même le séjour en famille en Bretagne n'a pas apporté l'effet escompté. Triste constat pour Emma. Son couple lui paraît vide, son ennui béant.

Un jour de la fin août, Julien la questionne enfin. Elle en est presque soulagée. Au point qu'elle se livre, et les mots sortent tout seuls dans un flux que rien ne vient freiner. Au point qu'elle avoue… Tant de frustration, de désirs déçus et vains l'ont rendue assez volubile pour dire l'indicible, le non-dit qui l'habite. Elle avoue son trouble, son attirance pour un autre dont elle tait le nom. Julien écoute froidement. Encaisse. Sobrement. Il ne s'est rien passé ! Juste un baiser… mais elle a résisté. Il veut son nom. Elle le lui donne. Il a un sourire amer, de celui qui d'un coup comprend tout et se dénigre de n'avoir rien vu. Il lui demande pourquoi. Elle se risque sur la pente glissante de la justification.

— On est comme un vieux couple. J'ai l'impression de faire partie des meubles. Tu ne me regardes plus, Julien… ou plus comme avant…

— Mais c'est normal, ça…

La résignation de son mari la glace. Non, non, ce n'est pas normal ! Ce n'est pas cela qu'elle veut. Elle a plus d'ambition pour son couple ! Ils peuvent faire mieux. Ils doivent se réveiller. Faire quelque chose avant qu'il ne soit trop tard, parce que non, elle ne veut pas regarder sans sourciller la déchéance du sentiment amoureux conjugal. Parce que ce serait ça, le destin des couples mariés : vivre en colocataires ?

— Je n'ai pas envie qu'on s'endorme et qu'on se réveille dans quinze ans, quand les enfants seront partis, en se disant qu'on s'est oubliés… J'ai envie d'autre chose, Julien… D'un peu de piquant, de temps pour nous, de séduction, de renouveau…

Julien comprend que ses mots l'éloignent encore plus, il tente de la garder, de la rassurer.

— J'entends ce que tu dis, Emma. Viens là… Je comprends que plaire à un homme comme Jean-Jacques ait pu te flatter, mais… je ne veux plus que tu le voies. C'est fini. On relègue ça au passé, d'accord ? Je vais essayer de faire des efforts.

Il la serre dans ses bras, l'embrasse… la remercie d'avoir gardé intact leur mariage.

Lisa

Cousine du marié,
vingt-huit ans

Quand on a découvert cette masse au plus profond de moi, je savais qu'elle était là, mais j'ai voulu l'ignorer, comme pour la chasser autant de mon esprit que de la réalité de ma chair. Mais ça ne marche pas comme ça. Il y en a qui font un déni de grossesse, moi, j'ai fait un déni de tumeur. De neuf mois.

On m'a annoncé une clémentine. Elle est devenue un pamplemousse comme par magie, au détour d'un résultat d'IRM. Comme si un pamplemousse pouvait se loger là et qu'on puisse l'ignorer…

Je n'ai pas choisi cette foutue maladie. Mais j'ai choisi ma réaction vis-à-vis d'elle.

J'ai choisi de lutter sans me poser en victime. J'ai choisi de mettre mon cas entre les meilleures mains qui soient. J'ai choisi d'accepter la présence de cette locataire permanente, les séquelles associées et les conséquences. Il m'a fallu me résigner à ne pas être mère de nouveau. J'ai choisi de prendre le bon côté des choses et de profiter de la vie. Car la maladie m'a donné cette lucidité que d'autres n'ont pas : la vie peut être courte, il faut la croquer à pleines dents et profiter de tout ce qu'elle peut nous offrir.

15

Les années ont passé. Quelques-unes. Peu importe combien.

Ce qui importe, c'est ce que sont devenus Emma et Julien, dans cette version de l'histoire.

Jean-Jacques avait été le ver dans le fruit… Il avait rongé Emma et lui avait fait découvrir les tourments de l'attirance pour un tiers, et les prémices du désamour. Les deux étaient sans doute liés. Emma avait-elle tout d'abord succombé au charme intellectuel de Jean-Jacques parce qu'elle n'aimait déjà plus vraiment Julien, sans même en avoir conscience ? Ou bien était-ce son attirance qui avait provoqué en elle l'évanouissement progressif de ses sentiments conjugaux ? Qui pourrait le savoir ?

L'essentiel est que l'histoire avec Jean-Jacques avait agi comme un révélateur. Le révélateur d'un dysfonctionnement dans leur couple, la preuve qu'ils ne prenaient pas la bonne direction, qu'ils devaient réagir, puisque la frustration était là… redresser la barre avant que le bateau n'aille s'encastrer dans les récifs et ne sombre...

Ils avaient donc tenté de sauver leur mariage.

Mais le cœur d'Emma n'y était plus. Même quand tout allait bien, au fond d'elle-même subsistait ce petit relent de mélancolie, trace obscure qui entachait son bonheur. Il souffrait toujours d'un manque. Jean-Jacques ? Peut-être... Il avait très mal vécu leur « rupture ». Avait eu du mal à accepter de se détourner d'elle et de repartir dans sa vie. Emma avait beaucoup pensé à lui, au début, regrettant par exemple de ne jamais lui avoir dit vraiment au revoir... Puis de moins en moins.

À présent, le souvenir de Jean-Jacques était le symptôme d'une maladie sans nom qui semblait incurable. Il symbolisait l'Autre... celui des rêves romantiques d'Emma. Auréolé de toutes ses lectures auxquelles elle n'avait pas renoncé, mais qui ne lui apportaient plus d'autre réconfort que l'oubli.

Le problème d'Emma était que ses aspirations, l'objet de sa quête ne pouvaient se trouver qu'en dehors des sentiers du mariage. Le renouveau, le pétillement des bulles de l'amour à ses débuts : tout à fait incompatible avec ce qu'est un couple au long cours, elle le savait bien. Alors elle vivait dans une espèce de résignation aussi sage que sauvage, entre obéissance et colère.

Parfois, elle se disait qu'elle s'était peut-être trompée de mari. Qu'elle ne l'avait pas si bien choisi que ça. Qu'elle était trop jeune, ou trop naïve, ou même qu'elle n'aurait pas dû se marier du tout... qu'elle n'était tout simplement pas faite pour ça.

Mais comme ce mari était bien le sien, elle s'accrochait, encore et toujours, à ses principes et à son mariage...

Julien n'était dupe de rien. Il avait cru, au début, à un renouveau possible. Et puis il avait compris que l'Amour ne renaîtrait pas de ses cendres. Espoir vain. Alors il avait vécu aux côtés de sa femme, essayant de tout faire pour la soutenir, l'égayer, la contenter... mais la sachant irrémédiablement loin de lui. Comme si son cœur était devenu inerte.

Ils avaient donc surtout investi leur vie sur celle de leurs enfants et avaient, encore plus qu'avant l'« épisode Jean-Jacques », fait reposer tous leurs efforts et leurs espoirs de bonheur sur les épaules menues et rieuses de Lison et d'Aubin... Cela avait suffi. Un temps. Plein de petits bonheurs, plein d'amour à partager en famille. C'est déjà bien...

Et puis un jour (pourquoi celui-là et pas un autre ? Nul ne le sait), Emma et Julien avaient décidé, d'un commun accord, de se séparer. Sereinement. Pour être heureux autrement, se libérer d'un mariage dont ils ne voyaient plus que les chaînes, et chacun pouvoir vivre autre chose, ailleurs.

Le point final d'un processus enclenché depuis plusieurs années qui leur aura rendu tous les possibles.

Jérôme

Ami du marié,
trente et un ans

J'ai fait un tableau à double entrée : avantages et inconvénients des deux situations ; les ai listés, les ai cotés (parce qu'il y en a qui pèsent plus ou moins dans la balance).

Avantages : faire ce qu'on veut (agencer, décorer, retourner le terrain, creuser une piscine) ; ne pas perdre d'argent ; acquérir du patrimoine, à léguer plus tard à sa descendance.

Inconvénients : ne pas pouvoir partir d'un claquement de doigts ; payer l'impôt foncier ; régler les réparations (radiateurs, fuites d'eau, changement du chauffe-eau…).

Voilà pour « devenir propriétaire ».

Et pour « rester locataire », les inconvénients sont le contraire des avantages, et les avantages, le contraire des inconvénients de l'autre. Je ne sais pas si vous me suivez…

Bref, entre rester locataire et devenir propriétaire, j'hésite encore. C'est vrai que « propriétaire », ça sonne mieux aux oreilles de la société. C'est vrai aussi que les taux sont bas. Mais c'est tellement galère de revendre, ensuite ! Et avec ma mobilité professionnelle, voire sentimentale, que puis-je espérer en m'implantant dans une maison à moi ?

Troisième partie

VINGT-QUATRE ANS DE MARIAGE

1

C'est un jour de mars, mais pas n'importe lequel. Le 16. Son anniversaire. Emma est entourée des siens. Julien sourit. Les enfants aussi. Ce sont ses enfants, mais ce ne sont plus des enfants. Ils sont dans cette période hésitant entre adolescence et âge adulte. La frontière est floue, et dépend tellement de la situation. À vingt-trois ans, Lison travaille et vit en couple. Elle mène déjà une vie rangée… mais elle est si jeune. Aubin a dix-neuf ans, il est étudiant. Il a encore besoin de ses parents, il ne peut assumer ses charges. Et puis il lui manque de la maturité, l'envie d'être indépendant. Il vit dans sa chambre d'étudiant en semaine, mais il est bien content de rapporter son linge sale à sa mère le week-end.

Un anniversaire et une année de plus au compteur. Trop de bougies sur le gâteau qu'on lui apporte… Depuis le passage du cap de la quarantaine, Emma accuse le coup, se trouverait presque vieille. Non qu'elle le soit… mais, dans sa vie, il y a bien des choses qu'elle conjugue au passé. Et tout porte à croire qu'il y a désormais plus d'années derrière elle que devant.

Elle le sait d'autant plus qu'elle a perdu une amie chère prématurément. Jeanne est partie trop tôt, emportée par un cancer foudroyant. Leur groupe d'amis est comme orphelin depuis. L'hébétude a laissé place à la lucidité. Nul n'est immortel. Quand et comment notre heure sonnera-t-elle ?

•

Quarante-sept bougies, donc. Emma sourit, prend la pose avec le gâteau, devant les appareils rivés sur elle. Souffle. Est applaudie. Attrape les cadeaux, les déballe un à un. Un nouveau chevalet, une boîte de pastels, une autre de peinture acrylique. Cela fait cinq ans maintenant que tous les cadeaux qu'on lui destine sont dédiés à sa passion : le dessin et la peinture.

Elle fait aussi de la photo et de l'art floral, et même du yoga. Elle a du temps pour elle : voilà quatre ans qu'elle a vendu Le Lys fleuri et quitté son métier. Julien, passé responsable d'agence, subvient aux besoins familiaux. Ils vivent confortablement, et Emma profite donc d'une vie plutôt agréable de femme au foyer aux multiples activités. Pas besoin d'attendre la retraite. Elle y est déjà, en quelque sorte. Emma se sait chanceuse.

Elle fait semblant d'être surprise des cadeaux qu'elle a reçus, ce qui amuse l'assemblée. Lison et Aubin lui passent déjà des commandes, qui d'un dessin, qui d'une peinture.

Julien la couve du regard.

Dans ce regard, il y a la tendresse d'un amour de plus de vingt-sept ans d'âge. C'est beau… Cela remplit d'admiration les enfants dont bien des parents ont divorcé, ou leurs amis ayant essuyé une séparation tardive, ou même ceux qui sont restés ensemble au prix de bien des sacrifices, et qui le regretteront un jour, quand l'aigreur sera devenue leur seul point commun.

Ce regard-là de leur mari, bien des femmes en rêveraient. Emma en a conscience. Elle sait que le lien avec Julien n'a pas cédé, malgré les vicissitudes de la vie. À vrai dire, ils n'ont jamais vécu de vraie crise. Même le passage à la quarantaine s'est fait en douceur. Pas de démon de midi, pas de *midlife crisis*, pas de coup de canif dans le contrat. Un mariage sans nuages, que bien des gens leur envient.

Sauf que… en dehors de ces moments de fête, leur quotidien est d'une banalité affligeante, et qu'ils vivent plus en colocataires qu'en amoureux. Il y a l'image d'Épinal et la réalité.

Ce qui se passe dans les alcôves de leur intimité pourrait se résumer à : rien. Ils vivent côte à côte depuis des années, mais ne partagent plus grand-chose hormis les repas. Pas même le lit. Ils font chambre à part. D'abord au prétexte de fuir les ronflements et en souhaitant que cela ravive leur libido, puis pour s'y réfugier… Chacun dans son antre. Leurs chambres sont comme deux territoires étrangers qui n'ont pas de porte frontière. Alors une incursion pour un rapprochement intime, n'en parlons même pas : cela fait des années que la dimension charnelle a totalement déserté leur mariage.

Parfois, Emma s'interroge. Peut-être qu'il comble ses besoins ailleurs. Mais non, c'est impossible. Et puis leur vie commune a démontré son peu d'attrait pour les plaisirs de la chair. La bagatelle, finalement, ce n'était pas trop son truc.

Parfois, elle se remet en question. Où est sa responsabilité, sa faute à elle ? A-t-elle été trop mère, trop chef d'entreprise, trop fée du logis, pas assez femme ? Les devoirs féminins ont un air de quadrature du cercle. Qu'il est difficile de mener de front tant de batailles !

Julien ne la touche plus ou presque. La prend très rarement dans ses bras, seulement s'il sent qu'elle en a un besoin particulier ou vital à un moment donné. Ne l'embrasse plus sur la bouche. Parfois, il applique juste un petit baiser, charmant mais sans saveur, sur ses cheveux. Voilà à quoi se résume sa tendresse. Voilà ce qu'est devenu leur amour. C'est « mignon », c'est joli pour un œil extérieur, mais c'est tout.

Cette évolution de leur couple était-elle si prévisible ? À bien y réfléchir, Emma aurait pu s'en douter. Julien n'a jamais été un passionné. Tant mieux peut-être, car la raison est une meilleure alliée dans la construction d'une vie de couple. Mais… le corps d'Emma s'est endormi dans une douce torpeur proche de l'innocence de l'enfance. Son cœur aussi s'est endormi. Il bat un temps sur deux. Juste assez pour vivre. Sans zèle.

Aujourd'hui, Emma a quarante-sept ans et se sent éteinte. Du moins un peu terne. Ses seules joies sont celles que lui procurent ses enfants et son art. Là encore, le bât blesse : ses enfants sont partis. Elle a pris en pleine figure le syndrome du nid vide, a déprimé quelques mois. Pour elle qui passe beaucoup de temps chez elle, ressentir le silence et le néant de sa grande maison a été un choc. Elle avait beau s'y attendre… quand les murs ne renvoient plus l'écho des rires ou des cris, et ne sont que les révélateurs de la fin d'une ère heureuse, la douleur se tapit derrière chaque porte, le bonheur ne loge plus que dans les cadres photo disséminés un peu partout.

Oui, heureusement qu'il lui reste le dessin et la peinture. La photo, aussi. Quand elle a besoin de se ressourcer et de quitter l'atmosphère parfois pesante de sa maison éteinte, elle sort avec son appareil et part marcher pour saisir un envol d'oiseaux, un champ de blé et de coquelicots, les eaux tantôt calmes, tantôt bruissantes de sa Loire voisine, ou les gouttelettes de rosée sur une toile d'araignée. Tous ces petits riens qui font du bien à l'âme, quand la contemplation de l'extérieur vient combler un peu le vide intérieur d'une lumière bienfaisante et nourricière.

Louise

Mère du marié,
cinquante-six ans

J'étais à Montparnasse. J'avais vingt et un ans.

Il y avait deux trains qui partaient pour Nantes, celui de 17 h 03 et celui de 17 h 10. J'ai choisi de prendre le premier. Je me suis toujours demandé ce qui se serait passé si j'avais pris le second.

Dans le train de 17 h 03, j'ai rencontré celui qui allait devenir mon mari. Sept petites minutes et mon impatience ont décidé de ma vie. J'aurais peut-être dû prendre le second. Même si je n'en sais absolument rien, j'ai la tentation de croire que ma vie aurait été meilleure si j'avais pris celui-là. En tout cas, elle aurait été différente. Aurais-je été moi-même différente ? Que serais-je devenue si j'avais pris le 17 h 10 ? Quel aurait été mon destin ? Je me suis souvent posé cette question. Elle n'a pas de réponse. Elle ne peut que susciter la rêverie…

Gilles était séduisant, c'est vrai. Il m'a plu, c'est vrai aussi. Mais vivre avec lui n'a pas toujours été un cadeau… Heureusement, il y avait les enfants. Quelle tristesse, ce nid vide laissé par leur absence… J'espère qu'ils me donneront de gentils petits-enfants, qui égaieront les jours ternes de cette existence passée auprès de cet homme austère depuis trente-cinq ans.

Ah, Julien ! Puisses-tu avoir trouvé celle qu'il te faut…

2

Parmi les loisirs d'Emma, bien loin derrière ses activités artistiques, il y a l'art floral. Il est le fil ténu qui la relie à son ancienne vie, une réminiscence concrète de ses heures de fleuriste d'autrefois. Les deux premières années qui ont suivi la vente du Lys fleuri, elle s'est montrée aussi étrangement que totalement réfractaire à l'idée de composer des bouquets. Comme si elle rejetait loin d'elle tout ce qui lui rappelait son travail. Elle avait eu ce besoin, généralement incompris des autres, de rompre avec les fleurs. Recevoir un bouquet à cette époque lui déplaisait autant que cela la déprimait.

Et puis, avec le temps et l'écoute d'elle-même, elle s'était reconnectée à ce besoin de respirer, manipuler les fleurs, composer de beaux bouquets. Ça l'avait prise subitement peu avant le mariage d'une nièce. À la surprise de son entourage, Emma s'était montrée offensée qu'elle ait voulu faire appel à un fleuriste. Elle avait donc pris en main toutes les compositions florales de la noce. Elle avait éprouvé un plaisir énorme à décorer l'église, la salle et les tables. Elle était guérie. Non seulement guérie, mais encore avide de renouveler l'expérience.

Elle avait alors eu l'envie de conjuguer ce désir retrouvé avec celle de conjurer sa solitude. En se renseignant un peu, elle avait découvert un cours d'art floral près de chez elle. Évidemment, elle n'avait rien à apprendre ; elle aurait même sans doute pu former la formatrice ! Mais elle s'y était rendue avec la modestie d'une élève lambda. Son talent inspiré lui avait valu de se faire assez vite remarquer. Elle avait humblement reconnu qu'elle possédait quelques bases, mais qu'elle venait là partager avec d'autres, avec la seule ambition de se faire plaisir. Elle avait même avoué la dimension curative de sa démarche.

L'animatrice de l'atelier d'art floral, une dénommée Christine, était devenue en quelques mois une amie d'Emma.

*

Elles se voient souvent et partagent plus que des discussions fleuries. Christine est assez admirative du coup de crayon d'Emma. Elle aime passer du temps dans son atelier et la regarder travailler.

Christine vit seule avec Martin, son grand fils de vingt-huit ans. Son mari l'a quittée pour une jeunette à l'aube de la cinquantaine, voilà trois ans. Emma apprécie beaucoup la jovialité de son amie qui, malgré les coups durs, possède une espèce de joie de vivre inaltérable, une vitalité intrinsèque. Quelque chose qui manque à Emma, qu'elle a eu il fut un temps mais qu'elle a perdu avec les années. Elle aimerait retrouver cela et loue son amie, sans l'envier, de lui apporter un peu d'enthousiasme et de joie. Elle a aussi un côté cash qui peut surprendre et déclencher un fou rire… même sur des sujets graves.

— Tu sais ce qu'il m'a encore dit, ce con ?

Le « con » désignant, avec une grande subtilité, son ex, et résumant en un mot tout le bien qu'elle pense de lui.

— Non, vas-y, raconte.

Emma se tourne vers Christine et pose son pinceau, signe qu'elle lui offre toute son attention.

— Il m'a dit que j'étais une pauvre fille accrochée à son fils comme une patelle à son rocher ! Que j'étais incapable, à son âge, de le foutre dehors…

— Qu'est-ce que ça peut lui faire ? Il ne vit pas avec vous.

— Non seulement il ne vit pas avec nous, mais surtout il n'a pas son mot à dire ! Il voit son fils comme un grand gamin… ce qu'il est, peut-être, mais enfin, où est le mal ? Il n'a jamais été là pour s'en occuper, et il me donne des leçons d'éducation !

— C'est un peu facile, oui.

— Je sais que ce n'est qu'à moitié normal qu'il vive encore sous mon toit alors qu'il peut s'assumer financièrement… mais c'est plus fort que moi, je n'arrive pas à le mettre à la porte. C'est mon bébé, tu comprends…

— Oui… souffle Emma tandis qu'une vague d'émotion l'étreint.

— Oui, tu comprends, toi, combien c'est dur.

Normal, tu es une mère ! Je sais, je suis à la limite du pathologique en mère fusionnelle, je n'ai jamais réussi à couper le cordon... Déjà, quand il était dans mon ventre, je ne voulais pas qu'il sorte !

Emma rit.

— Il a tenu bon cinq jours de plus. Tu comprends, il voulait déjà faire plaisir à sa mère... Ou alors, c'était pour retarder le moment où il allait faire la connaissance de son vieux.

Elle s'esclaffe.

— Non, et puis ce n'est pas le moment qu'il parte : il veut lâcher son boulot...

— Ah bon, pour quelle raison ?

— Reconversion professionnelle.

— Il fait quoi, déjà ?

— Vendeur. C'est vrai que je me suis toujours demandé comment il avait pu en arriver là. Ça ne va pas du tout avec sa personnalité ! Il n'a pas les crocs, il est trop gentil, trop coulant, pas assez rentre-dedans, tu comprends ?

— Oui, je vois. Et vers quoi veut-il aller ?

— Il veut devenir artiste, rien que ça.

— Artiste ?

— Bah oui, il a toujours aimé dessiner, et il a un bon petit coup de crayon. Il voudrait faire les Beaux-Arts, pour se former un peu, en attendant de choisir une voie peut-être plus précise.

— Il sait que c'est peu probable d'en vivre ? On peut difficilement se poser en futur artiste... Sans compter qu'être accepté aux Beaux-Arts n'est pas donné à tout le monde non plus.

— Il sait ça, oui. Mais il a des pistes dans l'illustration… graphisme publicitaire, ou quelque chose du genre. Si ça se trouve, il finira peut-être prof d'arts plastiques en collège ! rit-elle.

— Qui sait…

— Dis, tu ne voudrais pas lui montrer tes toiles, lui expliquer comment tu travailles ? Parce qu'il sait dessiner, mais à mon avis sa conception de l'art pictural est assez limitée…

— Pourquoi pas…

— Ça te ferait un élève ! Au mieux, il apprendra des choses ; au pire, il choisira peut-être de ne pas se reconvertir dans l'art.

— Tu crois que je vais le dégoûter ?

— Tu plaisantes ? Non, je suis sûre qu'il va adorer !

Hugo

Cousin de la mariée,
vingt-deux ans

En voiture à un carrefour. De nuit. J'avais le choix entre y aller ou pas. Traverser tout de suite ou attendre.

Mauvaise évaluation des distances ou de la vitesse.

Je ne sais pas comment ça a pu se passer. La moto me paraissait assez loin.

J'y suis allé. Trop pressé ou trop con.

Je ne sais pas si je dois me considérer comme un assassin.

Mais je suis coupable.

Et je ne comprends toujours pas pourquoi je suis en vie et pas eux.

3

Adorer… Emma entretient avec l'art un rapport si personnel, intérieur, voire intime, qu'elle doute fortement de son aptitude à « enseigner » quoi que ce soit. Et même si, autour d'elle, on loue son talent, elle-même ne se reconnaît pas de grandes qualités d'artiste. Elle trouve l'appellation un peu pompeuse et très présomptueuse. Elle ne se prétend pas telle. Elle aime l'art, le pratique dans le secret de l'atelier que lui a fabriqué Julien près de la maison, il y a trois ans. Un endroit rien qu'à elle, un peu retiré, pour dessiner et peindre comme elle l'entend. Il lui a même aménagé une chambre noire pour ses photos en argentique. Elle sait que Julien a mis tout l'amour qu'il lui porte dans ces travaux. Il veut qu'elle soit bien, heureuse. Il ignore sans doute qu'il lui manque l'essentiel : la chaleur de son corps contre le sien. Ils n'en parlent jamais. C'est pourtant avant tout de cela qu'elle a besoin. Désinvesti, son corps s'assèche, et elle l'oublie. Mais c'est un sujet tabou. Un non-dit qu'elle tait. À tous. Elle garde cela comme un secret. Un peu honteux. Il n'y a que Susie qui en connaît quelques bribes, lâchées par allusions.

Aujourd'hui, donc, Christine vient avec son fils. « Le gamin », comme elle dit parfois. La situation étonne Emma, non pas qu'elle la juge. Ce grand fils est plus âgé que ses enfants. Elle se dit qu'après tout, dans notre monde actuel, il y a bien d'autres grands enfants qui retrouvent le chemin de leur chambre d'ado, à la suite d'un licenciement ou d'une rupture. C'est la crise… Mais ce jeune homme, il n'a jamais quitté le nid, par choix. Un Tanguy ! Évidemment, et Christine ne s'en cache pas, il y a aussi la responsabilité de sa mère, trop attachée à lui sans doute. Si elle le jetait du nid, il faudrait bien qu'il ouvre ses ailes. Et alors il se rendrait compte qu'il sait voler. Emma reste songeuse. Elle aussi, elle aurait bien aimé garder un peu plus ses oisillons. Elle se rappelle avec effroi le jour où Lison a annoncé qu'elle partait à Nantes pour ses études. Si loin ! À même pas dix-huit ans. Emma a pleuré toutes les larmes de son corps en rentrant de la cité des ducs de Bretagne, où elle a laissé une partie de sa chair. Lison y a fait ses études, y a rencontré son petit ami, s'y est installée avec lui. Elle y travaille, maintenant. Elle ne reviendra pas.

Emma pense à Aubin. Elle ne veut pas d'un deuxième déchirement. Il fait ses études à Angers, pas loin, mais comme il voulait loger sur le campus, ses parents ont accédé à ce désir. Quand il rentre le week-end, et même s'il sort le vendredi et le samedi soir, Emma renaît un peu. Elle contemple avec bonheur le tas de linge sale dont elle doit s'occuper. Elle reste donc une mère… mais pour combien de temps ? Elle sait qu'elle le sera toujours, mais différemment. Et puis… peut-être que, dans pas si longtemps, elle sera grand-mère. Ça, elle ne peut s'y résoudre. Il faut que ce soit le plus tard possible !

Christine arrive, accompagnée d'un homme. Emma ne s'attendait pas à ça. Il est peut-être toujours dans le nid, mais n'est plus un oisillon. Haute stature, épaules carrées, chevelure fournie, barbe de trois jours. Emma se demande si Aubin sera aussi « homme » que cela à son âge. Il lui reste quelques années pour se *viriliser* un peu.

— Bonjour, Emma, lance Christine en l'embrassant. Voici donc Martin !

— Enchanté, madame, dit-il en lui tendant la main.

— Madame ! répète Christine. Arrête, ça va lui donner un coup de vieux.

— C'est vrai, approuve Emma. Entrez.

Ils pénètrent dans l'atelier d'Emma. Une soixantaine de mètres carrés dévolus au dessin et à la peinture. Des toiles au mur, beaucoup d'autres posées les unes contre les autres à même le sol. Il y en a des dizaines. Au centre, une grande table de travail en bois encombrée d'outils, de tubes, de pinceaux… Trônent à côté trois chevalets ornés chacun d'une toile. Un fusain, une sanguine et une peinture à l'huile. À droite de la pièce, elle a installé un petit salon d'appoint, canapé, fauteuil, table basse. En vis-à-vis, une kitchenette. On peut vivre ici en quasi-autarcie. C'est le repaire d'Emma. Son cocon créatif.

Martin s'avance, un peu intimidé d'abord. Ses yeux balaient la pièce, puis se posent çà et là, s'accrochent aux détails. Il s'approche des toiles en cours, sur les chevalets. Christine regarde Emma d'un air entendu. Celle-ci va préparer du thé.

Pendant ce temps, le couple mère-fils poursuit sa visite, l'œil aux aguets. Christine explique le sujet de quelques toiles. Elle en connaît un certain nombre, habituée qu'elle est à passer du temps ici depuis six mois. Parfois, elle regarde Emma peindre en silence. Celle-ci a souvent besoin de concentration, notamment quand le trait est fin. Quand elle peint de l'abstrait à grands coups de couteau, elle peut parler. Le geste est sûr et limpide, comme automatique. La peinture sort de ses mains avec une facilité déconcertante, qui rend souvent Christine admirative.

Le thé est prêt. Ils s'installent dans le coin salon. Emma invite Martin à parler de ses projets et lui demande en quoi elle pourrait lui être utile. Ils se mettent d'accord sur une visite prochaine au musée des Beaux-Arts, ce qui serait une bonne introduction pour la suite.

Gaspard

Cousin du marié,
dix-neuf ans

Depuis que je suis tout petit, mon père me voit ingénieur, et c'est bien parti pour.

Sauf que, même si je me suis laissé faire jusqu'à présent, même si j'ai des résultats suffisamment bons pour passer en maths spé, aujourd'hui je sais que ce n'est pas ce que je veux. Je ne veux pas être ingénieur. Je veux être cuisinier. Ça n'a rien à voir, je sais. Ça m'a pris comme ça. Peut-être aussi que les concours à la télé y sont pour quelque chose. J'aime bien ça, cuisiner, créer une recette, découper, hacher, déglacer, monter une sauce, dresser une assiette… régaler des papilles. J'aime cette créativité.

Je sais déjà ce qu'il va dire, mon père : « Cuisinier ?! Qu'est-ce que c'est que cette idée stupide ? Après des études d'ingé ? Au prix que ça coûte ? Et puis quoi, encore ? C'est hors de question ! »

Alors qu'est-ce que je peux faire ? Suis-je libre de choisir ma voie professionnelle ? Rien n'est moins sûr. Mon père veut que je sois ingénieur. C'est la voie qu'il a choi-

sie pour moi. À son avis, un cuisinier, c'est un commis. Point final. Les chefs, la haute gastronomie, les étoiles… il ne connaît pas. Fin du débat.

4

Un jeudi sur deux, Emma se rend au local qui accueille l'atelier d'art floral.

Comme à son habitude, elle s'attarde après que les autres participantes sont parties. Christine lui tend une tasse de thé.

— Alors ? demande-t-elle à Emma.

— Alors quoi ?

— Tu as vu Martin…

Emma ne voit pas où Christine veut en venir. Est-ce qu'elle doit se répandre en éloges sur la huitième merveille du monde ?

— Il a été bluffé par tes toiles, tu sais. Tu as du talent, Emma ! Tu devrais te faire plus confiance et penser à exposer.

— C'est ce qu'il t'a dit ?

— Pas vraiment comme ça, mais il a confirmé mes impressions. Voyons, Emma, sors tes toiles de ton atelier !

— Et à part ça ?

— Il aimerait bien que tu lui donnes quelques

tuyaux techniques, si tu en as le temps. Et l'envie, bien sûr !

— Alors, je ne l'ai pas dégoûté ?

— Dit comme ça… Emma ! Bien sûr que non. Il t'a trouvée intéressante.

— Intéressante… Ah.

— Tiens, d'ailleurs, Emma, tu n'as rien remarqué chez Martin ?

Emma ne comprend pas cette question qui a tous les atours d'un piège dans lequel elle pourrait tomber. Que répondre à ça ?

— Je ne comprends pas de quoi tu parles.

— Tu ne le trouves pas… ?

Sa phrase reste en suspens. Quel adjectif voulait-elle mettre au bout ? Emma attend la suite.

— Il faut que je te dise un truc.

— Je t'écoute.

— Tu vas peut-être trouver ça bizarre, mais j'ai la conviction que Martin… est gay.

Emma émet un « Oh » de surprise.

— Et qu'est-ce qui te fait penser cela ?

— Tu sais que je ne lui ai jamais connu de petite amie…

— Ça ne veut rien dire !

— Peut-être, mais… Tiens, toi, ton Aubin, il t'a bien ramené une nénette à la maison, non ?

— Oui, c'est arrivé une fois ou deux, mais bon…

— Moi jamais ! Il a vingt-huit ans ! Il vit sous mon toit ! Et il ne découche jamais !

— Et cela te suffit à conclure ça ?

— Écoute, c'est quand même bizarre… non ?

— Mais il a une vie sociale ? Il est bien sorti, quand il était plus jeune ?

— Oui, mais il a toujours été assez secret. C'est pour ça que… Ça pourrait expliquer bien des choses…

— Et vous n'en parlez jamais ? demande Emma, interloquée.

— Jamais.

— Tu veux dire que vous n'avez jamais abordé le sujet des relations amoureuses ?

— Si, dans la théorie. Ce n'est pas un tabou entre nous, mais il ne m'a jamais confié quoi que ce soit de personnel à ce sujet. D'où, justement, ma conviction qu'il est gay : il n'assume pas. Peut-être qu'il a peur que je me culpabilise, parce que je l'ai trop couvé… Il n'a jamais semblé très bien dans sa peau, tu vois, et… Voilà, je suis obligée d'envisager cette possibilité.

— Mais as-tu eu de vrais doutes, à un moment ? As-tu pu observer, un jour, même quand il était jeune, des… « signes » ?

— À vrai dire, non. Mais bon, ça n'est pas forcément visible.

— Non, je sais.

— Et si Aubin t'annonçait qu'il était homosexuel, comment réagirais-tu ?

— Je pense sincèrement que, passé une période d'étonnement, je l'accepterais très bien. Ce qui compte, c'est le bonheur de nos enfants, non ?

— Oui, mais tu sais que ce n'est pas forcément facile, avec l'homophobie…

— Certes, mais les choses évoluent.

— À vrai dire, ce qui me ferait le plus mal, s'il s'avérait que mon intuition est juste, c'est que je ne serais jamais grand-mère, moi qui n'ai qu'un fils…

— Ne pense pas à ça. Et puis, moi, sincèrement, je n'y crois pas vraiment, à ton intuition…

— Vraiment ? Si tu le dis… En tout cas, si jamais tu découvres quelque chose au cours de vos prochaines entrevues, tu me le diras, hein ?

— Évidemment…

Emma rentre chez elle songeuse. Le fils à maman qui serait homo parce qu'aucune femme ne pourrait supplanter sa mère, c'est vraiment cliché. Ça ne serait pas plutôt Christine qui rêverait, inconsciemment, d'être la seule femme dans la vie de son fils ? Pauvre future belle-fille… Le jour où Martin présentera une petite amie à sa mère, cela risque d'être compliqué. Qui pourrait trouver grâce aux yeux de Christine ? Emma l'adore, mais elle envisage sans difficulté que son amie puisse ne pas être la belle-mère rêvée… Aussitôt, Emma se reprend. Ça aussi, c'est un cliché : après tout, Christine sera peut-être au contraire complice avec sa bru.

Qui peut le savoir ? La vie a appris à Emma qu'il ne faut pas trop faire de plans, et ne pas juger hâtivement. Le mieux, c'est de ne pas juger du tout, d'être tolérant, de prendre les gens comme ils sont, de les apprécier pour ce qu'ils sont. Et de les laisser vivre la vie qu'ils veulent pour eux.

Maël

Neveu du marié,
six ans

Moi, ce que je trouve le plus difficile de choisir, c'est les dessins animés. Il y a trop de chaînes à la télé, alors avec mon frère et ma sœur on se dispute souvent. Moi, je préfère Titi et Grosminet, ou les Mickey. Éloi, il aime que les mangas, et Lila, elle veut toujours regarder des trucs de fille… On n'arrive pas à s'entendre, alors c'est les parents qui choisissent pour nous. Moi, mon créneau, c'est le mercredi. Ce jour-là, je suis le roi de la télécommande. Et tant pis pour les autres si ça leur plaît pas. J'adore ça. C'est trop bien, de choisir.

5

Comme prévu, Emma retrouve Martin devant le musée des Beaux-Arts. Elle est dans un état d'esprit étrange. Elle n'a pas l'habitude de visiter un musée avec quelqu'un qu'elle ne connaît pas, ou de passer un après-midi avec un inconnu. Elle pense à Christine, qui n'est pas là. Celle-ci a décidé de ne pas interférer dans les rapports artistiques entre son amie et son fils : cela doit leur appartenir. Elle ne veut pas les parasiter. Et puis elle sait qu'elle doit lâcher un peu Martin. C'est son projet, son avenir : elle doit le laisser l'apprivoiser et le construire.

Martin l'attend devant le musée. Il l'accueille d'un sourire chaleureux. Emma est instantanément rassurée. Tout va bien se passer. Ils se saluent, entrent sans tarder dans le hall. Prennent leurs tickets au guichet. Entament la visite libre. Les salles sont organisées par ordre chronologique. Ils naviguent séparément de l'une à l'autre, dans une trajectoire toute personnelle qui les fait parfois se retrouver devant la même toile. Il y a entre eux une timidité respectueuse. Emma ne sait trop où commence son rôle pédagogique. Si elle doit lui expliquer des choses ou lui poser des questions. Elle connaît bien le musée pour y être venue souvent, mais ne s'en lasse jamais. Elle découvre toujours un nouveau détail, une nouvelle œuvre qui lui avait échappé. Habituellement, elle vient seule, pour être en prise directe avec les œuvres. Sans commune mesure avec la froideur lisse d'un livre d'art ! Ici, elle apprécie la taille, parfois le gigantisme, des toiles ; là, elle découvre le relief, les empâtements, qu'elle voudrait pouvoir toucher des doigts. Les couches, les superpositions, le craquellement de la peinture. Le musée est un recueil d'histoire de l'art géant et animé : dans ses salles, ce sont des siècles de peinture qui s'animent sous ses yeux. Emma rapporte à Martin quelques anecdotes et analyses de tableaux en puisant dans ses connaissances. Il l'écoute avec sérieux, pose des questions intéressantes, dont le manque de naïveté prouve qu'il possède déjà un bagage culturel certain. Elle constate, à un moment, qu'il rougit, embarrassé devant un tableau dévoilant la poitrine d'une femme qui s'offre aux regards ; trouve cela mignon, un peu gênant aussi.

La visite s'achève sur la salle dédiée à l'art contemporain. Devant l'apparente simplicité des œuvres, Martin ose un débat sur la valeur et la cote de ces artistes. Emma sourit de la candeur de son jugement. Oui, paraît-il, des enfants de maternelle feraient aussi bien, mais… Tiens, d'ailleurs, une exposition est annoncée pour le mois suivant, intitulée *La philosophie dans l'art contemporain*. Ils pourraient peut-être y aller ensemble.

Martin lui propose un café, histoire d'échanger sur leur visite et sur l'art en général. Emma accepte avec plaisir. Il est d'agréable compagnie. Sympathique.

Ils s'installent en terrasse sur la place Sainte-Croix, à quelques pas de la maison d'Adam. Le ciel est limpide en ce mois d'avril. La fraîcheur s'oublie un peu. Devant un café et un jus d'abricot, la conversation s'élargit aux musées parisiens, aux collections autrement plus riches, puis dévie vers le présent.

— D'où vient votre envie de reconversion professionnelle ? l'interroge-t-elle.

— Ma mère vous en a parlé ? Je sais que ça peut paraître étrange ou dingue. Je ne sais pas ce qu'elle vous a dit, mais pour la petite histoire : je suis vendeur dans un grand magasin généraliste, et je mène une vie normale — enfin… si tant est que vivre avec ma mère à mon âge soit « normal »… Et puis un jour, il n'y a pas très longtemps, j'ai eu comme une révélation. Ne me demandez pas ce qui s'est passé, je n'en sais rien. C'est comme si je m'étais réveillé. Enfin, pas vraiment : la vérité, c'est qu'à la faveur d'un rangement dans le grenier, j'ai retrouvé mon matériel de dessin. Je me suis rendu compte que cela faisait des années que je n'avais pas touché un crayon. Ça doit dater du lycée, quand j'ai passé mon bac option arts plastiques. J'ai donc remis la main sur mes carnets et mes fusains. J'ai feuilleté mes croquis et tout m'est revenu. Comme il y avait des pages encore blanches à la fin, j'ai commencé à crayonner, et c'est comme si, tout à coup, je me reconnectais à mon moi profond…

Emma l'écoute, et ses paroles trouvent un écho en elle. Elle découvre aussi son intelligence sensible, qui l'émeut instantanément.

— Comme si je retrouvais une part de moi oubliée, refoulée, pourtant essentielle. Cela m'a ébloui comme un flash et, étant donné que je ne suis pas vraiment épanoui dans mon travail (c'est le moins que l'on puisse dire), j'ai su que la solution était là. Dans la foulée, j'ai appelé un pote qui a fait les Beaux-Arts après le bac et qui est devenu illustrateur dans la presse jeunesse… On a bien discuté, et je me suis dit que c'était ça que je voulais faire. Vraiment. Vous comprenez ce que je veux dire ? Je sais que ça peut paraître dingue…

— Non, bien sûr que non, vous n'imaginez pas à quel point je comprends…

— Maman m'a parlé de vous, comme si vous faisiez partie de la solution aussi…

Il y a dans son « maman » un peu enfantin une estime tendre mais vraie, qui n'a rien de ridicule.

— Ah… Christine est tellement spontanée.

— Oui, c'est vrai. Cependant, je crois qu'elle a eu raison sur ce point : il me semble que vous avez des choses à m'apprendre, enfin… si vous êtes d'accord.

— Bien sûr, répond-elle avec chaleur.

— Je sais dessiner, mais je me contentais du graphite et du fusain… Je n'y connais rien en peinture, enfin pas plus qu'un lycéen sorti d'un bac option arts. Ce n'est pas vraiment suffisant. Et puis… il me reste quelques petits mois pour savoir si je m'oriente vers les Beaux-Arts, la fac ou une école privée spécialisée… Il y en a des dizaines… Je voudrais être sûr de faire le bon choix.

— Je vais essayer de vous aider, autant que je le pourrai.

— C'est très gentil à vous, vraiment.

Dans son regard brille une étincelle.

Mélissa

Amie de la mariée,
trente-six ans

Je n'ai jamais bien su choisir les mecs avec lesquels je sors. C'est comme ça. J'attire les cons, toujours la même variété : les obsédés, ceux qui ont le cerveau dans le slip, ceux qui prennent et qui jettent quand ils ont eu ce qu'ils voulaient. Et moi, comme je suis tarte, j'y reviens toujours…

Je suis naïve, un peu fleur bleue. J'aimerais y croire… Je me dis que celui-ci n'est pas comme les autres, qu'il ne me trouve pas que jolie, qu'il aime aussi mon esprit. Pas que mes seins et mes cuisses. Je finis dans son lit, le premier soir ou pas longtemps après. Je suis peut-être trop facile ou trop sensuelle. J'aime ça, le peau à peau et le plaisir. Qu'y a-t-il de mal ?

Et je vais de déconvenue en déconvenue. J'ai trente-six ans et je suis désespérée. Je ne le montre pas, je me cache sous l'uniforme de la femme coquette, avenante, séduisante… mais, au fond de moi, mon cœur n'y croit plus. Je ne crois plus à l'amour, ou du moins je me dis qu'il n'est pas pour moi.

J'attire les cons, c'est comme ça…

6

Le premier « cours » doit avoir lieu aujourd'hui. Ils sont convenus de se voir deux fois par semaine à l'atelier, le lundi et le mercredi. Cette perspective plaît à Emma. Cela va rompre un peu sa solitude et casser sa routine. Et puis Martin est vraiment agréable et fin. Le peu qu'elle en a vu l'a amenée à cette conclusion : même s'il vit avec sa mère, c'est bel et bien un adulte. Il en a le physique, mais la maturité aussi.

Ce constat n'a pas étonné Christine quand Emma lui en a fait part au lendemain de la visite. Mère poule ou non, elle n'en connaît pas moins son fils et a toutes les raisons d'en être fière. Elle a tellement confiance en lui qu'elle ne s'inquiète de rien quant à son avenir professionnel. Il saura faire les bons choix. Il réussira. Emma, en mère toujours un peu inquiète, envie parfois la sérénité permanente de Christine.

En attendant Martin, Emma a éparpillé toutes sortes de boîtes et de tubes sur la grande table de l'atelier. Elle compte revoir avec lui les différents types de peinture et les techniques associées. Il faut bien commencer. C'est une bonne base…

Il ne tarde pas à faire son apparition. Frappe au carreau de la porte vitrée. Elle ouvre. Ils se sourient. Il entre, ôte son manteau, le suspend. Il est 14 heures.

— Vous voulez un café avant de commencer ?

— Je veux bien, oui, mais il y a quelque chose qui me ferait plaisir…

— Ah bon, quoi donc ?

— J'aimerais que vous me tutoyiez… Le vouvoiement me gêne.

— Vraiment ? Bon, je vais essayer…

— Sinon, je vous appelle « madame » ! la menace-t-il en partant d'un rire communicatif qui la gagne à son tour.

Elle apprécie qu'il soit à l'aise avec elle, sans être sans gêne pour autant : cela la détend instantanément.

— À une condition : que toi aussi tu me tutoies. Le « vous » me fait vraiment me sentir trop vieille…

— Ah, non ! Je n'y arriverai pas.

Emma pense à la barrière naturelle de l'âge, à la déférence aux aînés. C'est un peu à l'ancienne ; d'ailleurs, elle fait pareil. Mais elle ne se voyait pas déjà passée de l'autre côté ! Un jour, tout le monde ou presque la vouvoiera !

Elle l'invite à s'asseoir. Il préfère regarder ce qu'elle a préparé sur la table. Elle lui tend une tasse. Ils boivent en silence, ne sachant trop quoi se dire.

L'objectif étant fixé, ils se mettent rapidement au travail. Elle vérifie ses connaissances acquises au lycée, lui fait reconnaître et essayer la gouache liquide ou en poudre, l'acrylique, l'aquarelle et la peinture à l'huile. Ils comparent les teintes, l'aspect, le rendu des couleurs, la brillance ou la matité. Il applique quelques taches, quelques couches sur des feuilles d'essai… non pas tant comme un débutant, mais plutôt comme quelqu'un qui voudrait renouer avec des sensations perdues, concentré mais détendu, sous l'œil de son professeur amateur. Avec lui, elle revit les premiers instants de ses découvertes, quelques années auparavant. Il essaie aussi les différents outils : pinceaux, brosses, couteaux… réapprivoise les gestes, apprécie les différences de couvrance et de technique.

Il s'intéresse à ses toiles. Parvient à la convaincre de lui montrer celles qui sont cachées, rangées côte à côte contre le mur. Il se prête au jeu d'une nouvelle consigne : trouver le médium et l'outil utilisé, voire le geste. La complimente régulièrement au passage.

— Je suis bluffé. Vous avez pris des cours ?

— Quelques-uns, rien de très poussé non plus, des cours du soir à l'École des beaux-arts. J'y ai énormément appris, et puis je me suis aussi beaucoup documentée. J'ai beaucoup dessiné de mon côté. Après, c'est aussi l'instinct…

— Et là, c'est quoi ?

Il désigne une petite porte dans le soubassement de la pièce.

— Ma chambre noire.

Il semble intrigué par cette nouvelle information.

— Vous faites aussi de la photo argentique ? Ma mère ne me l'avait pas dit.

— Christine ne te dit pas tout. Et puis, c'est un peu

mon activité secrète, explique-t-elle en souriant. Mais, oui, j'aime beaucoup la photo. Je fais du numérique, que je retouche parfois. Mais j'aime aussi travailler avec un appareil argentique et développer mes photos en noir et blanc.

— J'aimerais beaucoup voir comment ça se passe.

— Je te montrerai, à l'occasion.

— Vous êtes une artiste complète !

Gênée par ce compliment, elle se défend tant bien que mal.

— Oh, non ! Et puis je ne travaille qu'en 2D. Je ne sculpte pas, par exemple. Je n'ai jamais fait de céramique non plus.

— On ne peut pas s'éparpiller… dit-il pour aller dans son sens.

— Effectivement.

— Vous faites déjà plein de choses, je n'en reviens pas. Du figuratif, de l'abstrait… Et puis, j'ai vu que vous utilisiez aussi d'autres matériaux sur vos toiles.

— Oui, je fonctionne à l'instinct, et j'aime bien ajouter de la ficelle, de l'aluminium, du métal… J'aime ça, créer, associer.

Martin regarde sa montre. Les deux heures prévues sont déjà dépassées, sans même qu'il s'en soit rendu compte.

— J'adorerais rester, mais je vais devoir y aller. J'ai déjà hâte d'être à mercredi, dit-il avec une spontanéité chaleureuse et touchante.

— Merci, Martin. J'espère vraiment que vous tirerez profit de ces ateliers.

— Tu…

— Pardon ?

— « Que tu tireras »… la reprend-il avec un sourire.

— Ça va venir.

Il l'aide à ranger.

— À mercredi.

Elle ferme la porte derrière lui. Se tourne vers la table nette. Sourit. Elle a passé un excellent après-midi. Elle a hâte aussi. Hâte de le voir à l'œuvre. Mercredi, elle va le tester plus sérieusement.

*

Deuxième cours, déjà. Emma veut évaluer son coup de crayon. Elle a posé sur la table quelques photos. Des paysages, des portraits, des natures mortes. Il en a choisi une. Un portrait de femme. Elle lui a demandé de le croquer rapidement au crayon. Le résultat est intéressant et prometteur. Oui, Martin a un certain talent. Elle lui demande ensuite de reproduire le portrait plusieurs fois, en utilisant chaque fois une technique différente. Il est installé à un chevalet, elle à un autre, et tous deux peignent. Elle s'interrompt de temps à autre pour commenter son travail ou délivrer un conseil, qu'il reçoit toujours avec un sourire ou en acquiesçant d'un air entendu. Il s'applique. Elle le regarde, trouve qu'il est beau. C'est d'une évidence objective.

*

— Alors, ça se passe bien, les cours avec mon fils ? demande Christine avec chaleur.

— Oui, très bien.

— Il est ravi !

— Ah, oui ? Tant mieux.

— Oui, vraiment, il est rentré enchanté lundi, et encore plus enchanté hier. Tu fais des miracles !

Emma rosit sous le compliment.

— N'exagérons rien, mais je suis ravie de l'apprendre.

— Écoute… Je ne sais pas comment te dire ça, je ne voudrais pas que tu le prennes mal, mais… si je te payais, ou si Martin te payait, tu serais prête à lui donner des cours quotidiens ? Enfin, si tu es disponible et s'il ne t'embête pas trop… Tu comprends, je sens qu'il a tellement soif d'apprendre !

— Il ne m'embête pas. Et pas besoin de me payer. Garde ton argent, va… Je sais que tu ne roules pas sur l'or, tu es mon amie, et ça me fait plaisir.

— D'accord, à condition que tu ne paies plus pour l'art floral. Donnant-donnant. Marché conclu ?

— Marché conclu.

Josette

Grand-mère du marié,
soixante-dix-huit ans

Cancer. Contrat de vie à durée déterminée. Un mot qui sème la mort et la désolation, même si mon âme est vieille. Quand on a soixante-dix-huit ans, on sait bien que le gros du chemin est déjà fait. Mais quand même. On rêve tous de mourir de vieillesse au fond de son lit. S'endormir pour toujours, partir sans même s'en rendre compte.

Le cancer vous tombe dessus comme un couperet. Avec son pourcentage de chances de s'en sortir (pour moi, il est faible). Avec son cortège funèbre de phrases médicales. Entre les mains des médecins, notre vie ne nous appartient plus : on redevient presque un enfant, obéissant, forcé d'accepter les traitements. Forcé de se battre contre la faux au-dessus de soi. Si faible…

Trois ans que je lutte. Et je n'en peux plus. Opération, ablation, perfusions, chimiothérapie, radiothérapie, asphyxie. J'étouffe de tout cela. À quoi bon tous ces traitements, pour gagner combien de temps ? Pour quelle qualité de vie ? Une vie absurde, perfusée au compte-

gouttes sur un lit d'hôpital. Avec pour seule vue celle du béton urbain.

Moi, je veux revoir ma campagne, je veux mourir chez moi. Respirer, puis rendre mon dernier souffle dans le lit de ma chambre, là où je suis née. Juste logique des choses.

Je ne l'ai pas encore dit à la famille. J'attendais le mariage. Je ne voulais pas gâcher la fête. Mais je vais les en informer bientôt : ma décision est prise, j'arrête les traitements, je rends les armes, je reprends les rênes de ma fin de vie. Ils comprendront.

7

Les semaines s'égrènent au rythme d'ateliers presque quotidiens. Une sorte de petite routine s'est installée. Emma et Martin ont pris leurs habitudes. Il arrive vers 14 heures, il prend un café, elle un thé. Parfois, à la faveur des premiers jours de temps chaud, ils sirotent une orangeade en discutant avant de se remettre au travail.

Le potentiel de Martin bluffe régulièrement Emma, qui est persuadée qu'il pourra réussir. Il lui faudra sans doute une part de chance pour « percer », mais il a déjà tout : un regard, une touche, une originalité. En attendant, elle ne peut que l'aider à prendre confiance dans ses capacités et à développer son art tout personnel. Elle est heureuse de participer à cette éclosion d'un talent.

Petit à petit, leurs discussions ont pris une tournure plus intime, gagné en profondeur. Elle lui parle de ses enfants qui lui manquent, lui de sa vie, de son travail qu'il exècre tous les jours un peu plus, de ses sorties, de ses lectures. Il est comme un trait d'union entre ses enfants et elle. Il pourrait être son fils, après tout.

Souvent, ils évoquent les deux Christine, la mère et l'amie.

— Vous savez qu'elle pense que je suis gay ? lui demande-t-il un jour, l'air goguenard.

Emma feint la surprise. En saura-t-elle plus aujourd'hui ? Visiblement, l'intuition de Christine n'est pas la bonne…

— Oui. C'est con, hein ?

— Pourquoi con ? Parce que ça n'est pas le cas ? risque prudemment Emma.

— Ah non, ça n'est pas le cas ! répond-il dans un éclat de rire qui en dit long.

— Alors, pourquoi croit-elle cela ? Et comment le sais-tu ?

— Je connais ma mère, et pour elle ce ne peut être que la raison pour laquelle je n'ai jamais amené la moindre petite amie à la maison ou que je ne lui ai jamais parlé d'aucune fille.

— De là à…

— Oh ! Faites-lui confiance, il y a un pas qu'elle a su franchir, je pense.

— Tu n'en sais rien… tente Emma.

— Si, si, je le sais. Elle a parfois fait des insinuations pour m'amener à la confidence, du genre : « Tu sais, s'il y a quelque chose que tu veux me dire, tu peux le faire sans crainte, mon chéri… Je t'aimerai toujours… »

— Ah. Et qu'as-tu répondu ?

— Je n'ai rien dit. J'ai fait l'innocent, ou le mystérieux. Peut-être que ça l'arrange de le croire… Peut-être que ça m'arrange, moi, qu'elle le croie.

Emma le regarde sans comprendre. Ce qu'elle voit lui serre le cœur : le visage de Martin a tout à coup une expression particulière, sombre, presque fermée. Un sourire amer glisse sur ses lèvres. Il lui lance un regard peiné.

— Martin, tu sais, si un jour tu veux me dire quelque chose... sache que je n'en parlerai pas à ta mère. Je te le promets.

Pour toute réponse, il acquiesce en silence. Et c'est tout. Pour aujourd'hui, en tout cas, c'est tout. Martin n'en dira pas plus.

Le départ de son élève laisse une sensation étrange à Emma. Elle est consciente d'avoir effleuré du doigt une souffrance cachée chez Martin. De quoi s'agit-il ? D'un secret, d'une honte ?... Quoi qu'il en soit, il le dissimule à sa mère, à moins qu'il ne l'en protège ? Mais son mal-être est perceptible. Christine sera peut-être rassurée d'apprendre que son fils aime les femmes, mais, pour Emma, l'enjeu n'est pas là. La détresse de Martin l'a touchée par surprise et plus qu'elle ne l'aurait cru.

*

Le lendemain matin, un SMS de Martin lui annonce qu'il ne viendra pas. Elle suppose que c'est lié à sa demi-confidence de la veille. Il a trouvé un prétexte pour éviter de venir. Sa défection la peine. Outre qu'elle regrette de le savoir en proie à un malaise indéfinissable, elle constate simplement qu'il va lui manquer, qu'elle a pris goût à leurs après-midi à l'atelier.

À 14 heures, comme s'attendant à le voir finalement arriver, elle boit un thé dans le jardin… Elle rentre ensuite dans l'atelier, résignée. S'arme de son couteau, applique quelques traces rageuses sur la toile. Non, aujourd'hui, elle ne peut pas peindre. Pas la tête à ça. L'oisiveté s'empare d'elle quelques secondes. Oh, pas longtemps. Déjà elle entre dans la chambre noire pour développer les quelques photos qu'elle a prises ce week-end. Des portraits de ses enfants. Lison était là, rayonnante. La voir apparaître peu à peu dans le révélateur, jusqu'à trouver la densité voulue, revigore Emma. Sa fille… Elle est si belle ! Le sourire lui revient, et avec lui une idée : et si elle proposait demain à Martin d'aller faire des photos en extérieur ?

*

Martin a accueilli cette proposition avec enthousiasme : ça change de l'atelier. Et prendre l'air ne pouvait que leur faire du bien. Ils se sont retrouvés sur l'île de Béhuard, où la Loire, les vieilles pierres et les champs seront forcément un terrain de jeu et d'expérimentation idéal.

Munis chacun d'un appareil, la sangle passée autour du cou, ils marchent côte à côte. Elle lui a prêté un des siens. Après une initiation rapide au réglage manuel du reflex argentique, Emma engage Martin à porter son regard sur leur environnement, à la recherche d'un sujet. « C'est ton appréciation de la lumière, de l'angle de vue et ton choix du cadrage qui seront déterminants dans la réussite de ta photo. »

Leur marche, à l'affût d'une scène photogénique, est donc ponctuée d'arrêts fréquents. Martin se régale, il a quitté sa réserve et retrouvé son naturel. Emma est heureuse de le voir détendu, l'esprit plus en paix que l'autre jour. Elle a visé juste. À le voir ainsi, elle en oublierait presque l'amertume qu'elle a lue sur son visage et la vague tristesse qu'elle a cru percevoir chez lui ces deux derniers jours, ainsi que son envie à elle d'en savoir plus.

Ils trouvent un banc. S'asseyent pour contempler dans l'inaction le paysage ligérien qui s'étend devant eux. Des échassiers se divertissent à quelques pas. Martin regarde le paysage à travers l'appareil, mais se ravise. Le jeune homme se tourne vers elle, la mine soudain grave.

— Emma, je voudrais vous avouer quelque chose…

Surprise, elle émet un petit « Ah ! » qui marque son étonnement et se tourne vers lui, attendant la suite avec appréhension, espérant qu'elle n'aura rien à voir avec l'aveu en question.

— C'est difficile à dire…

Emma retient son souffle, mal à l'aise. L'engage d'un regard à se lancer.

— Cela ne vous concerne pas, et d'ailleurs je ne sais pas pourquoi j'ai envie de vous en parler à vous… peut-être parce que nous nous voyons souvent, que je me sens bien avec vous et que vous savez écouter sans juger, du moins c'est l'impression que vous me donnez… Et puis, il y a ce que vous avez dit lundi… Je pense que je peux vous faire confiance.

Émue, Emma ne peut que l'encourager en ce sens.

— Tu peux, oui.

— Je n'en ai jamais parlé. À personne. J'ai tellement honte…

Se levant d'un bond, il se met à aller et venir devant leur banc, comme pour se donner du courage avant de s'élancer. Son visage exprime une nervosité qu'Emma ne lui avait encore jamais vue. Ses mains se crispent comme malgré elles.

— Vas-y, Martin, n'aie pas peur. Tu peux tout me dire, tu sais. Je ne le dirai pas à ta mère, ni à personne. Je te le promets.

— Ça, je le sais, mais ça ne change rien au fait que…

Il hésite. Dernière rebuffade avant le saut vers l'inconnu.

— Je… je n'ai jamais eu de petite amie, lâche-t-il enfin.

Il se retourne pour lui faire face, la regarde un peu de biais, anxieux de sa réaction.

Emma ne s'y attendait pas du tout et reste interdite.

— Ce n'est pas possible…

Elle a beau vouloir cacher son étonnement, elle n'en ouvre pas moins grand ses yeux incrédules.

— Vous ne me croyez pas ?

— Si, bien sûr que si, mais comment un homme comme toi…

Il sourit à ce mot dans lequel il se reconnaît si peu, lui qui le plus souvent, comme en cet instant, se sent davantage petit garçon. Elle le dévisage intensément, essayant de lire dans ses yeux son histoire. Il rompt le charme en reprenant sa marche fiévreuse.

— J'ai eu une petite amie, une fois, au lycée, mais j'étais tellement timide à l'époque… Vous ne pouvez pas imaginer à quel point. Je ne savais pas m'y prendre avec les filles. C'était maladif. En plus, j'étais moche, couvert d'acné. J'étais le genre de garçon transi d'amour, mais incapable d'articuler une phrase devant la fille qu'il aime. Les autres se vantaient de tout un tas d'expériences, moi, j'étais figé dans ma virginité. Évidemment, je me suis inventé quelques aventures, et une première fois mémorable… mais… je n'ai jamais rien vécu de cet ordre-là. Quand enfin une fille du lycée a jeté son dévolu sur moi et qu'elle m'a embrassé, je l'ai laissée faire, mais, tétanisé à l'idée de ce qui suivrait nécessairement, j'ai vite trouvé un prétexte fallacieux pour tout faire capoter. J'étais bien trop terrifié à l'idée de mal m'y prendre… d'être la risée d'une fille ou, pire, du lycée… Je préférais passer pour le garçon ténébreux et inaccessible, un peu mystérieux. C'était plus simple…

— Et après ?

— J'ai continué à jouer ce rôle-là. Je me suis enfermé là-dedans jusqu'à la fin de mes études, et puis après, c'était trop tard… Même quand une fille me plaisait, surtout quand elle me plaisait, je n'avais pas d'autre choix.

— Mais c'est un problème sans fin, si tu ne romps pas avec cette situation infernale. Tu ne vas pas passer à côté de ta vie à cause de ça ! s'emporte-t-elle.

— Je sais bien, mais c'est de plus en plus difficile

avec le temps. Je ne vois pas ce qui, à vingt-huit ans, peut me donner plus de force et de confiance, pour avouer de but en blanc à une hypothétique petite amie : « Au fait, je ne t'ai pas dit ? Trois fois rien, mais je suis vierge. » La honte ! Et imaginons que je décide de ne pas le lui dire et de me lancer, je serai tellement empoté et nul qu'elle le comprendra forcément et me prendra pour un pauvre type. Je suis coincé, la situation est intenable. Plus ça va, plus je me dis que c'est irrémédiable, je vais finir puceau, sans personne dans ma vie. Comme un con…

— Je t'interdis de dire ça, Martin. Il y a des jeunes femmes très bien ! Je suis sûre que tu pourrais trouver quelqu'un de compréhensif et bienveillant…

— Comme vous ?

— Pardon ?

Elle manque de s'étrangler en posant cette question.

Une fraction de seconde, elle a cru qu'il lui faisait une proposition indécente. À la tête qu'elle fait, il comprend le malentendu, ce qui a au moins le mérite de détendre l'atmosphère un peu lourde.

— Je ne parlais pas de vous ! s'exclame-t-il en riant. Je voulais dire : il faudrait que je trouve une femme avec vos qualités. Je ne suis pas certain qu'elles courent les rues.

— Il ne faut pas être défaitiste, voyons, Martin… Et puis, peut-être que tu t'en fais une montagne inutilement.

Elle lit la douleur dans ses yeux qu'il baisse de honte. Pour la première fois, elle voit en lui le petit garçon, l'adolescent timide caché derrière sa carrure athlétique et ses larges épaules. Ce décalage quelque peu insolite la rend perplexe et pensive. Elle voudrait bien l'aider, le conseiller, mais comment ?

La peine partagée étant toujours moins lourde à porter, les mots peuvent laisser place au silence et l'après-midi reprendre son cours comme après un temps suspendu.

Ils rentrent doucement, en consacrant leur retour à quelques dernières photos. L'attention d'Emma à ses réglages n'est que feinte, elle n'a d'yeux que pour Martin qu'elle découvre autrement. Et elle est touchée qu'il se soit confié à elle.

Jacqueline

Mère de la mariée,
quarante-neuf ans

Je déteste faire les courses. Ça me prend toujours un temps fou. Mon mari dit que je ne suis pas efficace, il n'a peut-être pas tort.

C'est juste que je ne sais pas faire vite. Ou plutôt je ne veux pas faire vite, car j'ai besoin de prendre tout mon temps dans les rayons, avec un unique but : faire les bons choix.

Je réfléchis toujours avant de mettre un produit dans mon chariot. À tout !

Je compare les tableaux nutritionnels des paquets de biscuits et des conserves, le taux de gras des différents steaks de bœuf, l'apparence du jambon au verso de l'emballage… Au rayon fruits et légumes, je trie. Hors de question de mettre dans mon sachet une nectarine douteuse ou une cerise trop molle qui risqueraient de provoquer une contamination rapide par pourrissement… Les pommes, je les tâte, je les scrute, je traque les signes de chocs ou d'une maturité déjà trop avancée. Les bananes, je les veux entre jaunes et vertes, jaunes sans traces noires, avec des reflets verts, exactement. C'est comme ça que je les aime.

Au rayon yaourts et crèmes desserts, je prends aussi tout mon temps. Il y a trop de choix ! J'interroge mes envies tout en pensant aux goûts des autres membres de la famille. Je guette les nouveautés, les nouvelles saveurs… J'opte pour tel ou tel essai. Et j'en prends trop, souvent.

Même au rayon des boissons, je suis pleine d'hésitations.

J'horripile mon mari, dans ma façon de faire les courses. Il a trouvé un bon prétexte pour ne jamais m'accompagner.

8

Emma est nue devant Martin et s'offre à lui passionnément. Voici en substance le rêve d'Emma. Elle se réveille brusquement, le cœur battant la chamade, en nage. Se rassure. Ce n'était qu'un rêve. Mais quel rêve ! La honte la submerge. La voilà à fantasmer sur un jeune homme de l'âge de ses enfants, ou presque. Comment est-elle tombée si bas ?

En se couchant hier soir, elle n'arrêtait pas de penser à ce qu'il lui avait confessé quelques heures plus tôt. Elle avait encore du mal à y croire. La virginité tardive, elle sait que cela existe, mais elle l'imaginait exceptionnelle et associée à des traditions d'un autre âge ou à des personnes qu'on imagine introverties à l'extrême et physiquement peu avantagées. En aucun cas quelqu'un comme Martin. Un peu bêtement, elle imaginait que ça se « voyait ». La preuve que non et qu'on ne sait jamais où résident les failles des êtres. Elle pense au blocage de Martin, à ses causes, aux conséquences. Il n'y a pas de mode d'emploi : il faut juste essayer, la nature fait le reste. Mais puisqu'il ne veut pas… Emma reste optimiste : elle est persuadée qu'il trouvera une jeune femme compréhensive à qui il aura envie de faire confiance.

*

On frappe à la porte. La silhouette de Martin se détache derrière la vitre. Il sourit. Comme presque toujours. Elle lui ouvre et l'accueille avec chaleur. Lui propose une boisson fraîche, car le soleil tape déjà fort en cette belle journée de mai. Signe du changement de température, il porte un bermuda et une chemise en lin fluide col Mao. Emma ne peut s'empêcher de remarquer la musculature et la pilosité des mollets du jeune homme. Pourquoi y prête-t-elle attention ?… C'est un mystère. Est-ce sa présence masculine quotidienne, qui, si jeune soit-il, lui inspire des idées nouvelles ? Ou le rêve de cette nuit qui la rend soudain sensible au sex-appeal de Martin ? Elle ne saurait le dire… mais elle doit se ressaisir.

Dans la chambre noire, la lumière, rouge, tamise le décor et lui donne une teinte brûlante. Martin est concentré sur les gestes d'Emma qu'il va devoir reproduire. Paraît fasciné par la transformation d'un simple négatif en une photo sur papier. L'image apparaît comme par magie, baignée dans les solutions successives. Puis est accrochée au fil par une pince à linge.

Ils ont fini et contemplent le résultat.

— Alors ? demande Emma. Ta conclusion ?

— Je trouve ça génial.

— Prêt à changer de vocation ? Tu pourrais devenir photographe… plaisante-t-elle.

— Oh, non ! et puis je suppose que les photographes d'aujourd'hui travaillent surtout avec des labos.

— Oui, tu as raison. Mais les photographes d'art travaillent encore comme ça.

— Je vais me concentrer sur les arts plastiques, je pense, mais je vous remercie pour cette découverte.

— De rien, tout le plaisir était pour moi.

L'ambiguïté des mots qui sortent de sa bouche retentit dans ses oreilles et la fait rougir bêtement. Et ce que Martin lui dit achève de la troubler :

— Cela m'a fait beaucoup de bien de vous parler hier.

— Ah ?

La promiscuité dans cet espace exigu et sombre la gêne affreusement, tout à coup.

— On étouffe ici, non ?

Elle sort sans plus attendre. Il la suit.

— Cela vous met mal à l'aise, je me trompe ?

— C'est que…

Il l'interrompt dans la phrase qu'elle ne savait comment poursuivre.

— Je voulais juste vous remercier de m'avoir permis de me livrer un peu et de m'écouter. C'est idiot, parce que ça ne change rien au problème. Mais cela m'a soulagé. Voilà, je voulais juste vous le dire. Merci encore.

— De rien, Martin. Tu peux compter sur moi, je te l'avais dit.

Il répond par un sourire doux et part sans se retourner en lui lançant un « À demain, Emma ! » qui la laisse rêveuse.

Après son départ, elle se trouve étonnamment incapable de peindre. Elle a envie d'un bain, et se glisse dans une mousse chaude et épicée quelques minutes plus tard. Elle a pris un livre, mais son esprit erre et rejoint Martin. Encore… S'il avait vingt ans de plus, il lui plairait beaucoup… Elle essaie de l'imaginer, avec les muscles moins fermes, les cheveux moins fournis et grisonnants, un début de ventre et quelques rides au coin des yeux. Il serait charmant. Elle soupire : il n'a pas vingt ans de plus. Et elle est mariée. Emma pense à Julien. Au fait qu'ils ne se désirent plus et ne font plus l'amour. Les rares fois où il la voit nue dans la salle de bains, elle ne lui fait pas plus d'effet que le porte-serviettes. Elle est devenue transparente. À quarante-sept ans, elle doit donc tirer un trait sur l'amour physique ? Et l'amour tout court, donc. Bientôt quinqua, elle n'a donc plus rien à souhaiter sur ce plan-là ? Si Martin avait son âge, et dans les circonstances qui sont les leurs, il aurait peut-être pu devenir son amant… L'idée la traverse une seconde, pour mieux être réprimée la suivante.

Elle se fait honte. Martin pourrait être son fils, et il est le fils de son amie ! Elle pense à ces femmes qu'on surnomme « cougars ». Les imagine un peu perverses, très portées sur le sexe, souhaitant un amant impétueux et infatigable. Elle ne leur ressemble en rien. Ce qu'elle ressent vaguement pour Martin est beaucoup plus pur. Ce n'est qu'un trouble. Mais c'est déjà beaucoup. Elle espère simplement qu'il ignore tout des pensées coupables qui la traversent.

*

— Tout va bien avec Martin ?

— Oui, tout va bien.

— As-tu percé le mystère de ses amours ? demande Christine.

— Eh non…

Quelle idiote ! Mais bien sûr qu'elle a la réponse qu'attend son amie…

— Enfin… je ne sais pas grand-chose, si ce n'est qu'il aime les filles.

— Ah ! s'exclame Christine. À la bonne heure… Mais il t'a dit ça comment ?

Dire la vérité ou mentir… La gêne s'empare d'Emma en même temps que le rouge à ses joues.

— Il a fait deux, trois allusions qui ne laissent aucun doute, résume-t-elle.

La réponse semble satisfaire Christine, qui revient à son bouquet. Elle n'en attendait pas plus. Tant mieux…

*

Emma retrouve Susie au restaurant le lendemain. Elle a mis une robe à fleurs, printanière. Son amie la regarde avec étonnement et lui demande de but en blanc :

— Qu'est-ce que tu as ?

— Qui, moi ? Rien. Pourquoi ?

— Tu n'es pas comme d'habitude, constate Susie, d'un air légèrement soupçonneux.

— C'est-à-dire ?

— Tu es toute jolie…

— Ah, bah, merci, c'est gentil ! l'interrompt Emma, vexée.

— Pimpante ! C'est le mot. C'est pour moi que tu as mis une robe ?

— Non, pour moi. J'avais envie, ce matin.

— Comme ça, tu t'es réveillée en te disant : « Je vais mettre en robe » alors que tu ne l'as pas fait depuis… dix ans ?

— Tu exagères toujours…

— Ça te rajeunit, en tout cas.

— Je le prends comme un compliment.

— Alors, quoi de neuf ?

— Rien.

— Et Julien ?

— Tout va bien.

— Rien de neuf ?

Susie n'ignore pas que le couple modèle qu'ils forment tient plus de l'image publicitaire que de la vérité.

— Non, rien de neuf.

— Peut-être que ta petite robe va l'émoustiller à son retour…

— Tu parles… Et toi, les amours ?

— Toujours pareil. Des rencontres, des rencontres, mais rien de bien folichon. Et puis il n'y a quasiment que des vieux qui flashent sur moi ! Mais tu me connais, l'impuissant ventripotent, c'est pas pour moi… Malheureusement, avec l'âge, le choix se tarit un peu.

— Normal… Mais, bien conservée comme tu es, je suis sûre que tu as du succès auprès des jeunes quadras. Non ?

— Oui, on peut dire ça. Et tu sais quoi ? J'ai même une touche avec un jeunot.

— Quel âge ?

— Trente-trois.

— Et alors, tu l'as rencontré ?

— Pas encore, mais c'est prévu. On doit aller assister à un concert de copains à lui… Un groupe qui s'appelle Les Tomates vertes, ou un truc du genre.

— Ce ne serait pas plutôt The Green Tomatoes ? la corrige Emma.

— Tu vois, je suis tellement anglophone que j'ai traduit spontanément ! Tu connais ?

— De nom. J'ai vu l'affiche en ville.

Elles discutent de choses et d'autres. Le temps s'étire…

— Mince, je vais finir par être en retard.

— Toujours ton atelier avec le fils à sa maman ?

— Oh, Susie, tu caricatures… Martin est très doué et intéressant. Ricane si tu veux. Tu me diras si ton jeunot de trente-trois ans a un peu de conversation…

— Ce n'est pas vraiment ce que je lui demande, s'esclaffe-t-elle.

Incorrigible Susie… Quarante-sept ans, et toujours la même.

*

Emma se hâte, mais ne sera quand même pas à l'heure. Elle prend le temps d'envoyer un petit message sur le portable de Martin pour le prévenir.

Quand elle arrive chez elle, sa voiture est là. Il l'attend devant la porte de l'atelier. Elle franchit les quelques pas qui les séparent, gênée de son regard sur sa silhouette et sur ses jambes. Pour une fois qu'elle a mis une robe, évidemment… Sa course depuis le centre-ville lui a donné chaud. Elle a un peu honte de se présenter comme cela devant lui. Et lui… a l'air charmé. Ou bien c'est une idée. Il la complimente sur sa robe, ce qui achève de la troubler et la fait trembler alors qu'elle cherche les clefs de l'atelier dans son sac à main. Fébrilement, elle ouvre enfin son antre. Il ferme derrière eux. La fraîcheur de la pièce est bienvenue. Emma va directement au frigo, en sort un pichet de thé glacé qu'elle a mis à infuser la veille. Prépare les verres, pendant que Martin se campe devant son chevalet. Ils reprennent la toile interrompue par leur parenthèse photographique. Retour à la nature morte en mode abstrait. Emma s'approche, lui tend un verre. Il la remercie et boit sans la quitter des yeux. Des idées, elle se fait des idées… Ce ne sont que les projections de ses propres fantasmes. Il ne peut pas en être autrement.

Ils peignent côte à côte pendant plus de deux heures, ne s'interrompant que pour comparer leurs œuvres. Emma s'est prêtée au même exercice.

On frappe au carreau avant la fin de leur séance. Christine se tient face à eux, mais, visiblement gênée par le reflet sur la vitre, ne les voit pas. Emma va lui ouvrir.

— Surprise ! Je viens voir les artistes.

Entre la mère et le fils, Emma se sent un peu mal à l'aise. Parce qu'elle est son amie, et qu'il lui plaît d'une façon indicible et coupable. Elle doit mettre des barrières, reprendre les rênes de la raison qui lui échappent. Entrer en résistance contre elle-même.

Paul

Cousin du marié,
quarante et un ans

Longtemps, j'ai hésité. Entre aisance et tenue, souplesse et fermeté, ouverture et fermeture.

Le bon vieux débat : qu'est-ce qui est le mieux ? Le caleçon ou le slip ? Une question bien masculine, quoique les femmes aient leur avis là-dessus… en dehors de toute réflexion liée au confort, bien sûr.

Dans ma vie, j'ai alterné. J'ai eu plusieurs périodes slip, entrecoupées de périodes caleçon. Je n'arrivais pas à me fixer sur un choix. Les deux avaient leurs avantages et leurs inconvénients, comme en toute chose. Alors j'optais pour l'un ou pour l'autre sur plusieurs mois. Pendant deux ans, j'ai vécu une époque anarchique, où je prenais le premier qui me venait sous la main, sans trop me poser de questions. J'ai même eu ma période slip kangourou, mais chut…

Et puis, j'ai trouvé LA solution, LE compromis idéal (mais pourquoi n'y avais-je pas pensé plus tôt ?) : j'ai découvert le boxer. La parfaite jonction entre les deux. Le confort et la tenue du slip alliés au côté cool et jeune du caleçon, le côté sexy en plus, ce qui ne gâche rien car, au final, le boxer rencontre un vrai succès auprès des femmes… Le côté moulant les affole. En plus, j'ai trouvé une marque (j'en tairai le nom, pour éviter la concurrence de mes rivaux) dont les modèles ont une coupe qui met particulièrement en valeur cette partie-là de mon anatomie. Avec eux, mon sex-appeal remonte d'un cran. Alors pourquoi s'en priver ?

9

Aujourd'hui, Emma n'a pas anticipé le sujet du cours. Elle veut laisser le champ libre à Martin et lui a donné carte blanche. Il cherche l'inspiration dans les livres d'art et de photo sur l'étagère tandis qu'elle s'affaire. Il en feuillette quelques-uns, s'attarde sur l'un d'eux, sourit. Il semble, de loin, fomenter un plan, fier de sa trouvaille.

Emma apporte le plateau qu'elle pose sur la grande table, près de l'étagère. Découvre ce qui a tant fait sourire Martin. Sent ses joues rosir un peu. Non, quand même, il n'osera pas… Il lève la tête et conclut avec un air volontairement provocateur :

— Très beau livre.

— Certes.

Emma ne voudrait pas qu'il pense qu'elle est du genre prude ou coincée, mais elle sent déjà le sol s'ouvrir sous ses pieds. Sujet glissant…

— Vous avez déjà dessiné ou peint des nus ?

Emma choisit d'ignorer sa gêne grandissante et répond d'un air qu'elle voudrait détaché.

— Oui, ça m'est arrivé.

— D'après photo ou d'après modèle ?

— Les deux. Ici d'après photo. Mais, aux Beaux-Arts, il y a des cours de nu, évidemment, et les modèles sont réels.

— Des hommes ?

— Les deux.

— Ça doit être gênant, non ?

— Un peu, concède-t-elle. La première fois, les premières minutes, ensuite on se laisse complètement prendre par son dessin. Et les modèles sont des professionnels, volontaires et payés.

— Et vous, vous avez déjà été modèle ?

— Non ! crie-t-elle presque. Pourquoi l'aurais-je été ?

— Je demandais ça comme ça…

Emma chasse la vilaine pensée qui vient de lui traverser l'esprit. Il n'aurait quand même pas l'idée…

— Je peux voir vos nus ? Ils sont ici ?

— Oui, j'en ai quelques-uns là.

Elle les cherche, ce qui la soustrait au regard du jeune homme, comme une diversion bienvenue. Les trouve. Il regarde les sanguines, les fusains. Est admiratif de son tracé, de son sens du détail, du travail des ombres…

— C'est beau, un corps nu. Et je suppose que ce doit être encore plus beau en vrai. Plus émouvant, aussi…

Emma s'immobilise. Sa gêne n'a d'égale que sa stupéfaction.

— À défaut de toucher, je peux au moins regarder… c'est déjà ça, dit-il en lui faisant un clin d'œil. Donc, pour aujourd'hui, je veux bien m'essayer au nu.

— …

— Je vous sers de modèle ?

— C'est une blague ?

Il éclate de rire et Emma se détend en riant de bon cœur avec lui.

— En même temps, étant donné que c'est à moi d'apprendre, il vaudrait mieux que vous, vous soyez le modèle…

— Très drôle, Martin.

Mais cette fois il ne plaisante pas. Provocateur, il soutient son regard, une lueur de défi dans l'œil qu'elle ne lui avait encore jamais vue.

— Tu me fais marcher…

— Peut-être… un peu… Ça dépend… N'est-ce pas vous qui m'avez dit d'oser, de ne plus avoir peur ?

— Arrête de jouer, Martin.

— Allez, vous ne voulez pas que je vous croque ?

Emma ne goûte que très moyennement le jeu de mots.

— Ne va pas trop loin…

Conscient de son audace, il se reprend, rouge de honte.

— Pardon. Vous avez raison.

Ses excuses rassurent Emma, mais ne lui suffisent pas :

— Prends-toi un livre, trouve une photo, dessine ce que tu veux. Tu n'as pas besoin de moi pour ça, moi, je rentre. Je fermerai quand tu seras parti. Au revoir.

Sa voix est ferme, pourtant elle tremble de tous ses membres.

Elle fuit de manière un peu idiote, laissant Martin planté là, éberlué et confus.

Son cœur bat trop fort, d'émotion, de confusion. D'émotions qui la perturbent. L'imaginer en modèle, nu devant elle, comme offert à des fantasmes d'un autre âge… tout à fait inconvenant. Et s'imaginer, elle, dans ce même rôle et le plus simple appareil… n'importe quoi. Il y aurait l'indécence de la situation, et ses complexes, son désamour pour son corps. Les petites rondeurs flottantes accumulées avec les grossesses, l'âge et la ménopause… cette petite bouée flasque autour de sa taille lui fait horreur. Tout comme la cellulite qui grignote le haut de ses cuisses et ses fesses. Peut-être est-ce d'ailleurs un peu pour cela que Julien ne la désire plus… Ses amies lui répètent qu'elle est très bien comme ça, mais ce sont ses amies… À ses yeux, son corps est devenu une prison, qui la condamne à une chasteté forcée. Pourtant, elle ne peut le nier, elle aurait tendance à être plus indulgente avec lui, ces derniers temps. Le retour des beaux jours, l'envie naturelle de se dévoiler… Est-ce la raison ?

Elle est restée droite comme un I derrière le rideau de la fenêtre de la cuisine, le regard obstinément fixé sur la porte de l'atelier dont Martin ne tarde pas à sortir. Il ne croquera rien… Il regagne sa voiture, visage fermé, mâchoire serrée. Disparaît de sa vue, ne lui laissant comme dernière image que celle d'un homme déçu et peut-être en colère contre lui-même.

*

Le soir, Julien lui propose une soirée télé. Elle accepte le principe, l'invite à choisir le film. Décidément, c'est un jour où elle se laisse guider. Ils s'installent sur le canapé, devant *Perfect Mothers* dont elle n'a jamais entendu parler. Peu à peu, elle se tend à mesure qu'elle comprend vers quoi se dirige le scénario. Pourquoi faut-il que le film fasse écho à ce qu'elle vit, alors qu'elle ne souhaitait que se détendre ? Cette histoire de femmes, meilleures amies de surcroît, qui, la quarantaine passée, ont une liaison avec le grand fils de l'autre… met Emma très mal à l'aise. Vingt ans d'écart… Le summum est atteint avec le caractère quasi incestueux de ces deux relations, puisque les quatre protagonistes partagent le même toit. Sa propre situation n'est quand même pas comparable. Et puis les actrices sont sculpturales, ont la quarantaine rayonnante, conquérante. Insolente, même. Autre grande différence, les deux jeunes hommes n'ont rien à apprendre de l'amour physique. Ils connaissent déjà…

Quand elle se glisse, seule, dans son lit chaste, elle repense à ce film plutôt perturbant. Et à Martin. À son jeu d'aujourd'hui. Son esprit n'est qu'un réseau de questions sur lesquelles elle trébuche. Y avait-il du sérieux dans les remarques provocatrices (ou simplement taquines ?) de Martin ? Elle repense à son mot d'excuse, celui qu'il lui a laissé sur la table et qu'elle a trouvé quand elle est venue fermer l'atelier. *Je ne voulais pas vous offenser ni vous mettre mal à l'aise. Je suis désolé, Emma…* Peut-être a-t-il agi ainsi parce qu'elle est la seule à connaître son secret, et que cette libération lui fait perdre la réserve, la distance qu'il s'inflige dans ses relations avec les autres. Comme si l'aveu de sa faiblesse l'avait rendu plus fort, plus sûr, avec elle.

Elle se demande, au fond, ce qu'il représente pour elle, et ce qu'elle représente pour lui. Leur relation va plus loin que celle qui unit un prof à son élève. Elle pourrait relever d'une amitié particulière. Vingt ans ont beau les séparer, leur complicité est si évidente et leur plaisir d'être ensemble bien réel. Alors… Emma sait pertinemment que si Julien et elle avaient encore une vie sexuelle, elle n'en serait pas là… avec ce vide à combler qui la rend si vulnérable au désir d'un autre. Si leur vie de couple était « normale », épanouie, elle serait satisfaite, se sentirait comblée et entière. Mais la vérité, c'est qu'elle s'est fanée et qu'elle en est meurtrie. Qu'elle se sent inutile dans sa féminité, que les élans de son corps sont vains. Voués à l'échec et à la vacuité.

Ces frustrations et ces sentiments partagés ont fait germer en elle une improbable idée. Insidieusement, celle-ci s'est tracé un chemin dans son esprit, qui a cherché en vain à s'en débarrasser ; mais la petite musique est devenue entêtante jusqu'à se faire un petit nid douillet… Un jour, peut-être sera-t-elle assumée.

David

Cousin de la mariée,
quarante ans

Je suis dans une impasse. Professionnellement, je veux dire. Je me sens coincé.

J'ai un boulot (notez que c'est déjà bien), pas trop mal payé (notez que ce n'est pas négligeable)... mais je ne m'y plais pas. Ou plutôt je ne m'y plais plus. Faut dire qu'on m'a promis au départ un poste intéressant, qu'on m'a placé à un autre « en attendant », pour que je rencontre les clients et découvre l'une des facettes du métier... Et puis, comme dans d'autres domaines, le temporaire est devenu quotidien, le provisoire permanent. Six ans qu'il dure... Six ans que, à cause d'un enchaînement d'aléas de ma boîte (avec restriction de personnel), je végète à ce poste qui ne correspond ni à mes capacités, ni à mes envies, ni à mon ambition. Sans espoir d'évolution.

En plus, l'ambiance n'est plus la même, à la boîte... Depuis qu'elle a été rachetée, on est passés d'une petite entreprise familiale et sympa à une société qui n'entend que chiffres et rendement. On a perdu le côté humain... Je ne sais plus bien ce qui me retient.

La solution paraît évidente : il faudrait que je trouve un autre boulot. Mais lequel ? Où ? Pour quel salaire ? Et surtout avec quels risques ? Démissionner, quitter ce CDI rassurant qui me fait vivre correctement… c'est tentant. Mais je ne peux pas faire n'importe quoi. Quand on s'assume seul, qu'on a des prêts sur le dos, on a vite peur de ce qui pourrait arriver si la période d'essai dans un nouveau boulot n'était pas concluante… Pas envie de me retrouver sur la paille, à manger des pommes de terre et à regarder les autres profiter de la vie sans moi…

Entre continuer de végéter et démissionner, mon choix est fait, au fond. J'attends juste que les voyants soient au vert pour sentir quand ce sera le bon moment.

10

Emma pourrait être la solution de Martin. Et si elle se donnait à lui ? Elle ferait ainsi de lui un homme. Le moment venu avec l'élue de son cœur, il saurait comment « assurer », comme il l'a dit. Elle lui éviterait d'entamer une relation sur l'aveu de sa virginité, le libérerait de toutes ses craintes et briserait les chaînes de sa retraite forcée.

Emma s'imagine s'offrant à lui. Comme dans son rêve, au cours duquel finalement l'idée a germé. Elle interroge la honte qui la submerge par vagues intermittentes. D'où provient-elle ? Du fait qu'elle soit mariée ? Qu'il soit le fils de son amie ? De leur différence d'âge ? De ne pas savoir comment lui présenter sa proposition ? Du moment lui-même, s'il finissait par arriver ? De tout cela à la fois. La honte, l'indécence, la morale, le désir s'entremêlent dans un inexplicable nœud de questions qui s'opposent et se répondent.

Et Martin dans tout ça ? Serait-il seulement d'accord ? Pourrait-il la désirer, elle qui n'a ni les formes ni la peau des jeunes femmes de son âge ? Ses fanfaronnades de l'autre jour ne relevaient-elles pas du simple coup d'audace ?

Et quand bien même elle ne le laisserait pas indifférent, il va falloir qu'elle fasse un effort, prenne un peu plus soin d'elle. Elle a abandonné son corps comme d'autres quittent sans un regard le bateau qui les a pourtant menés à bon port. C'est un fait : elle doit se reprendre.

Alors, ce matin, quand elle se lève, elle se prépare un thé, deux tartines et des abricots. Prend un bain, s'épile, passe de la crème sur tout son corps, refait un peu l'arc de ses sourcils, vernit les ongles de ses mains et de ses pieds, s'habille joliment et se rend chez le coiffeur, pour rafraîchir sa coupe et couvrir ses quelques cheveux blancs.

Quand elle ressort, elle se sent tellement différente d'hier. Tellement bien.

*

Emma lit sur une chaise longue à l'ombre du figuier lorsqu'elle entend le pas lent, un peu hésitant de Martin. Elle lève la tête. Lui offre un sourire franc pour lui signifier que tout est pardonné et qu'aujourd'hui sera comme les autres jours d'avant hier. Elle se lève, défroisse d'une main experte les plis de sa jupe. Martin la regarde sans rien oser dire, mais il note les changements. Il est loin d'imaginer qu'il puisse en partie en être à l'origine. Simplement, il apprécie la beauté révélée d'Emma. Son charme, auparavant discret, éclate au grand jour.

— Puis-je me permettre un compliment ? Mais je ne voudrais pas…

Elle l'encourage à poursuivre d'un signe de tête.

— Vous êtes ravissante.

Les mots sont simples, mais ses yeux gourmands plus éloquents. Elle le remercie modestement.

Emma a développé une photo de chacun d'eux, prise lors de leur sortie sur les bords de Loire. Portrait ou autoportrait ? Les deux. Ils commenceront par un autoportrait au fusain, et feront le portrait de l'autre demain, après quoi ils compareront les duos. Cela promet d'être intéressant.

Pour ne pas épier leurs travaux et garder la surprise du résultat final, ils ont placé leurs chevalets dos à dos et se font face.

Le lendemain, ils adoptent la même stratégie pour réaliser leurs portraits. Elle l'observe en douce. Il est très concentré. Semble sourire malgré lui.

— On a dit un portrait, pas une caricature ! rit-elle.

— Pourquoi dites-vous ça ?

— Tu souris…

— Oui, et alors ? Ça ne veut pas dire que je me moque…

Emma se replonge dans sa toile. Dessiner ses traits, glisser le fusain qui court sur le papier : elle rougit d'y voir une caresse indirecte. Cela la force aussi à prêter attention aux détails qui auraient pu lui échapper jusqu'ici. Quand elle trace sa bouche aux lèvres parfaites, elle sent une légère chaleur gagner ses pommettes. Heureusement qu'il n'a pas été question de nu… elle serait au bord de l'apoplexie. Elle se demande à quoi il pense. Ses pensées ne sont-elles qu'artistiques ou divaguent-elles comme les siennes ? Est-il troublé, lui aussi ?

Il achève son travail avant elle. Va chercher dans les livres de l'étagère l'un de ceux qui traitent du portrait. De temps en temps, il lève la tête vers elle. La regarde le regarder sur le papier.

— J'ai terminé.

Il pousse un « Ah ! » de contentement.

Ils posent alors sur la table les portraits et les autoportraits à côté des originaux, de façon à voir les deux versions de chaque photo. Se taisent en accordant toute leur attention aux quatre dessins.

— Vous êtes sévère avec vous-même, conclut-il d'emblée.

— Pourquoi dis-tu ça ?

— Vous êtes plus terne, plus ridée et moins expressive sur votre dessin que sur la photo d'origine.

— Tu trouves ? Possible…

— Vous ne vous aimez pas beaucoup, je me trompe ?

— …

— Je ne veux pas faire de psychologie de comptoir, mais cela se voit sur votre autoportrait, et aussi sur le portrait que vous avez fait de moi.

— Ah bon ? En quoi corrobore-t-il tes dires ?
— Le portrait est beaucoup plus flatteur.
— Le tien aussi, se défend-elle.
— Mais parce que vous êtes comme ça ! Et dans la réalité aussi, croyez-moi. Surtout aujourd'hui.
— Oui, le coiffeur, ça rajeunit, élude-t-elle.
— Que vient faire le coiffeur là-dedans ? Vous ne feriez pas une petite fixation sur votre âge…
— Ce n'est pas une fixation, c'est un fait…
— Je ne trouve pas.
— Et Christine, tu la vois comment ?
— Mais ce n'est pas la question, c'est ma mère… Je ne sais pas. Je suppose qu'on lui trouve du charme, et puis elle est très coquette… Mais c'est ma mère, répète-t-il. Je ne la vois pas vraiment comme une femme… Je ne sais pas si je me fais bien comprendre.
— Si, c'est très clair.
— En tout cas, et je ne le dis pas pour vous mettre mal à l'aise ou vous taquiner, vraiment, ni pour vous flatter, mais… vous êtes une belle femme, Emma. N'en doutez pas… Votre mari a de la chance.
— Oh…
Cela lui échappe sans filtre et sans illusions. Le message passe spontanément :
— Julien s'en fiche…
— Mais regardez-vous aujourd'hui ! Vous rayonnez.
— Il ne le verra pas.
La confidence l'arrête net et le laisse en suspens. Il touche du doigt un sujet délicat. Il a déjà croisé Julien en quelques occasions. Un type plutôt sympa.

Soudain, il voit une larme perler au coin des yeux d'Emma.

— Je suis désolé si j'ai touché un point sensible. Je ne voulais surtout pas être indiscret…

— Ce n'est rien, ce n'est pas ta faute. Tu ne pouvais pas deviner… Revenons-en aux dessins : comment te trouves-tu sur mon portrait ?

— Plutôt pas mal. Vous êtes douée, on dirait la photo. Moi, je me suis un peu raté. C'est difficile, comme exercice.

— Je ne suis pas d'accord ; tu t'en es très bien sorti. Vraiment. Les tracés sont justes et les ombres maîtrisées.

— Merci…

Il a refréné un élan. Elle l'a senti.

— Je pense que tu as eu raison de penser à une reconversion. Avec un peu de travail, tu maîtriseras toutes les techniques, et alors tu pourras affiner ton style. Tu es encore jeune, tu as tout le temps de devenir un véritable artiste.

— Emma, désolé de cette question, mais pourquoi n'exposes-tu pas ? Pardon. Pourquoi n'exposez-vous pas ?

Elle sourit à cette marque spontanée de proximité. La première depuis qu'elle lui donne des cours. Elle la relève d'autant plus que, depuis quelque temps, ce vouvoiement lui pèse, elle le trouve un peu pénible, affecté, comme la marque d'une distance polie qui n'a plus lieu d'être.

Cette fois elle n'élude pas.

— Je ne sais pas trop. Je ne cherche ni la reconnaissance ni à me dévoiler. J'aime juste dessiner et peindre.

— Vous êtes trop modeste. Vous êtes très douée, on vous l'a déjà dit. D'après moi, il manque juste, à mon avis, un peu de couleur, de vie à vos tableaux. Comme si vous aviez peur de ce que vous pourriez exprimer. Votre manque de confiance en vous est si étonnant. C'est triste que personne ne vous ait aidée à vous en libérer…

— Je ne suis pas si sûre qu'il n'y ait personne. La preuve.

Il sourit avec pudeur.

— Je dois y aller. C'était un exercice difficile, mais très intéressant… Au fait, je ne pourrai pas venir demain. J'ai un rendez-vous.

— Ah…

— Un rendez-vous médical, précise-t-il.

Emma éprouve un soulagement idiot à cette précision.

— Rien de grave, j'espère ?

— Non, une carie… Enfin si, c'est grave, j'ai ce rendez-vous depuis six mois, et il va me priver du plaisir d'échanger avec vous.

— Flatteur, va.

— J'aime nos après-midi.

En une fraction de seconde, il attrape sa main et y dépose théâtralement un baiser. Elle rit de surprise, lui est déjà dehors comme pour échapper à sa réaction. *Moi aussi, j'aime nos après-midi*, pense-t-elle.

Elle le regarde s'éloigner avec un pincement au cœur. Il vise juste. Par sa simple façon d'être. Par son regard sur elle. Par le trouble qu'il lui inspire malgré elle. Grâce à lui, elle renaît à sa propre féminité. Elle oublierait presque son âge… Vingt ans d'écart. Impensable. Pour elle ou pour la société ?

Vivien

Cousin du marié,
trente-sept ans

Dans la vie, on fait des choix dont on a du mal à se remettre. Ce jour-là, je sais ce que j'ai fait. Mais, dix ans après, je ne sais toujours pas ce que j'aurais dû faire. Enfin si : je n'aurais pas dû les laisser seules, et donc… je n'aurais pas dû me mettre en colère. Comme souvent, alors. Le caprice de Lisa m'avait excédé… Elle voulait rester dans l'eau. Elle criait. Madeleen a cédé. « On est en vacances, il faut en profiter un maximum ! Laisse-la… » Et voilà comment je les ai laissées, justement, toutes les trois dans la piscine. Comment je suis monté dans notre chambre au deuxième étage de l'hôtel. Comment je me suis retrouvé comme un con sur le lit, à faire la gueule et à ruminer… Et comment je n'étais pas là quand Elle est arrivée. Je n'ai rien vu venir. Quand j'ai entendu le fracas et les hurlements, je me suis précipité sur le balcon, et j'ai vu que tout avait été emporté. Saccagé. Qu'elles avaient disparu.

J'ai hurlé comme un damné.

J'aurais dû les forcer à monter avec moi. Ou bien j'aurais dû rester avec elles et mourir avec mes trois anges.

Au lieu de ça, je suis un « survivant ». Un mort vivant plutôt. Je ne fais que survivre depuis le drame. Ma vie aujourd'hui n'est que culpabilité. De ce que j'ai fait à ce moment-là, juste avant… du choix de la destination pour nos vacances de Noël. Un paradis terrestre. Quelle effroyable ironie !

Vivre est un choix. Continuer de vivre est un choix que je fais tous les jours. Et je ne sais même pas pourquoi. Peut-être pour mes parents.

Pour ma famille. Pour ne pas causer un malheur supplémentaire. La mort m'a si souvent tendu les bras…

Je vois les gens sourire autour de moi, c'est beau, mais je n'y arrive plus. Je ne sais plus comment faire. Je devrais sourire pour quatre. Mais rien ne vient. Le bonheur des autres me fait mal, encore. Je ne suis pas guéri. Je crois que je ne le serai jamais.

11

Ce mardi après-midi solitaire est un peu douloureux. Emma fonctionne au ralenti. Ses gestes sont lents, hésitants. Sans cesse, elle doit se remettre à la tâche. Rien ne vient. Ses pensées sont volatiles. Elle pense à Martin. Encore. À l'ambiguïté entre eux qu'elle ne peut plus nier. À moins qu'elle ne projette sur lui ses propres fantasmes ?

Elle pense aussi à Julien. Hier soir, au dîner, il lui a encore raconté les problèmes du jour, à la banque. Cela fait plus de vingt ans qu'elle a l'impression d'entendre les mêmes anecdotes, les mêmes plaintes, les mêmes mots. Avant, elle l'écoutait avec patience et tendresse. Ces derniers temps, cela l'ennuie profondément, et elle se glisse dans d'autres pensées. Et quand il lui a demandé comment cela se passait, avec « son élève », elle n'a pu cacher son enthousiasme pour les progrès de Martin.

L'après-midi traîne en longueur. Elle a abandonné son chevalet au profit du canapé de son salon. Les yeux clos, plongée dans une douce torpeur, elle est brutalement arrachée à ses pensées par la sonnerie du téléphone.

— Allô, maman ?

— Oui, ma Lison. Tu as de la chance de me trouver à la maison. Je suis à l'atelier à cette heure-ci, d'habitude.

— J'ai tenté ma chance. J'aurais enchaîné sur ton portable.

Le ton de sa voix est aigu, survolté. Emma connaît sa fille : cette exaltation signifie qu'elle est contente.

— J'ai quelque chose à te dire, maman.

— Oui, je m'en doute un peu au son de ta voix.

— Tu es assise ?

Emma craint le pire. Sa fille la connaît…

— Oui, dit-elle en se rasseyant prudemment.

— Maman, je suis enceinte !

— …

— Tu vas être mamie ! C'est génial, non ?

Emma accuse le coup rapidement, afin de répondre au mieux à la joie surexcitée de sa fille qui n'apprécierait pas la stupéfaction douloureuse imprimée sur son visage.

— Oui, oui… certainement. C'est pour quand ?

— Pour Noël ! Oh, là, là, je suis tellement contente… Je ne pouvais plus attendre pour te le dire, et comme je ne sais pas quand on se verra…

— …

— Ça va, maman ?

— Oui, oui, je ne m'y attendais pas si tôt, c'est tout. Je ne savais pas que c'était dans vos projets… Je n'ai pas eu le temps de me préparer.

— Maman, c'est moi qui vais accoucher. Tu as besoin d'une préparation ?

— Mais tu étais encore mon bébé hier, ma chérie… dit-elle, interrompue par un sanglot dans sa voix.

— Maman, j'ai vingt-trois ans ! Je suis grande… J'ai toujours souhaité être une maman jeune, comme toi, je ne te l'ai jamais dit ?

— Non… non, non, je te garantis que tu t'es bien gardée de m'en parler, ma petite fille, crois-moi, je m'en souviendrais, et puis l'époque n'était pas la même.

— Tu vas être une jeune grand-mère ! C'est bien, non ? Tu es contente ?

— Mais bien sûr, mon cœur, bien sûr…

Quand sa fille raccroche, Emma reste le téléphone en main, complètement hébétée. Elle va être grand-mère. Quelle horreur… si jeune ! Elle est encore maman, elle n'a pas eu le temps d'être entre les deux âges, que déjà la nouvelle génération pointe le bout de son nez. Hier, elle se sentait rajeunie par une coupe de cheveux, aujourd'hui, elle prend un coup de vieux qui anéantit tout espoir de ralentir la course du temps. Elle est vieille. Pour toujours.

C'en est irrémédiablement fini de sa vie de femme. Dans quelques mois, elle ne sera plus qu'une grand-mère. Oh, évidemment, elle sera ravie de pouponner, de retrouver les joies du babillage, de l'odeur de la crème pour bébés et des balades en poussette. Ce n'est pas le problème. Le problème est identitaire et profond. Elle va changer de génération sans même changer d'âge.

Quand elle en parle, le soir, à Julien, il est surpris de son manque d'enthousiasme. Il ignore qu'elle en a même pleuré. Il trouve que c'est une chance, même si pour lui la retraite est encore loin et qu'il ne pourra pas profiter autant de son premier petit-enfant. Oui, c'est une chance : ils seront sans doute arrière-grands-parents avant leurs quatre-vingts ans. « Tu te rends compte ! » Cette dernière remarque a le don d'achever Emma. Il ne manquait plus que ça : s'imaginer en arrière-grand-mère !

Bon, elle a encore quelques mois devant elle pour s'y faire. Elle s'en veut de son absence de joie, mais c'est plus fort qu'elle. Si elle avait pu choisir, elle aurait préféré que cela n'arrive que dans une dizaine d'années.

*

— Mais c'est génial ! s'exclame Janelle. Ma petite Lison va être maman… Comme c'est attendrissant !

— J'ai l'impression que ma vie m'échappe et qu'elle se joue sans moi.

— Pourquoi dis-tu ça ?

— Oui, je sais, je devrais avoir honte… mais je ne suis pas prête à être grand-mère. Je suis trop jeune ! Déjà que je me sentais vieille, ces derniers temps. Là, ça me plombe, je te jure.

— D'accord, admettons que ce soit un choc pour toi. Tu vas t'en remettre ! D'ici l'arrivée du bébé, l'idée aura mûri dans ton esprit et tu seras prête. C'est évident…

— Mais bien sûr que je serai heureuse de voir ce petit être arriver dans nos vies et de m'en occuper comme une mamie ! Mais, tu comprends, c'est ce changement de statut… Comme une deuxième ménopause, qui te relègue dans le camp des femmes qui sont dans la troisième partie de leur vie…

— Tu dramatises. L'âge et le fait de devenir grand-mère ne sont pour rien là-dedans… Tout se passe dans la tête, crois-moi. Si tu le décides profondément, tu resteras jeune. C'est un état d'esprit avant tout.

— Si tu le dis…

— Mais bien sûr, voyons ! Depuis quand es-tu si pessimiste ?

— Je te l'ai dit… Parfois, j'ai plus l'impression d'être spectatrice de ma vie qu'actrice. Les événements se succèdent et je les regarde défiler, comme une vache un train, rit-elle un peu amèrement.

— Tu dramatises… et on peut dire que tu as le sens de l'image peu flatteuse ! Tu n'es pas heureuse ?

— J'ai tout pour être heureuse sur le papier… mais je me sens vide. Je ne sais pas vraiment pourquoi.

— Moi, je crois que tu sais…

Emma regarde sa sœur.

— Je n'ai plus de flamme intérieure. Elle s'est éteinte, je ne sais pas comment la rallumer.

— Et Julien ?

— Julien… Il ne sait pas, ne peut pas ou ne veut pas s'en occuper. Il tourne autour des braises, mais en reste loin comme s'il craignait de s'y brûler alors qu'elles sont déjà froides.

Janelle reste pensive, impuissante à réconforter sa sœur.

— Tu vas trouver un moyen…

— Je me le souhaite, fait Emma avec un sourire triste.

— Ça va aller, j'en suis sûre.

*

Pour avoir cette conversation avec sa sœur, qui habite à une cinquantaine de kilomètres de chez elle, Emma s'est privée de son après-midi avec Martin.

Lorsqu'ils se retrouvent le jeudi après deux jours de séparation, Emma a dans le regard une lueur de tristesse qui n'échappe pas à Martin.

— Tout va bien ?

— Oui…

— Je connais des « oui » plus convaincants, dit-il en hochant la tête.

— C'est juste que j'ai appris quelque chose, mardi, quand tu étais à ton rendez-vous… C'est censé être une bonne nouvelle, mais j'ai du mal à la digérer. C'est tout.

— Vous ne voulez pas m'en parler ?

— Peut-être…

— Ça fait du bien de parler. J'en sais quelque chose, glisse-t-il en ponctuant sa phrase d'un clin d'œil.

— C'est vrai. D'ailleurs, j'en ai parlé avec ma sœur hier. C'est pour cela que j'ai annulé.

— Pas de souci.

Il attend la suite. Emma se laisse tomber sur le canapé.

— C'est ma fille… Elle est enceinte.

— Mais ça a tout d'une bonne nouvelle ! s'exclame-t-il.

— Oui… mais ça veut dire que je vais être grand-mère…

— Et c'est quoi, le problème ? Vous serez merveilleuse, j'en suis sûr.

— Je ne suis pas prête.

Ses yeux s'embuent.

— Emma…

Il s'approche, se baisse pour la regarder par en dessous et croiser les yeux qu'elle rive au sol.

— Je me sens vieille.

— Ah, c'est donc ça ! Encore ! Mais c'est une obsession chez vous…

— Certainement, oui… Tu es jeune, tu ne peux pas comprendre cette impression que la vie vous échappe et qu'elle file vers la fin en ayant le sentiment de ne pas avoir assez vécu…

— C'est l'impression que vous avez ? Mais vous faites plein de choses dans la vie… C'est riche, tout cela.

— Oui, mais ça ne suffit pas à enrichir l'intérieur. Il me manque quelque chose d'essentiel.

— Comme à moi.

Elle a un petit rire parce que, finalement, il leur manque la même chose à tous les deux. Mais elle ne peut pas le dire… ou bien faut-il l'insinuer ?

— Oui, c'est vrai, convient-elle. L'amour, c'est l'essentiel. C'est ça qui rend vivant…

Elle a relevé ses yeux, il s'est redressé, et leurs regards se sont accrochés l'un à l'autre.

— Il me tarde de vivre, alors, dit-il. Mais vous… votre mari vous aime ?

— Oui, à sa façon.

— Ah.

Il semble avoir compris l'abîme qui peut couper un couple en deux. Il ignore pourtant combien le désert charnel peut ôter toute la sève d'un corps, jusqu'à assécher aussi le cœur. Elle se relève, il se redresse simultanément. Ils se tiennent face à face, dans un temps suspendu et maladroit. Ils se sont compris.

Il faut pourtant briser cet instant de flottement et reprendre le cours de la réalité.

— C'est sans doute complètement déplacé, mais je suis tenté de vous prendre dans mes bras. Un câlin de réconfort…

Emma baisse la garde. S'avance d'un petit pas vers lui. Il la prend dans ses bras. Timidement. Chastement. Il la tient ainsi, assez maladroitement, même. Emma se laisse faire, un peu surprise de cette étreinte. Comme il est grand, son visage à elle est à hauteur de son cou. Il sent bon… Les larmes naissent au coin de ses yeux. Instinctivement, il resserre un peu ses bras sur elle, sans la plaquer contre lui. Elle lui sait gré de sa pudeur et de son respect. Succombe à un trop-plein d'émotion et de bienveillance auxquelles elle n'est plus habituée. Elle se détache, pour essuyer les gouttes de sel qui dévalent bêtement le long de ses joues. S'excuse.

— Vous n'avez pas à avoir honte, Emma. Vous êtes émouvante dans votre fragilité. Dire que ma mère vous croit forte…

— Je n'en ai peut-être pas l'air, mais je le suis aussi… Je traverse juste une passe un peu difficile.

— Je comprends.

— De toute façon, les apparences… Toi, par exemple, qui pourrait deviner… ton complexe ?

— Vous voulez dire qu'il n'est pas écrit « puceau » sur mon front ? demande-t-il, préférant en rire.

— Je ne sais pas ce qu'il y a d'écrit, mais… moi, je vois bien autre chose.

Le sourire et la voix d'Emma sont doux… Martin semble lutter contre une attirance nouvelle, tout en cherchant à en savoir plus… comme s'il avait envie de s'aventurer sur un chemin un peu risqué.

— Et vous voyez quoi ? demande-t-il avec une curiosité empreinte d'un grand sérieux.

— Je vois un homme sûr de lui. Sincèrement, j'ai encore du mal à croire ce que tu m'as dit.

— Vous ne me croyez pas ?

— Je n'ai pas dit ça. Je dis que tout, dans ton apparence et dans ton attitude, porte à croire que c'est impossible…

Elle rougit, comme si elle allait un peu trop loin, comme si elle craignait que son attirance contre nature ne se révèle à lui. Il a un haussement de sourcils un peu coquin qui semble vouloir dire en substance : « Si vous me voyiez à l'œuvre, vous n'auriez plus aucun doute. »

— Et pourtant…

Il s'assombrit tout à coup.

— Besoin d'un câlin de réconfort ?

Il hoche la tête, elle le prend dans ses bras, un peu comme une mère.

— Ça se passera bien… Je suis sûre que tu seras un amant merveilleux.

Il se dégage et la regarde avec un air vaguement interrogatif. Elle n'a pas trop réfléchi à sa formulation. Elle est tellement persuadée, intérieurement, qu'il sera parfait, un jour… Elle l'a tellement imaginé que c'est sorti tout seul.

— Je peux savoir ce qui vous fait dire ça ? demande-t-il en rougissant.

— Mon intuition, résume-t-elle avec ingéniosité.

— Et ça veut dire quoi, « un amant merveilleux » ?

— Un homme qui sait donner du plaisir à une femme… qui est attentif et à l'écoute de ses besoins à elle.

Le regard qu'il pose sur elle s'empreint de fièvre, comme s'il se projetait déjà dans le désir et dans l'action… ou comme s'il imaginait Emma en train de faire l'amour. Il refrène une envie soudaine, préfère revenir à une réalité concrète :

— Pour ça, il faudrait déjà que j'apprenne… les bases, si l'on peut dire.

— Ça ne s'apprend pas… Il suffit d'essayer.

Il semble perplexe.

— Mon problème, ce n'est pas après… c'est la première fois. Vous savez, celle qu'on est censé vivre à dix-sept ans.

— C'est une moyenne… Et tu n'es pas le seul. Il y en a d'autres comme toi, qui…

— Ça ne me console pas, désolé.

Elle lui adresse un sourire bienveillant et compréhensif. Autant arrêter là cette conversation où ils ont mêlé leurs questionnements douloureux et où, subrepticement, une forme de désir interdit s'est placée entre eux. Leurs mots, leurs regards, l'atmosphère elle-même ont changé.

Il est temps de se remettre à la peinture, mais aucun des deux n'a vraiment le cœur à ça.

Pierre

Oncle du marié,
cinquante-cinq ans

La machine à laver a lâché. C'est vraiment la tuile, juste avant les vacances. Pourquoi faut-il toujours que ça se passe comme ça ?

J'ai plus un rond. Va falloir que j'emprunte de la thune.

Je leur ai dit, au magasin, qu'ils avaient intérêt à me conseiller correctement, parce que la dernière n'a pas duré longtemps. M'ont dit qu'il fallait y mettre le prix, acheter de la marque. Tu parles, ils me prennent vraiment pour un con. Tout le monde sait bien que même les marques, ça dure pas non plus. Enfin bref, je suis bien avancé. Quitte à racheter une machine, je ne sais pas si je dois en prendre une bas de gamme qui va me claquer dans les doigts dans six mois ou si je dois « mettre le prix », et qu'elle me lâche six mois après la première.

Quelle plaie !

Bon, alors, elle se décide ? Elle en met du temps à dire « oui » !

12

Emma a réfléchi toute la nuit. Une nuit peuplée de rêves obscurs et chauds, entre veille et sommeil. Elle s'est réveillée maintes fois en nage, le cœur battant, le corps vibrant. Essoufflée, désorientée par les images et les sensations bien réelles de son corps oublié qui renaît dans ses draps. Martin, ses yeux, ses mains étaient là, partout, dans ses rêves, dans son lit, en elle… Elle n'a jamais passé une nuit aussi érotique. Ou alors cela fait bien trop longtemps pour qu'elle s'en souvienne.

Au matin, à l'heure du bilan, le constat est lourd à porter. Il lui plaît, elle le désire. C'est ainsi. Ça n'a aucun sens, mais c'est ainsi. Elle se torture à la pensée de leur différence d'âge, elle se déteste de vouloir tromper son mari, elle préfère ne pas penser à Christine… Si elle réfléchit à tout cela, elle n'est qu'un monstre coupable. Et tout à fait égoïste. Étrangement, au fond d'elle, se dessine un début de solution, une porte de sortie pour sa morosité. Et si Martin la sauvait autant qu'elle pouvait l'aider ? Avec lui, par ses regards, elle se sent femme, finalement. Désirable, cela reste à voir…

Elle sort de son lit, déterminée. Si indécente soit-elle, elle va lui faire cette proposition qui lui est venue dans la nuit…

Elle file dans la salle de bains, se plante devant la glace et se regarde. A-t-elle changé en une nuit ? Peut-être… Elle se passe une main dans les cheveux pour leur donner une forme plus acceptable. Ôte sa chemise de nuit et se regarde, totalement nue, elle qui, d'habitude, se fuit. Elle se regarde, et tente de se juger sans trop de dureté, à défaut d'objectivité. Imagine les yeux de Martin sur elle. Heureusement, elle a gardé une poitrine relativement juvénile, qui ne tombe pas. Sa peau, hormis celle de son ventre, n'est pas spécialement fripée. Son buste est assez joli.

Mais comment pourrait-il vouloir d'elle ?

La peur s'empare d'Emma. La peur de se tromper, de se ridiculiser, d'être jugée et rejetée. D'avoir tout gâché… Mais, au fond d'elle, il y a une petite lueur d'espoir qui lui dit que Martin n'attend que ça depuis des semaines. Qu'il rêve d'elle comme elle rêve de lui…

Cet après-midi, elle va lui faire sa proposition. Se porter candidate pour être sa première femme.

Et c'est la première fois de sa vie qu'elle s'apprête à faire quelque chose d'aussi fou.

*

Elle l'attend dans l'atelier, dans un état de nervosité extrême. Tremble même un peu en préparant les peintures. Elle se contrefiche de ce qu'ils vont faire aujourd'hui. Ce n'est pas le sujet du jour. Des heures qu'elle s'emmêle l'esprit à chercher des formulations possibles, des heures qu'elle s'imagine la scène et les réactions de Martin : Martin, comment me trouves-tu ? Martin, est-ce que tu pourrais me désirer assez pour… ? Martin, que dirais-tu si… ? Martin, Martin… Martin… Il y a tellement d'options possibles. Sa peur confine au vertige. Son cœur cogne dans sa poitrine. Une sensation oubliée. Elle est rouge d'émotion.

Il s'annonce au carreau. L'adrénaline monte d'un cran. Emma se lève, va lui ouvrir. Elle essaie de se donner une contenance, mais a l'assurance d'une ado énamourée devant le garçon qui lui plaît depuis trois ans au collège et à qui elle n'a jamais osé parler… Si elle voyait la scène, c'est sûr, elle se trouverait nulle.

— Bonjour, Emma. Vous allez bien ?

— Oui, oui, ça va… souffle-t-elle.

Elle se dirige vers le frigo, en sort une bouteille d'eau fraîche. Attrape des citrons et du sucre. Taille les fruits avec une nervosité visible qui n'échappe pas à Martin.

— Vous êtes sûre que ça va ?

Elle lève vers lui des yeux un peu fiévreux. Son regard à lui va de ses yeux à sa poitrine. Elle a choisi, à dessein, de porter un chemisier très féminin au décolleté assez prononcé. Elle a voulu le tester avant de se jeter à l'eau. S'il se montrait tout à fait indifférent, elle n'irait pas plus loin. À quoi bon se rendre ridicule… Mais la réponse est là : son regard régulier sur ses seins est suffisamment éloquent. Martin a pris des couleurs et semble respirer plus vite… ne plus trop savoir où se mettre.

Emma suspend la préparation de la citronnade, se redresse. Elle ne sait pas si elle doit attaquer de front ou de biais, aller droit au but ou faire quelques lacets. Mais il faut se lancer. Autrement, elle n'en aura jamais le courage.

— Martin, je voudrais te dire quelque chose, mais… c'est très difficile.

Il la fixe droit dans les yeux, d'un regard qu'elle trouve brûlant. Semble se ressaisir enfin pour dire :

— Allez-y… Qu'avez-vous à craindre ?

Il est à deux mètres d'elle, de l'autre côté de la petite table de cuisine.

— D'abord, je voudrais savoir…

Il l'encourage d'un regard souriant.

— Je voudrais savoir… comment tu me considères…

— Je ne comprends pas bien votre question.

— Est-ce que je suis avant tout l'amie de ta mère ou ta prof de dessin ?…

— Vous êtes Emma. Je vous vois tout entière, et pas avec une étiquette. Et je vous apprécie beaucoup, pas parce que vous êtes l'amie de ma mère ou que vous êtes une bonne prof… J'apprécie d'échanger avec vous sur tout et n'importe quoi…

— Oui, n'importe quoi… ça pourrait le devenir si tu ne m'arrêtes pas.

Ces pensées ont échappé à Emma.

— Je ne vous suis pas vraiment, avoue-t-il.

— Et physiquement ? Tu me trouves comment, physiquement ?

Il la regarde, surpris d'être interrogé de la sorte. Tente d'interpréter ces questions pour lesquelles il n'oserait trouver de rapport avec son décolleté inhabituel qui le trouble beaucoup trop.

— Ah, je vois, toujours ces questions sur votre supposé grand âge… Mais vous ne faites pas votre âge, que j'ignore, d'ailleurs, mais que je suppose… Et puis, je m'en fiche complètement, de votre âge, si vous voulez tout savoir… Je crois surtout que vous êtes complexée et que vous n'avez plus confiance dans votre pouvoir de séduction, alors… C'est ça, vous voulez juste mon avis de jeune confident ?

— Oui, je veux bien l'entendre.

— Évidemment que vous plairiez à un homme, si c'est la question.

— … Et à toi ?

— Pardon ?

Son visage ne cache pas son incrédulité. Il ouvre de grands yeux ébahis. C'est le moment ou jamais. Revenir en arrière va s'avérer impossible.

— À toi… répète-t-elle, d'une voix qui s'étrangle.

— Vous êtes en train de me demander si vous me plaisez ? À moi ? Je suis censé répondre quoi ? C'est un piège ?

— Non, j'attends juste une réponse honnête…

— Je suis sûr que vous le savez déjà… mais je ne

comprends pas à quoi vous jouez. Car vous jouez, Emma, n'est-ce pas ?

Elle a un sourire dans le vague un peu triste. Mais se reprend. Plante ses yeux dans les siens et s'y accroche avec une détermination fragile.

— Hier, tu as dit, je ne sais plus comment, qu'il te restait à apprendre…

Il attend la suite avec une intensité dans le regard qui la ferait trébucher.

— Je veux bien… si tu veux bien… t'apprendre, lâche-t-elle dans un souffle.

Il n'a pas l'air de bien comprendre. Esquisse un demi-sourire. Pique un fard.

— Vous me faites marcher…

— Pourquoi, parce que c'est indécent ? Je te déçois, c'est ça ?

— Pas du tout ! J'ai juste du mal à le croire. Vous feriez ça, vraiment ?

— Je sais, ça n'a rien à voir avec les raisons qui t'ont amené ici…

Elle déglutit avec peine. Respire vite. Attend le verdict, vulnérable. Elle a dix-sept ans face au garçon qui lui plaît.

— Pour répondre à votre question, oui, vous me plaisez, Emma… Pour répondre à votre proposition, je ne sais pas quoi dire. C'est tellement…

— Gênant ? Scandaleux ?

— Non ! rit-il. Généreux. Je voulais dire : généreux. Et inattendu, aussi. Vous me troublez. Je ne sais plus où je suis.

Il fait quelques pas nerveux pour s'éloigner des

yeux d'Emma et de ses attraits, et essayer de comprendre.

— Mais pourquoi ? Pourquoi cette proposition ? demande-t-il finalement, au bout de quelques secondes qui n'ont en rien atténué son trouble.

— Il te faut des raisons à tout ?

— Quelles qu'elles soient, peu importe.

Emma réfléchit, tentée d'expliquer sa démarche.

— Je vais te les donner, dit-elle après un silence. D'abord, il y a toi… Je suis touchée par qui tu es, la faille qui est la tienne et notre proximité… J'ai envie de t'aider, en quelque sorte. Cependant, cela n'aurait pas été possible si j'avais été heureuse en ménage. Mais… mon mari ne me touche plus, ne m'embrasse plus… et j'en suis vraiment malheureuse. J'ai l'impression de ne même plus savoir comment on fait l'amour. Il faudra être indulgent avec moi, aussi, si jamais…

Il sourit avec bienveillance et un brin de tristesse, d'un air qui semble dire « évidemment ».

— Mais pardonne mon impatience, reprend-elle. J'ai besoin de savoir si ma… « proposition » t'intéresse.

— Il faudrait être difficile.

Emma retient son souffle. A-t-elle bien entendu ? Pourrait-il la désirer ? Dans ses yeux, elle croit lire un grand OUI.

— Ah bon, vraiment ? Mais, dans tes rêves, j'imagine qu'elle n'avait pas le double de ton âge… essaie-t-elle, comme une tentative pour le décourager.

— Vous exagérez…

— On a dix-neuf ans d'écart, si tu veux tout savoir. C'est beaucoup…

— Ça n'a aucune importance pour moi.

— Alors, c'est oui ? demande-t-elle, avec une supplication pleine d'espoir.

— Oui…

Il y a une pépite qui brille au fond de ses yeux noirs. Emma esquisse un sourire. Elle se sent encore un peu bête. Gauche. Mais encore plus électrisée.

— Vous avez pris du retard dans la citronnade. Je vais vous aider.

Ils s'asseyent à la petite table. Il la regarde avec un intérêt croissant. Et un léger sourire où l'on peut lire un mélange de contentement, de désir et de sérénité.

— Je voudrais que tu me tutoies, dit-elle sans détacher les yeux du citron qu'elle découpe avec une concentration peu crédible.

— Je crois que je vais y arriver.

Le silence s'insinue entre eux, mais la proximité physique est là, nouvelle, troublante, palpable. Leurs yeux s'agrippent, ne se lâchent pas, se parlent du désir qui peut s'assumer, de l'envie mutuelle qu'ils ont de succomber. La table est petite, leurs bras se frôlent. Auparavant, soit ils auraient évité ce contact, soit ils n'en auraient pas eu conscience… À présent… Il lui tend un citron, qu'elle saisit délicatement entre ses doigts. La scène fait écho dans l'esprit d'Emma à un vieux film des années 1990 qu'elle avait adoré. Une scène torride et pourtant platonique, où le désir s'invite lors de la confection d'une citronnade. Le hasard ne manque pas d'humour… Finalement, leurs mains se cherchent et se rejoignent. Ce simple contact les électrise. Elle retient son souffle, il pousse un soupir.

Des frissons les parcourent tous les deux. Au-delà du toucher, l'émotion pure affleure.

Ils se regardent d'un œil neuf. Elle est soulagée, il est encore stupéfait. Un jour, elle sera à lui. Pour lui. Peu importe quand ou comment. L'essentiel a été dit…

— Je suis incapable de dessiner aujourd'hui, je crois, confesse-t-il.

— Moi aussi.

— Vous… tu m'as désarçonné.

— Tu vois, ce n'était pas si difficile… le tutoiement, je veux dire.

— Je ne pensais pas que cela viendrait si vite… du moins pas si facilement…

Il a retrouvé son sens de l'humour. Il semble heureux et serein. Emma, elle, est déjà revenue à ses doutes, en est à se demander si elle saura faire. À quand remonte la dernière fois déjà… Où cela la mènera-t-il ? Comment le savoir ?

— Et… euh… Enfin, si tu le souhaites toujours, tu vois ça comment ? demande-t-il en rougissant un peu.

Elle-même sent le feu gagner de nouveau ses joues, mais s'entend spontanément répondre :

— Je ne sais pas… Pas ici, en tout cas.

— Je comprends, je pourrais m'en occuper, si tu veux…

Il a parlé avec tant de douceur que tout lui semble simple.

— Je veux bien.

— Un après-midi ?

— Je ne sais pas… À vrai dire, je n'y ai pas réfléchi… admet Emma.

— Si tu es d'accord… je… je voudrais… j'aimerais que nous puissions prendre notre temps… Je ne veux pas gâcher le cadeau que tu me fais en prévoyant un créneau horaire, je ne veux pas en faire un cinq à sept sordide, j'aimerais passer le plus de temps possible avec toi.

Emma est si touchée par ses mots, son élégance, qu'elle en oublie, un instant seulement, leur différence d'âge et d'expérience.

— Je vais y réfléchir, d'accord ? On en reparle demain ? Cela nous laisse le temps d'y penser chacun de son côté. Nous ferons de ce moment un joli moment, c'est promis.

Se sentant compris dans son attente, il se lève brusquement. Elle l'imite comme un automate.

— Je vais y aller, Emma. C'est… plus sage pour aujourd'hui… J'ai trop envie de t'embrasser. Et même plus…

Il la regarde avec tant de désir qu'elle en est bouleversée. Oui, il vaut mieux qu'il parte.

Il attrape sa main, la presse dans la sienne, dépose un baiser appuyé au coin de ses lèvres, inspire à pleins poumons son parfum, comme pour absorber par tous les pores de sa peau l'odeur d'Emma, puis s'enfuit plus qu'il ne part, sans ajouter un mot.

Elle reste pétrifiée. Chamboulée. Consumée de désir.

Absolument chavirée par cet homme.

*

— Je peux ?

— Oui, répond-elle avec un sourire charmé.

Martin est entré dans l'atelier sans frapper, quelques minutes avant l'heure habituelle de leur cours, visiblement il ne regrette pas leur conversation de la veille. Elle comprend que l'appréhension qui l'a gagnée ce matin n'était pas justifiée. Il s'approche d'elle, prend sa tête entre ses mains. La regarde droit dans les yeux. S'avance encore millimètre après millimètre, pour lui donner le temps de frissonner. Pose délicatement ses lèvres sur celles d'Emma, qui se laisse faire, s'offre sans bouger. Mais il prolonge ce baiser, lui fait prendre un tour plus passionné, cherche sa langue. Elle s'abandonne. Le désir irradie son ventre. Elle avait oublié… elle qui pensait ne plus jamais vivre ça. Ce qu'elle ressent tient de l'indescriptible.

— J'ai toujours rêvé d'un baiser de cinéma, se justifie-t-il quand il s'interrompt enfin pour reprendre son souffle.

— Merci de me donner l'occasion d'en revivre un.

Il la prend dans ses bras, l'étreint de toutes ses forces, tout contre lui. L'embrasse tendrement.

Cette fois, ils peignent ensemble. Une toile pour deux. L'occasion de faire éclater leur complicité, de se taquiner, de jouer… Emma rajeunit. Il lui fait du bien. Ça ne s'explique pas : c'est comme ça.

Avant qu'il parte, leur accord est scellé : dès qu'Emma aura pu s'arranger, ils s'évaderont durant tout un week-end, assez loin d'ici. Leur aventure durera deux jours.

Charles

Grand-oncle du marié,
quatre-vingt-un ans

C'était il y a quarante ans.

Les médecins nous avaient prévenus : une autre grossesse était risquée, un autre accouchement dangereux. Risque vital.

Elle a été enceinte. Une septième fois. À cette époque, on ne choisissait pas : les enfants s'imposaient d'eux-mêmes dans le ventre des femmes. Par la grâce de Dieu.

Elle connaissait les risques. Elle avait même préparé son linceul dans l'armoire de notre chambre.

Elle est morte en accouchant.

Le bébé aussi.

Je ne sais pas si j'aurais su l'aimer.

13

Pendant quinze jours, ils ne se sont pas vus. Pas d'atelier. De toute façon, ils étaient incapables de travailler. Et puis… Emma avait posé ses conditions : ils n'avaient plus le droit de se parler, sauf par écrit. Le manque et la perspective des moments qu'ils allaient passer ensemble avaient aiguisé leur désir, chaque jour un peu plus. Dans ses messages, Martin se révélait subtil et impatient. Emma se sentait princesse. Ils passaient leurs après-midi à échanger ainsi. À jouer à faire monter le désir. Emma s'en amusait autant qu'elle s'enfiévrait. Son corps était redevenu vivant. Il éprouvait… Elle ressentait de nouveau dans son cœur comme dans son ventre les papillons oubliés, les vagues, les frissons. Elle prenait soin de son enveloppe corporelle tout particulièrement, pour avoir une peau aussi douce que possible. Elle avait également acheté un peu de lingerie fine… Elle n'avait rien négligé pour être à la hauteur de son jeune amant. Juste une fois… il fallait que ce soit réussi.

Elle pensait à lui avant tout. Elle voulait le combler. Y mettrait un point d'honneur.

Elle pressentait qu'elle-même récolterait les fruits de cette escapade. Déjà, elle se sentait revenue dans son corps, dans la vie.

Avec Julien, rien n'avait changé. Il avait sans doute remarqué qu'elle était plus coquette, plus enjouée. Mettait cela sur le compte de la belle saison. Était content d'avoir retrouvé une femme à l'humeur au beau fixe, comme à l'époque où les enfants étaient encore sous leur toit. Elle semblait, aussi, se faire de mieux en mieux à l'idée d'être grand-mère. Ce qu'elle avait d'ailleurs dit à Lison, lors de son dernier passage. Non, vraiment, Julien ne voyait rien d'autre que ce qu'il voulait voir.

De son côté, Emma s'était vite étonnée de son manque de culpabilité. Peut-être parce qu'elle avait conclu que la responsabilité de Julien était au moins aussi grande et lui incombait ? Toujours est-il qu'Emma avait décidé que sa résolution était la bonne pour elle. Qu'elle était vitale. Quelles qu'en soient les conséquences, elle assumerait.

*

Ils se sont donné rendez-vous sur un parking à l'écart de la ville, ce samedi matin. Elle y laisse sa voiture. S'avance vers Martin avec un sourire entendu, un peu timide aussi. Ils sont seuls. Elle pose son sac devant lui. L'étreint avec chaleur. L'embrasse fougueusement. C'est une autre Emma. Martin est conquis, fébrile. Ces quinze jours sans se voir l'ont rendu plus sensible encore à ses charmes féminins. Emma est rassurée.

Durant le trajet en voiture, ils discutent de tout et rien, rient. Ils ont le même âge. Sont sur la même longueur d'onde. Emma se sent légère.

Elle a eu quinze jours pour faire le point sur sa culpabilité et assumer ce qu'elle s'apprête à faire. À présent, elle est déterminée. Elle ne se pose pas de questions sur l'après, puisque tout est clair entre eux. Elle s'en souciera le moment venu, si cela se révèle nécessaire.

Ils arrivent au bout de trois heures. C'est Martin qui a choisi la destination et réservé l'hôtel. Suffisamment loin de tout et de tous pour ne pas être inquiétés. Chacun s'est construit un alibi. Christine ne fera sans doute pas le lien…

C'est un petit hôtel de charme perdu en pleine campagne. Martin ouvre la portière à Emma et la laisse pénétrer la première dans la bâtisse de pierre. Galant, si respectueux. Ils sont guidés jusqu'à leur chambre. Celle-ci est d'un romantisme éclatant, le cadre idéal. Une baignoire d'angle à remous se trouve dans un coin. Ils se retrouvent seuls, à l'abri de tout regard. Il se tient face à elle. La dévisage avec un sérieux souriant. Cette expression à elle seule le résume tout entier, pense-t-elle. Il glisse la main sur son visage, l'embrasse tendrement. Puis un peu plus fougueusement.

— On va manger ?

Elle rit, surprise.

— Toi, je te consommerai plus tard… On a tout le temps, s'amuse-t-il, et j'ai réservé une bonne table dans le coin.

*

— Comment te sens-tu ? lui demande-t-elle quand ils sont au restaurant.

— Parfaitement bien. Comment pourrait-il en être autrement ?

— Tu n'es pas stressé ?

— Non. Parce que c'est toi… Et toi ? Pas le trac ?

— Non. Mais je préfère ne pas réfléchir et ne pas anticiper.

— Merci, Emma… Si je ne te l'ai pas déjà dit.

— Tu me l'as déjà dit. Plus d'une fois.

— C'est que j'en suis encore tout émerveillé. Tu es un cadeau de la vie. Tu es non seulement mon mentor, mais tu seras aussi ma première femme, celle qui va changer le cours de ma vie.

— Ta première femme…

— Oui, c'est bien ce que tu es. Et quelle femme !

— Arrête, tu me flattes…

— J'ai hâte de te découvrir, de parcourir ton corps de baisers…

— Tu jouais avec moi, avoue ! Dis-moi, sincèrement, tu n'as jamais eu d'arrière-pensées avant ma proposition ?

— Pas vraiment, non. Tu me plais depuis notre première rencontre.

Emma ouvre de grands yeux éberlués à cette remarque. Il poursuit :

— Pour autant, je n'avais jamais rien projeté de concret. Tu te doutes bien du pourquoi… Et puis je te croyais heureuse en ménage, et trop raisonnable, trop rangée pour envisager quoi que ce soit… Néanmoins, du jour où je t'ai parlé de mon « problème », je me suis senti plus libre avec toi.

— Oui, je m'en suis rendu compte. Ta confession m'a bouleversée, et c'est aussi à partir de ce jour-là que j'ai compris que tu ne me laissais peut-être pas indifférente. Quant à être raisonnable, j'y ai renoncé pour ce week-end, mais je le redeviendrai dès notre retour. Il ne s'agit que d'une parenthèse en dehors de la réalité. Pas de suite… Nous sommes bien d'accord ?

— Tout à fait d'accord.

— Après, tu pourras aller papillonner…

— C'est bien la dernière chose qui me fasse envie. Je ne me projette pas dans l'après.

— Moi non plus.

*

Après le repas, ils vont se promener au bord du canal. Emma a été la première surprise de la proposition de Martin. Il ne semble pas pressé. Il lui a dit : « J'ai envie de me promener main dans la main avec toi, et ça n'est pas possible chez nous… »

Alors ils se promènent main dans la main, enlacés, parfois. Souvent, aussi, ils s'arrêtent pour s'embrasser, sentir l'impatience de leurs corps prendre possession d'eux. Emma se sent autre, dans une autre dimension. Il lui semble que son sang coule deux fois plus vite, que son cœur bat à l'unisson avec son esprit. Jamais elle ne s'est sentie si bien. Elle voudrait déjà que cela ne cesse jamais. Compte profiter de chaque seconde que ce week-end lui offre.

*

Ils sont enfin dans leur nid d'amour. Se font face, debout, yeux dans les yeux. Timides, impressionnés. Emma déboutonne la chemise du jeune homme, bouton après bouton. L'enlève. Découvre le torse athlétique qu'elle avait deviné à travers ses vêtements. Elle sourit devant la perfection de ce corps. Passe les mains sur sa peau douce qui enveloppe des muscles parfaitement dessinés. Préfère ne pas penser à la déception qu'elle pourrait lui inspirer… D'ailleurs, il l'imite. Avec fébrilité et tremblements, il lui ôte son chemisier. Le laisse tomber au sol. N'ose s'attaquer au soutien-gorge, par pudeur, ce qui amuse intérieurement Emma. Il glisse les mains sur son dos, son ventre, sa poitrine encore couverte. Elle frissonne. Ses mains sont très douces et ses caresses si agréables. Le silence est plein. Ils se parlent avec les yeux. Emma dégrafe son soutien-gorge, le retire sous le regard émerveillé de Martin. L'émotion perle au bord de ses cils, bouleversant Emma.

La suite n'appartient qu'à eux. Emma est naturelle, en confiance, n'a d'initiatrice que le nom… Elle le guide bien un peu au début, mais il se révèle très à l'écoute de son corps, créatif et capable d'initiative. Tout est doux, puissant, limpide. Et souriant.

Allongés entre les draps frais, ils sont enlacés, emmêlés, même.

— Je suis au paradis. Je te l'ai déjà dit ?

— Non, sourit-elle.

— C'est encore mieux que tout ce que j'avais imaginé. Et toi, ça va ?

— Moi ? Je ne touche plus terre. J'avais oublié comme c'est bon… Comme quoi la machine fonctionne encore…

— Tu en doutais ?

— Tu sais, cela fait des années que mon corps et moi faisons chambre à part…

— Et tu vas faire quoi ? Prendre un amant ? Parce que, si c'est le cas, je postule officiellement à ce rôle.

— On a encore tout le reste du week-end, non ? Je n'ai pas envie de ressortir, d'ailleurs.

— Ça tombe bien : j'ai tout prévu. On reste ici.

Ils passent les vingt-quatre heures restantes dans leur suite luxueuse, profitant des plaisirs de leur baignoire à remous, de leur douche immense et du confort de leur lit. Font l'amour encore et encore, inassouvis. Grignotent de petites douceurs apportées par Martin.

Quand s'annonce la fin de leur parenthèse, ils sont parvenus à la satiété de leurs corps, comblés. Leurs esprits rassérénés. Leur vie ouverte sur de nouveaux possibles.

Mais il faut retourner à la réalité.

Suzanne

Marraine de la mariée,
quarante-six ans

J'en ai assez, c'est trop compliqué.

Toutes les mères vous le diront, enfin j'espère (pourquoi moi particulièrement serais-je moins bien lotie qu'elles ?) : c'est un casse-tête de faire à manger pour une famille… Et quand on voit le nombre de repas à préparer dans une semaine, inutile de vous dire que mon cerveau est vite à court d'idées ! Entre les goûts et dégoûts des uns, les allergies et les « intolérances » (le nouveau mot prétexte pour s'autoriser à faire l'impasse sur ce qu'on n'aime pas, si vous voulez mon avis) des autres… je n'en peux plus ! Le système digestif de mon mari ne supporte pas les oignons et les choux ; mon fils aîné n'aime pas les crudités, la moutarde et le fromage ; mon fils cadet est allergique au lait et à tous ses dérivés, et semble vouloir devenir végétarien… et, pour couronner le tout, ma fille fait attention à sa ligne ! Alors que voulez-vous que je fasse ? Si vous croyez que j'ai l'embarras du choix… C'est déjà pénible de devoir sans arrêt se demander : « Qu'est-ce qu'on va manger ce soir ? », alors, avec toutes ces contraintes, mon panel de possibilités est finalement assez limité… On ne va quand même pas manger des pâtes allégées tous les jours !

14

Dur retour à la réalité.

Quand Emma se retrouve seule dans sa chambre, qu'elle ferme la porte derrière elle et s'y appuie, une avalanche de pensées et de questions l'assaille. Elle est submergée de volontés contradictoires, ne sait plus rien. Ce week-end a été un enchantement. Au-delà de cela, même. Elle ne l'oubliera jamais. Elle a pris conscience que sa vie ne pourrait pas simplement reprendre comme avant. Comme si le déferlement de sensations, le réveil de ses sens avaient mené à une transformation profonde et radicale de tout son être. Comme s'il s'était ouvert à une autre dimension… vitale… un temps perdue mais retrouvée.

Oui, Martin l'a bel et bien réveillée. Son corps endormi, oublié, nié, s'est révélé sous les caresses, tout comme son esprit. Martin est un élixir de jeunesse et de bonheur retrouvé. C'est comme une renaissance. Il a rallumé sa flamme intérieure.

Elle se promet de ne plus la laisser s'éteindre.

Mais Martin n'appartient pas à son futur. Évidemment, avec des « si », leur histoire aurait peut-être pu s'écrire. Mais, outre leur différence d'âge, elle ne se voit pas quitter son mari pour lui. Elle n'imagine que trop, et avec horreur, la réaction de ses enfants, de ses amies, de toute la société…

Elle ne se voit pas non plus le prendre comme amant. Ni vivre une double vie, jusqu'à ce qu'ils soient un jour surpris et découverts… Parce que ce n'est pas la solution. Parce qu'il a ouvert ses ailes et pris son envol, et parce que c'est à elle, maintenant, de trouver son propre chemin.

Tout ce qu'elle sait ce soir, c'est qu'elle tient sa vie entre ses mains, et qu'elle ne va plus la regarder filer entre ses doigts.

*

Martin arrive avec prestance, le sourire aux lèvres. Il dépose un léger baiser sur sa joue. Ils avaient programmé ce retour à une relation amicale et chaste. Et même si la tentation est grande de renouer avec la magie de ses baisers (il a un don inné pour l'embrasser comme elle aime), elle se résigne à suivre sa raison. D'ailleurs, elle a pris une décision plus radicale encore. Elle a trop peur d'elle-même et de ce qui ressemble à des sentiments. Il faut y remédier vite.

— J'ai une grande nouvelle, Emma. Je viens d'apprendre que je suis reçu à l'École des beaux-arts pour la rentrée.

— C'est merveilleux, Martin.

Instinctivement, sans frein, elle le prend dans ses

bras. Comme une amie, une mère, une femme… un peu tout à la fois.

— Tu sais, Martin, je crois que nous devrions arrêter nos entrevues quotidiennes… Je n'ai plus rien à t'apprendre, et je crois que ce serait mieux.

— Mieux pour qui ?

— Tu sais bien… Après notre week-end, c'est difficile de faire comme si rien ne s'était passé.

— Mais j'aime être avec toi…

— Moi aussi, tu le sais bien, soupire-t-elle. Mais ce n'est pas la question. C'est même peut-être un problème.

— Tu ne crois pas qu'on puisse être simplement amis ?

— Si, sans doute… Mais là, c'est tout frais, et je pense t'avoir apporté tout ce que je pouvais.

— Même plus… Beaucoup, beaucoup plus. Emma, c'est incroyable ce que tu as fait pour moi.

— Toi aussi. Tu n'en as peut-être pas conscience, mais c'est énorme, ce que tu as révélé en moi. Je sais que je dois prendre des décisions personnelles. Je ne veux pas que ma relation avec toi me perturbe et interfère dans ce qui doit se passer entre moi et moi. Tu comprends ?

— Comprendre et accepter, ce n'est pas la même chose… Je sais ce que nous nous sommes promis, mais depuis hier soir, je ne cesse de me dire que j'aimerais recommencer, ou continuer… vivre encore quelque chose avec toi…

— Oh, Martin ! Moi aussi, j'aimerais… Mais il ne faut pas. Cela se retournerait contre nous.

— Tu crains un scandale ?

— Pas toi ? Tu pourrais assumer ? Et de toute façon, à court ou moyen terme, tu auras ta propre vie à construire, et à laquelle je n'appartiens pas… Alors à quoi bon ? Je préfère me protéger. Je préfère voir à long terme. Que nous en restions au bénéfice, immense, que nous retirons de cette expérience, toi et moi. Elle nous a fait grandir tous les deux. Tu m'as redonné le goût de quelque chose que j'avais oublié et que je croyais impossible à retrouver. Je t'ai permis d'avancer aussi, d'une autre manière. Tu vas pouvoir rencontrer quelqu'un de ton âge, et même plein de filles si tu veux… Elles auront beaucoup de chance… Et un jour tu fonderas sans doute ta famille. Je ne suis pas dans ton avenir, Martin.

Il l'écoute, immobile, sans rien dire.

— Je sais que tu as raison… Tu es sage, mais c'est difficile de renoncer. Je crois que je me suis attaché à toi… beaucoup.

— Moi aussi, avoue-t-elle. Mais notre histoire est impossible. Je préfère que nous en restions là, avec nos jolis souvenirs. C'est mieux, crois-moi. C'est un secret qu'il me sera doux de me rappeler. Et je n'oublierai jamais les semaines que nous avons passées ensemble. Tu seras toujours en moi. Je le sais déjà, Martin. Et je voulais que tu le saches aussi. J'ose supposer que j'existerai toujours quelque part en toi…

— Tu supposes bien. Tu seras toujours là, dit-il en posant la main sur son cœur.

C'est une image un peu cliché, mais il n'y a que sincérité et évidence dans son geste. Emma en est touchée au plus profond d'elle-même. Se sent sur le fil de la tentation. Qu'en est-il des sentiments qui les lient ? Ils sont multiples et difficilement qualifiables. Mais ils sont là. Et authentiques.

Leurs chemins de vie se sont rejoints en une trajectoire commune. Mais le temps est venu de se séparer.

Serge

Beau-père de la mariée,
cinquante et un ans

Est-ce un crime que de succomber aux charmes divins d'une jeune femme en pleine éclosion ? J'ai décidé que non.

J'ai toujours été fidèle à Jacqueline, mais le démon de midi a eu raison de mes principes, ou de ma paresse à mener des relations extraconjugales jusqu'à présent. Après tout, pourquoi ne profiterais-je pas de ce que la vie m'a offert sur un plateau ? Un sourire d'ange, un corps de déesse, une peau fine et veloutée, une poitrine généreuse et fière, une hardiesse dans l'amour… Tout ce que ne m'apporte plus Jacqueline depuis longtemps… Notre sexualité était d'une pauvreté et d'un ennui désespérants. Son corps se fripe et se détend, son ventre me hérisse… Mon désir pour elle s'est éteint depuis bien longtemps. Mon corps a trouvé en Camille une seconde jeunesse, un allant, la vigueur d'un jeune amant… Je ne me reconnais plus. Qu'elle ait vingt-cinq ans de moins ne me dérange pas, puisqu'elle veut bien de moi !

Je croyais à une passade, mais la vérité, c'est que je suis amoureux. Dans quelques jours (j'attendais le mariage pour ne pas tout foutre en l'air avant), j'annoncerai à ma femme, à Emma et à Janelle que je quitte le foyer pour m'installer avec ma divine maîtresse. Elle aussi n'attend que ça.

15

Depuis que Martin est reparti dans sa vie, il y a de cela quelques mois, Emma a laissé mûrir en elle les décisions à venir. Elle a accueilli à mesure qu'elles venaient des idées, des envies, des peurs aussi. Elle a eu le temps d'apprivoiser ces dernières, de les domestiquer, de les réduire à néant, jusqu'à ne plus avoir peur du tout. C'est à partir de là qu'on accède à la liberté : quand on n'a plus peur et qu'on ne se laisse pas enfermer dans un carcan rassurant, qu'on ose s'ouvrir, pour vivre en accord avec soi-même. Sans penser à l'image qu'on donne aux autres, sans se soucier du qu'en-dira-t-on. Vivre pour soi, en sortant du moule qu'on a construit soi-même ou dans lequel d'autres vous ont enfermé. Prendre les décisions qui sont bonnes pour soi, du moment qu'on le sait intuitivement, intimement. Choisir et renoncer.

Emma a conscience de vivre à demi depuis quelques années, et que vivre pleinement, c'est, malheureusement, vivre sans Julien.

Elle n'a « que » quarante-sept ans. Finalement, il

lui reste du temps. Assez pour construire et s'inventer une autre vie. Il n'est pas trop tard.

Beaucoup de couples se séparent à cet âge, au moment où les enfants ont quitté le nid, quand ils se retrouvent en colocataires qui partagent un quotidien pépère, confortable, mais sans saveur. La tentation d'autre chose peut alors venir cueillir l'un des deux.

Évidemment, tout cela n'est pas sans conséquences… Il faut tout peser. Renoncer à son confort, Emma sait qu'elle peut le faire. Abandonner sa maison, le jardin qui a vu grandir ses enfants, aussi… Ce qui lui manquera le plus, c'est l'atelier, où elle ne peut poser un pied sans y revoir Martin. Son sourire, sa présence qui lui manquent toujours. Elle se rappelle encore avec délice la chaleur de leurs étreintes et le désir qu'il a su insuffler en elle.

Forcément, prendre son indépendance signifie aussi travailler de nouveau, reprendre le chemin de l'emploi. Trouver un poste d'employée fleuriste, sans doute.

Christine cherche aussi auprès de ses connaissances et fournisseurs. Elle n'a pas posé de questions quand Emma a parlé de se remettre à travailler. Elle respecte le fait qu'elle ne lui dit pas tout. Elle ne saura d'ailleurs rien du secret qui la lie à son fils. Et lui apprendra donc avec la plus parfaite innocence, un jour d'octobre, que Martin lui a présenté une jeune femme. Jeune, mais moins que lui : trente-trois ans. Emma reçoit la nouvelle avec un pincement au cœur. Ça y est… c'est officiel, en tout cas. Elle feint d'être ravie pour Martin et pour son amie. Au fond, elle est heureuse pour lui, bien sûr. Sans elle… Et puis elle sait qu'elle aura toujours cette place un peu spéciale dans son cœur. Et cela lui convient. Compter pour quelqu'un… même à distance, c'est doux.

Martin trace sa vie. Il s'épanouit dans ses études et a décidé de quitter le giron maternel.

*

Avant qu'il déménage, Christine invite Emma pour un dîner tous les trois. Elle est ravie de les réunir de nouveau et sait qu'ils seront contents de se revoir. Et c'est vrai. Pour eux deux, cela tient un peu d'une soirée surréaliste. Mais dans leurs yeux brille une lumière secrète. Le bonheur de se retrouver se lit sur leurs visages, et ils devinent ce qui se cache derrière leurs sourires.

Christine a une grande nouvelle à annoncer à Emma : il y a une place pour elle chez un fleuriste du centre-ville. Elle pourra commencer dans un mois. Martin demande des explications, que les deux femmes lui fournissent. Dans son regard, il y a une question qu'il ne pose pas, mais à laquelle Emma répond :

— Je vais quitter Julien.

Christine s'exclame, Martin reste interdit. Emma explique en quelques mots le cheminement qui a mené à cette décision, en omettant certains détails que Martin visualise très bien. Il la dévore des yeux. Elle chavire, ne sait pas trop comment l'interpréter… mais elle lit, c'est sûr, la fierté qu'il éprouve de la voir prendre en main les rênes de son bonheur futur, se libérer pour elle-même, et la satisfaction aussi, sans doute, d'y être un peu pour quelque chose. « C'est bien », lui dit-il intérieurement.

*

Maintenant, en effet, Emma sait.

Elle sait qu'elle ne résistera pas à l'envie toute déraisonnable de quitter Julien pour vivre ailleurs autre chose. Un jour, rencontrer quelqu'un. Tenter l'aventure de quelques semaines, quelques mois ou années, ou de tout ce qui reste de sa vie… Peu importe. L'essentiel, c'est de vivre. Et vibrer. Sentir son cœur battre et son corps vivre pleinement. L'avenir ? Elle ne veut pas le savoir. Prendre le risque d'aimer, c'est savoir que tout est possible, le meilleur comme le pire. Mais essayer, tenter… La récompense est parfois au bout du chemin. L'évidence qu'elle cherchait est arrivée au détour d'un matin, comme la pluie de la mousson après la sécheresse. Tant espérée, si bienfaisante.

Le revers de la médaille, c'est que, quand la décision est prise, il faut l'annoncer… Et là, les tourments assaillent Emma. Nuit et jour, elle y pense, prépare ses paroles, imagine la réaction de Julien (le peut-elle vraiment ?), élabore des dialogues entiers dans sa tête, n'en dort plus.

De toute façon, cela ne se passera jamais comme elle l'a imaginé. La réalité sera forcément différente.

Comment lui dire ? C'est si difficile… Elle n'a rien

à lui reprocher. Elle est sans doute aussi responsable que lui de l'effritement de leur amour. La faille est devenue un abîme, le manque de quelque chose, un gouffre béant… Face à un jeune homme délicat et charmant, elle avait perdu l'armure imperméable qui la protégeait. Celle-ci s'est craquelée, s'est fissurée, fendue, puis elle est tombée.

Maintenant, elle a peur. De la réaction de Julien, de lui faire du mal, des conséquences.

Il reste à traverser bien des marécages et des sables mouvants avant d'accéder aux rivages d'une vie libre et heureuse.

Parfois, elle regarde Julien et pense : *Je vais te quitter…* Elle se répète : *Il ne mérite pas ça*, en boucle, mais l'attente de sa nouvelle vie la soulève, et bientôt sera suffisamment forte pour qu'elle trouve le courage de partir…

Ce week-end de début novembre, elle regarde ses enfants évoluer autour d'elle. Aubin, détendu, Lison, épanouie dans sa grossesse. Emma se décentre et sort de son corps pour observer ces scènes de la vie de famille. Les dernières qu'ils vivent ensemble. C'est douloureux. Elle inspire fort, pour mieux les aspirer, s'en imprégner avant de les perdre à jamais. Elle a ceci de plus que Julien : elle sait que leurs jours communs dans cette maison sont comptés. Que bientôt tout cela appartiendra au passé.

Son cœur se serre, car, au fond d'elle-même, elle aime encore Julien. D'une certaine manière : avec tendresse, affection, estime… Il ne lui reste que quelques jours avant de commencer son travail et d'annoncer sa décision. Il va falloir trouver le bon moment…

*

Le bon moment ? Peut-il vraiment y en avoir un ?

Juste trouver le moment le moins mauvais. Tendre ou attraper une perche invisible, pour mieux sauter dans le vide. Sans parachute.

Emma frissonne. Elle guette, hésite. Regarde son mari. Il sent ses yeux sur lui. Lui demande si ça va. Elle hoche la tête sans conviction.

Combien de fois va-t-elle reporter le moment de sauter… À de nombreuses reprises, elle prendra son élan pour mieux s'arrêter net. Non, ça n'est pas encore le « bon » moment.

Elle ne le trouvera jamais.

Elle essaie de programmer l'aveu de sa folle décision.

Un matin ? Non, il ne pourra pas partir travailler ensuite. Un soir ? Cela promet une soirée orageuse et une nuit désastreuse. Cataclysmique. Provoquer une discussion artificiellement ? Prévoir une valise prête à partir ? Car oui, qu'en sera-t-il de l'après ? Elle ne va pas pouvoir rester ici comme cela, comme si de rien n'était. Il faudrait que tout soit prêt pour déguerpir et fuir l'orage… et le laisser dévasté ? Le sera-t-il ? Cette pensée serre son cœur.

Il va falloir sauter. Ne plus réfléchir. Ne plus programmer. Sauter dans le vide de l'inconnu, sauter dans son avenir ouateux et flou, dont les contours se dessineront plus tard.

*

— Julien…

— Oui ?

Il lève la tête de ses papiers.

— J'ai quelque chose à te dire…

— Ça a l'air grave, dit-il en sondant ses yeux.

— Oui, ça l'est.

— Tu m'inquiètes… Qu'y a-t-il, ma chérie ?

Ce mot, qu'elle n'a pas entendu depuis longtemps, lui crève le cœur, mais elle ne peut plus reculer. Elle prend l'inspiration de celui qui va se jeter dans le vide.

— J'ai à te dire quelque chose… qui risque de te faire beaucoup de mal.

— Dis…

Il s'est levé et se tient face à elle. Qui baisse les yeux de honte.

— Je vais partir. Quitter la maison.

Le coup est violent. Il va s'asseoir pour ne pas tomber. Lui tourne sciemment le dos pour mieux se concentrer sur ce qu'elle va dire. Comme ça, ils ne peuvent pas se voir. Il attend la suite.

— Ce n'est pas ta faute ni la mienne, c'est ainsi…

Il se relève, finalement, et se tourne vers elle.

— Tu ne m'aimes plus ?

Emma baisse la tête.

— Je crois que cela fait des années que nous ne nous aimons plus. Ou pas comme il faudrait. J'ai bien réfléchi, je ne veux plus vivre comme cela, je ne veux pas vieillir ainsi… Je veux changer de vie, maintenant. Après, il sera trop tard…

Il accuse la nouvelle avec aplomb, sans trop comprendre. Il lui en veut, surtout, d'avoir échafaudé tout ça dans son dos… et de partir, là, alors que Lison va être maman et que Noël arrive. Oui, il lui en veut de son égoïsme destructeur. De jeter le deuil sur les fêtes qui se profilaient… Pour Emma, cela ne change rien. Elle pourra être là, s'il veut. Entre vivre ailleurs et vivre sous le même toit comme deux étrangers, quelle différence ? Ils n'avaient plus rien d'un couple… Elle voudrait qu'il l'admette, ou qu'il en prenne conscience si ça n'était pas le cas jusqu'ici.

Le moment choisi n'était sans doute pas le meilleur. Ni le pire. Il a juste eu le mérite d'exister, puisqu'il devait avoir lieu.

La suite s'écrira sur deux fronts différents.

Tout ce qui compte, c'est son indépendance neuve. Sa liberté qui ouvre grand l'espace des possibles.

Tout est ouvert. Tout peut arriver.

Jean-Baptiste

Témoin du marié,
vingt-six ans

Ça y est, on y est.

Si j'avais été un peu plus courageux, je ne serais peut-être pas là, à les regarder échanger leurs consentements… mais j'ai été lâche.

En même temps, Julien ne m'aurait sans doute pas écouté. Il l'aime trop, son Emma. Aveuglé par l'auréole en toc qu'elle a sur la tête.

Car moi, je sais. Je sais que ce n'est pas la femme qu'il lui faut. J'en suis certain depuis le début. Faut dire qu'au départ, dans les premiers temps de leur relation, elle n'était pas encore bien accro, la miss, et j'ai surpris quelques regards qui en disaient long sur ses capacités de séduction et de papillonnage. M'étonne pas qu'il soit tombé dans le panneau, Julien. Elle était très forte. Et comme, je l'admets, c'est une très jolie femme, elle pouvait avoir à peu près qui elle voulait. Moi le premier, je pense que je la troublais pas mal…

Je ne doute pas de la sincérité de ses sentiments pour mon pote pour autant, mais je ne crois pas en l'avenir au long cours de leur couple. Elle ne me semble pas assez fiable. Elle aura forcément, un jour, envie de goûter de nouveau au sel de l'amour naissant ou, au moins, à la joie de séduire toute une ribambelle d'hommes qui n'attendront que ça...

Bref. J'ai voulu dire à Julien ma perception des choses, j'ai déjà essayé délicatement, comme sur des œufs, mais, du coup, il n'a rien compris. Et j'ai choisi de ne pas être plus clair... Tant pis.

Et il est là, cet idiot, à dire bientôt « oui » à cette fille qui, au fond, ne le mérite pas et le fera souffrir un jour, j'en suis sûr. C'est quand même con, l'amour...

Épilogue

Alors j'en suis là. Comme mon « oui », le temps s'est suspendu. Arrêt sur image.

Toute l'assemblée dans l'église n'a d'yeux que pour moi qui, bouche ouverte, prends mon élan. Je ne sais pas combien de centièmes de seconde se sont écoulés pendant que je voyais ces scènes de ma vie future comme dans un film… une somme de flashs à grande vitesse.

Cet homme aperçu dans l'assemblée, qui m'a jetée dans cette parenthèse imaginaire et fantasmatique, symbolise à lui seul tous les autres hommes… C'est le premier, celui qui annonce les suivants, ceux qui croiseront forcément ma route tout au long de ma vie conjugale. Car, pour moi comme pour bien d'autres femmes ou hommes, la Tentation aura peut-être plusieurs visages… et revêtira sans doute des habits inattendus. On ne la voit pas forcément venir. Elle arrive emmitouflée, déguisée, masquée, ou surgit simplement au détour d'un regard. Il suffit d'un petit rien, parfois, pour que jaillisse une étincelle.

La tentation (désir, attirance pour un tiers ou simple trouble) a toutes les chances de nous tomber dessus un jour. C'est un fait. Toute la question réside dans la réponse à y apporter. On peut choisir de ne pas la voir, de l'ignorer, de l'étouffer, de résister… ou d'y céder. Et puis tout dépend d'où on en est de sa vie… Tout est possible. Comme pour moi dans mes trois futurs…

Face à la tentation de l'adultère, que choisirais-je, si elle faisait écho à un manque dans mon couple ? Mener une double vie qui me permettrait de ne pas vraiment choisir ?… Rester coûte que coûte dans un mariage qui, peut-être, ne m'apportera plus ce dont j'ai besoin ? Quitter mon mari pour me donner la chance de vivre autre chose ? Oui, il y aurait bien une décision à prendre parmi ces trois possibilités…

Mais je n'en suis pas là !

Le choix d'aujourd'hui est binaire : oui ou non. Ce triptyque onirique, né de l'apparition d'un homme charmant, a-t-il éclairé ma situation et va-t-il déterminer ma réponse ? La bonne réponse, aux yeux de tous, c'est « oui ». Normalement, il n'y en a pas d'autre.

Mais si ce mariage devait obligatoirement déboucher sur une séparation (car c'est bien ce que j'ai vu dans mes trois possibles !), à quoi bon ? Je suis paniquée tout à coup. Suis-je réellement faite pour le mariage ?

Toutes ces pensées affluent à une vitesse vertigineuse dans mon esprit… Mais n'est-il pas trop tard pour reculer ? Oh, Julien… Comment pourrais-tu me pardonner cela ? Et tous ceux qui sont là, comment me jugeraient-ils d'avoir fait une chose pareille ? Si je dis « non », tout s'écroule. Je perds Julien, je perds l'estime de tous… Horreur. Impossible de faire ça.

Et puis, après tout, suis-je forcément condamnée à divorcer un jour ? C'est tellement indécent de penser à cela le jour de son mariage…

Mais bon… après tout, il ne s'agit que d'un petit dérapage de ma pensée. La vérité, c'est que je suis là où je dois être, parce que j'aime Julien. Et, qui sait, peut-être serai-je éternellement heureuse avec lui ? Peut-être traverserons-nous la vie avec ses hauts et ses bas, main dans la main, dans un amour mutuel, harmonieux et vivant ? Pourquoi cela ne devrait-il pas marcher ? Et, surtout, pourquoi cela marcherait-il mieux avec un autre ? Julien est sûr, et il a toutes les qualités pour me rendre heureuse. Qui serai-je dans dix ans ? Dans vingt ans ? À quoi ressemblera ma vie, où en serai-je de mes rêves et de mes aspirations ?

Ce n'est pas parce que je m'appelle comme Madame Bovary que je suis forcément maudite et promise à une vie terne et insipide auprès de mon mari ! Puisque je l'ai choisi…

— Oui !

Je lâche ce « oui » presque dans un cri, comme si son expulsion couronnait un exploit hors du commun.

Je crois entendre des soupirs de soulagement dans l'assemblée… Ai-je vraiment été longue à répondre ? Je n'ai plus aucune notion du temps.

Le prêtre répète sa question à l'intention de Julien. Je suis dans une bulle un peu brumeuse, encore légèrement sonnée par l'avant-première cinématographique de mon futur, et j'entends assez confusément la réponse de celui qui va devenir mon mari.

Il y a des cris, de l'agitation, et je sors de ma torpeur.

Ai-je bien entendu ?

Le prêtre, dans la confusion la plus totale, fait répéter Julien :

— Non, dit-il, les yeux rivés aux miens.

La suite est celle d'un mauvais film. Sauf que je suis dedans. Pour de vrai.

MERCI…

Ce roman a déjà une longue histoire…

En 2011-2012, j'ai suivi une formation d'écriture de scénario à Paris. Cela faisait un an que j'étais revenue à l'écriture, et je me cherchais un peu (l'idée d'écrire un roman ne m'avait pas encore effleurée)… À l'issue de cette année, je tenais mon projet de scénario, l'histoire en trois parties, le titre, la structure… Il ne restait plus qu'à l'écrire. Mais je suis devenue écrivain public, et j'ai laissé ce projet s'endormir jusqu'à ce que, après l'écriture de mon premier roman autoédité (*Histoire d'@*, à paraître en poche en janvier 2020), je reprenne ce qui devait être un scénario et que j'en fasse finalement un roman. J'ai donc autoédité *L'Embarras du choix* en janvier 2016. Pour cette première phase, je souhaite remercier Jean-Marie Roth pour la qualité de sa formation, dont je me sers encore aujourd'hui, ainsi que Stéphane G., pour son accompagnement et ses conseils à l'issue de mon premier jet.

L'Embarras a fait sa petite vie, mais c'est le roman suivant (mon troisième, en vérité), *La Délicatesse du homard*, qui m'a ouvert la voie de l'édition traditionnelle.

Je voudrais donc à présent remercier ma formidable maison d'édition et toute l'équipe de Michel Lafon, pour son soutien, son investissement, et sa confiance. Un merci tout particulier à Maïté, mon éditrice, bien sûr, mais aussi à Elsa et à Aurore, qui ont toutes les trois suffisamment cru en ce roman pour décider de le sortir en grand format l'année des *Libellules*. C'est une chance immense pour moi que de voir ce roman reconnu et soutenu.

Merci aussi à Audrey Petit, du Livre de Poche, pour son enthousiasme et ses mots.

Merci à Franck, qui m'a toujours dit : « *L'Embarras* n'a pas dit son dernier mot, tu verras… » Je suis impatiente de voir ce qu'il va vivre dans sa nouvelle vie. Ce serait tellement incroyable qu'il devienne un jour le film prévu à l'origine !

Merci à vous, lecteurs, d'avoir répondu présents pour lire ce « quatrième » roman… J'espère que vous avez passé un agréable moment dans la tête d'Emma.

Merci aux lecteurs de la première heure, qui l'ont lu dans sa version initiale et qui l'ont parfois aimé au point de le préférer à mes autres romans !

Merci à tous ceux qui porteront aussi ce roman en en parlant : aux lecteurs qui pratiquent le bouche à oreille, aux libraires qui le soutiendront et le conseilleront, aux journalistes, aux blogueurs qui en parleront…

J'ajoute une pensée chaleureuse pour tous mes proches, ma famille, mes amis… Merci d'être là.

Avec ce roman, je voulais évoquer l'importance des choix que nous faisons dans notre vie. Ce sont eux qui définissent notre chemin. Alors… je vous souhaite à tous de savoir faire les bons et, au moins, de ne pas avoir de regrets.

Laure Manel
au Livre de Poche

La Délicatesse du homard n° 34941

François, directeur d'un centre équestre en Bretagne, découvre, lors d'une promenade à cheval sur la plage, une jeune femme inconsciente au pied d'un rocher. Plutôt que d'appeler les secours, il décide sans trop savoir pourquoi de la ramener chez lui pour la soigner. À son réveil, l'inconnue paraît en bonne santé, mais peu encline à parler. Elle dit s'appeler Elsa mais refuse de répondre à ses questions. Commence alors entre le célibataire endurci et cette âme à vif une étrange cohabitation, où chacun se dévoile peu à peu à l'autre sans pour autant totalement révéler les secrets qui le rongent. Et même si le duo en s'apprivoisant s'apaise, leur carapace peine à se fendre… Qui est Elsa et quelle vie est-elle en train de fuir ? Un roman à deux voix. Deux voix qui se racontent, et se taisent. Deux voix qui laissent place aux pas des chevaux, au vent qui plie les herbes sur la dune, au ressac sur le rivage et aux souvenirs échoués sur le sable.

Histoire d'@ n° 3560

« Disons que j'avais envie de savoir où tu en étais dans l'existence, ce que tu étais devenue, à quoi ressemblait ta vie… si tu étais heureuse… savoir aussi, peut-être, ce que tu avais retenu de notre passé commun, si tu m'en voulais encore, ou si tu m'avais pardonné… » Ils étaient meilleurs amis, et leur relation fusionnelle semblait pouvoir résister à tout. Mais en partant pour New York sans se retourner, il l'a plongée dans l'incompréhension la plus totale. Douze ans plus tard, il réapparaît sur son écran et espère reprendre leur amitié là où il l'a laissée. Lui donnera-t-elle une chance de renouer ? Quand le passé ressurgit, comment le présent pourrait-il ne pas en être ébranlé ?

L'Ivresse des libellules n° 35743

Quatre couples d'amis décident de s'octroyer des vacances sans enfants dans une luxueuse bastide. Mais l'ambiance qui promettait d'être insouciante et idyllique ne tarde pas à se charger d'électricité. La faute aux caractères (et petites névroses) de chacun et chacune, aux modes de vie différents, à l'usure et à la routine qui guettent les amoureux quand s'invite le quotidien, et à des parents qui ont oublié ce qu'était leur existence lorsqu'ils ne l'étaient pas encore. Quand débarque une jeune et jolie célibataire, le groupe est plus que jamais au bord de l'implosion…

La Mélancolie du kangourou nº 35367

« La nuit n'est jamais complète / Il y a toujours puisque je le dis / Puisque je l'affirme / Au bout du chagrin une fenêtre ouverte / Une fenêtre éclairée. » (Paul Éluard). La naissance de Lou aurait pu être pour Antoine le plus beau moment de son existence. Mais la mort de sa femme qu'il aimait au-delà de tout l'a brisé, et il a du mal à créer un lien avec son bébé. Jusqu'à ce qu'il embauche Rose, une pétillante jeune femme à l'irrépressible joie de vivre, pour s'occuper du nourrisson. Parviendra-t-elle à aider Antoine à se révéler comme père et à se reconstruire ? Après le succès de *La Délicatesse du homard*, Laure Manel nous offre, sous une plume tout en finesse et pleine de sensibilité, un roman poignant et lumineux.

De la même auteure
aux éditions Michel Lafon :

La Délicatesse du homard, 2017.
La Mélancolie du kangourou, 2018.
L'Ivresse des libellules, 2019.
Le Sourire des fées, 2020.

Retrouvez l'auteure sur

Facebook
Lauremanelauteur

Instagram
lauremanel

PAPIER À BASE DE FIBRES CERTIFIÉES

Le Livre de Poche s'engage pour l'environnement en réduisant l'empreinte carbone de ses livres. Celle de cet exemplaire est de :
250 g éq. CO_2
Rendez-vous sur www.livredepoche-durable.fr

Composition réalisée par MAURY-IMPRIMEUR

Achevé d'imprimer en France par
CPI BRODARD & TAUPIN (72200 La Flèche)
en mars 2021
N° d'impression : 3043073
Dépôt légal 1re publication : janvier 2021
Édition 03 - mars 2021
LIBRAIRIE GÉNÉRALE FRANÇAISE
21, rue du Montparnasse – 75298 Paris Cedex 06

38/2372/0